LES CHEMINS D'AMÉTHYSTE

DU MÊME AUTEUR

ROMANS

L'Herbe de la Toussaint, LMUH (1991), Lucien Souny (1998) et Souny Poche (2009)
Un pays pour grandir, LMUH (1991)
La Violente Espérance, Editions du Signe (1993) et Lucien Souny (2000)
Le Diable en personne, Lucien Souny (1994)
Un vent d'exil, Lucien Souny (1996)
Les Grenadières de Saint-Just, Lucien Souny (1998) et Souny Poche (2006)
Un cœur en saison morte, EDE (1999)
Les Nuits de folle lune, Lucien Souny (2000)
La Dame au capucin, Aedis (2001)
La Promesse d'un jour d'été, Presses de la Cité, Le Grand Livre du Mois, France Loisirs et Succès du Livre (2003)
Les Bœufs de la Saint-Jean, Presses de la Cité (2004)
L'Ecole en héritage, Presses de la Cité, France Loisirs (2005)
Le Piocheur des terres gelées, Presses de la Cité (2006)
Les Amants du chanvre, Presses de la Cité, Le Grand Livre du Mois (2007)
La Demoiselle aux fleurs sauvages, Presses de la Cité, Le Grand Livre du Mois (2008)
Jeanne la brodeuse au fil d'or, Presses de la Cité, Le Grand Livre du Mois (2009)

NOUVELLES

Par-delà la montagne, Coralli (1996)

POÉSIE

Mortes feuilles, La Bartavelle (1995)
L'Autre Côté du pont, La Bartavelle (1998)

LITTÉRATURE JEUNESSE

L'Enfant qui aimait les livres et les fleurs Aedis (2002)

Gérard Georges

LES CHEMINS D'AMÉTHYSTE

Roman

Romans Terres de France

PRESSES DE LA CITÉ

Production Jeannine Balland

ISBN 978-5-258-07882-6

En souvenir d'Alain Thirion, mon « grand frère »,
pour qui la vie était source d'émerveillement.
Il faut, ainsi qu'il nous l'a transmis,
« vivre et témoigner de vivre ».

A tous les créateurs et bâtisseurs, ceux et celles
qui ont des étoiles dans les yeux.

Il y a des adultes qui jamais n'ont été des enfants.
Ces adultes ont tous les talents.
D'aucuns même en sont pourris.
Mais l'enfance a du génie.
Fort heureusement, quelques êtres très âgés
remontent en enfance et s'éloignent vers la mort,
d'un pas tranquille, léger.

Jacques PRÉVERT, *Spectacle*

Pourtant je me lève de bonheur
Presque tous les jours de ma vie.

Jacques PRÉVERT, *Histoires et d'autres histoires*

1

Piquebourre, octobre 1872

Le gamin sauta du rebord du talus puis se rééquilibra, pieds joints, sur un terrain en pente douce. Un sentier de cailloux s'élevait à flanc de colline jusqu'au hameau de Pégu qu'il avait quitté le matin même pour, soi-disant, se rendre à l'école de Piquebourre.

L'école ! A vrai dire, Eugène Courtine s'en souciait comme de sa première paire de chaussettes. Non loin de là, il s'était délesté de son sac dans lequel était entreposé, outre ses affaires scolaires, le casse-croûte de midi, préparé par Savine, sa grande sœur, et composé d'un taillon de lard, d'un morceau de chèvreton et d'un quignon de pain de seigle.

Eugène leva les yeux vers les frondaisons d'un grand chêne qui se dressait dans le secteur ainsi qu'un gardien tutélaire de la forêt. Partout autour de lui, l'air était saturé d'un été qui tardait à finir. Dans le ciel s'accumulaient pourtant des torchons de nuages grisâtres. Un vent d'ouest s'était levé et grognonnait comme un chien oublié sur un devant de porte.

— Ce sera la pluie dans la soirée, augura le garçon en remontant le col de sa chemise de chanvre, aussi rêche dans son dos que l'habit de bure des moines.

Le jasement rouillé d'un geai dans un feuillage emplit soudain l'espace et le fit sursauter. Petite flèche bleutée, le passereau fendit l'air et se réfugia au sein d'un hallier obscur, en contrebas du sentier.

— Vive la liberté ! clama Eugène en réponse à l'oiseau qui continuait de cajoler au plus profond du treillis de feuillage.

Il s'assit sur une souche et se mit à réfléchir.

« L'école... se dit-il. Sûr que le maître, il va me passer une semonce quand il se sera aperçu de mon absence. Et sûr aussi que Savine, elle ne sera pas contente. Bah ! Tant pis, après tout. Je suis mieux ici plutôt que dans la salle de classe où je m'ennuie à cent sous de l'heure ! »

Savine, de dix ans son aînée, remplaçait souvent Antoinette, la mère, que les durs travaux de la terre et ses grossesses ratées avaient usée avant l'heure. Quant à Jean, le père, il n'avait jamais eu le temps de s'occuper de la marmaille, et le soir, quand il rentrait des champs, il était bien trop fatigué. Aussi, après avoir mangé sa soupe et bu la goutte, s'en allait-il très généralement se coucher sans autre forme de procès.

A neuf ans, Eugène était un gamin déluré. Quel que fût le temps, il ne craignait jamais de traîner ses guêtres dans la campagne environnante. « La Fouine », puisqu'on l'avait affublé de ce surnom au village, connaissait les taillis comme le fond de sa poche, les sentes où vermillaient les meutes de sangliers à l'automne, les repaires de sauvagine, ces lapins de garenne qu'il prenait au collet ou ces coqs faisans qu'il piégeait après avoir imité leur frouement, tapi dans un bosquet ou allongé à plat ventre dans les herbes hautes.

Ce matin, cela avait été plus fort que sa volonté. Non, après ce qu'avait raconté le maître la veille, il n'avait pas pu faire autrement que de partir sur les chemins de l'école buissonnière.

« On n'imagine pas, s'était exclamé monsieur Thévenet face à ses élèves, combien le sous-sol de Piquebourre est riche en belles pierres. Moi qui vous parle, j'y ai trouvé de la barytine, de la chalcopyrite et de la malachite. Et même, un jour, j'ai rempli un sac entier avec de la stibine et des galènes. »

Mots savants, avait pensé Eugène. Mais aussi, monsieur Thévenet était féru de minéralogie et les vitrines de la salle de classe étaient pleines à craquer de blocs de quartz d'un blanc laiteux, de calcédoine, d'agate, d'opale et d'améthyste.

L'améthyste !

Ah oui, au dire du maître, c'était bien la reine des minéraux. Heureux pouvait s'estimer celui qui possédait dans sa collection une de ces « pierres d'évêque », ainsi qu'on les appelait.

Monsieur Thévenet avait alors prétendu que d'importants filons d'améthyste devaient encore exister sur la commune de Piquebourre et, en particulier, aux alentours du hameau de Pégu, lieu d'habitation d'Eugène et sa famille.

« Des filons ont déjà été exploités jadis par des négociants espagnols, avait encore expliqué le maître. Ces hommes venaient chaque année avec leurs mulets qu'ils chargeaient jusqu'à ras bord. Et puis, un jour, ils ont cessé leur commerce et l'on n'a plus eu connaissance des différents sites. Depuis, la végétation a dû tout envahir. »

Voilà qui n'était pas tombé dans l'oreille d'un sourd. Eugène avait donc décidé d'explorer, en bonne « fouine » qu'il était, tous les trous et toutes les anfractuosités des parages. Mais, pour cela, il fallait se dispenser d'école !

Au loin, le clocher de l'église de Piquebourre scanda neuf coups. Colportés par la brise, ils allèrent s'égrener par-dessus des frondaisons de chênes et de châtaigniers pour s'évanouir sous la voûte du ciel.

Eugène passa une main dans ses cheveux ras puis essuya la sueur qui perlait sur son front. A ses pieds, posées sur des capitules de fleurs roses, vibrionnaient des guêpes. Il aperçut dans un feuillage un pitpit puis, plus en hauteur, une mésange charbonnière. L'un et l'autre s'envolèrent à son approche dans un claquement d'ailes sec comme un coup de fouet.

A l'affût du moindre buisson, le garçon était attentif à chaque repli de terrain qui eût pu cacher une cavité et ouvrir l'accès à un filon. Dans sa tête cabocharde, il s'était juré que ce matin il trouverait de l'améthyste et qu'il apporterait sa récolte à monsieur Thévenet. Cela lui éviterait peut-être de se faire punir pour son escapade.

Durant une heure pleine, il marcha, avançant, reculant, tous les sens aux aguets afin de ne pas passer à côté d'un indice, fût-il le plus insignifiant.

De la poche de sa culotte de grosse toile grise, il sortit un couteau et entreprit de tailler un bâton dans une branche de coudrier. Ainsi équipé de cette badine, il repartit pour en fouetter les buissons. Ses petits yeux de jais fouillaient l'entrelacs des ramées, il s'accroupissait, scrutait jusqu'aux recoins inaccessibles. Près d'un encorbellement de rochers, il aperçut une vipère aspic qui se chauffait aux rayons du soleil. Il s'en approcha sans faire de bruit. Arrivé à moins d'un mètre, il leva son arme. Son geste précis cingla le serpent derrière la tête. La bête eut un sursaut, son corps se détendit comme un ressort. Un autre coup sur le museau et elle se figea après un ultime frémissement de la pointe de la queue.

— Je l'ai eue, cette bourrique ! clama Eugène qui, tout fier, brandit son trophée à bout de bras.

Sur l'air des lampions, il se mit à chanter :

— Je l'ai eue ! Je l'ai eue ! Je suis un grand chasseur de vipères. Bientôt, je serai aussi célèbre que Jean Serpent[1] !

1. Né à Clermont-Ferrand, Jean Serpent s'était rendu célèbre en Auvergne par ses captures de vipères, qu'il vendait à la faculté des sciences et à l'école de médecine.

Il grimpa sur le dos d'un rocher de granit que recouvraient des lichens. Et puis, après avoir tracé plusieurs moulinets avec son bras, il envoya valdinguer sa proie loin par-dessus sa tête. Le corps du reptile dessina un demi-cintre avant de toucher terre, dix mètres plus bas, au milieu d'un amoncellement de ronces.

— Zut ! Je n'aurais pas dû la jeter. Qui voudra me croire maintenant quand je dirai que j'ai tué une vipère ?

Il dégringola de sa position en hauteur, se retrouva très vite près du mûrier. Il prit le temps de manger quelques-unes des baies encore consommables à cette époque de l'année avant de commencer son exploration. Ensuite, à l'aide de son bâton, il s'ouvrit un chemin dans le lacis d'épines qui lui lacéraient la peau.

— Crotte de bique ! grogna-t-il.

Mais il continuait de progresser, tout entier tendu sur sa volonté de retrouver « sa » vipère. Une fois à droite, une fois à gauche, devant, derrière, il regardait partout.

— Où a-t-elle bien pu se fourrer ? fit-il tout fort.

Soudain son pied droit, ne trouvant plus d'appui solide, s'enfonça dans la masse de ronces qu'il venait de déblayer.

— Nom de gu ! jura-t-il.

Ne pouvant se cramponner à rien, il s'affaissa dans la cavité qui venait de s'ouvrir sous lui et il atterrit, trois ou quatre mètres plus bas, sur une petite plateforme en légère déclivité qui s'ouvrait elle-même sur une galerie où un homme aurait pu se tenir debout.

Des griffures sur tout le corps, la figure en sang, sa culotte et sa chemise déchirées, le garçon se redressa en se massant les reins.

— Eh ben, dis donc ! Pour une cabriole, c'en est une belle !

Sa voix sonna étrangement dans le prolongement du tunnel sombre qui se présentait maintenant face à lui. Recouvrant ses esprits, il voulut s'y engager. Au bout de dix pas, un amas de blocs rocheux, faisant barrage, l'empêcha d'aller plus loin.

« Bon, ça n'est pas là que je retrouverai ma vipère », pensa-t-il.

Il s'apprêtait à rebrousser chemin quand son attention fut attirée par un singulier éclat mauve, presque pourpre, situé à mi-hauteur de la cloison. Il s'approcha, posa la main dessus. C'était coupant comme du verre, avec des irrégularités et des sortes de piques acérées.

Il s'appuya de toutes ses forces sur le bloc, qui, à sa grande surprise, céda. L'ayant ramassé sur le sol, Eugène se dirigea vers l'entrée de la galerie et là, en pleine lumière, il reconnut la roche qu'il avait détachée de la paroi.

— De l'améthyste ! cria-t-il. La belle améthyste dont nous a tant parlé le maître !

Eugène ne pouvait détacher son regard des cristaux violets qui scintillaient sous les tièdes rayons du soleil d'octobre. Certains, d'un mauve pâle, semblaient se fondre sous la tutelle de leurs semblables, agglutinés ainsi qu'une masse séculaire. D'autres, en petit nombre, de couleur rosâtre, apportaient une note plus claire à cet ensemble compact qui ne ressemblait à rien d'ordinaire.

— Mon Dieu, que c'est beau ! murmura le gamin.

Une goutte de sang tomba de son front écorché. Eugène voulut l'essuyer, mais elle s'immisça dans les anfractuosités et se fondit dans les replis innombrables de la roche.

Enfouissant l'améthyste dans le fond de sa poche, il se rétablit sur le remblai dominant l'excavation où il avait chuté. Tout près de son pied droit gisait la dépouille de la vipère. Il la ramassa, se jurant de ne plus la jeter mais de l'exhiber, au contraire. Voilà qui lui donnerait un fameux prestige auprès des galapiats de son espèce et des demoiselles du village.

Un peu moulu tout de même par sa culbute, il se dit qu'il allait lui falloir reprendre le chemin de l'école. Certes, monsieur Thévenet ne serait pas très content. Mais, après tout, grâce à cette pierre d'améthyste qu'il avait découverte, peut-être le maître se montrerait-il indulgent et ne le punirait-il pas.

Il allongea le pas. Au-dessus de sa tête, des bandeaux de nuages joufflus se gonflaient de tous les vents d'ouest qui passaient par là. Lorsqu'il atteignit les premières maisons de Piquebourre, de grosses gouttes se déversèrent, comme si elles avaient attendu qu'il arrivât. Par intermittence se montrait un soleil de plâtre. Il était vite effacé par un nouveau convoi qui roulait sous un ciel d'ardoise.

A midi, lentement épelé par le clocher de l'église, le garçon se montra au portail de l'école. Les élèves venaient d'être libérés par le maître. La cour de récréation résonnait de leurs cris.

D'une main, Eugène serrait sa pierre d'améthyste. A l'autre pendouillait la dépouille de « sa » vipère.

2

Cela faisait deux ans que Paul Thévenet avait été nommé maître d'école à Piquebourre. Sa première rentrée, en octobre 1870, s'était avérée pour le moins difficile.

« Comment est-il possible, lui disait-on, qu'un homme bien constitué comme vous ne soit pas allé défendre notre pays contre ces enragés Prussiens ? »

C'est tout juste si on ne lui faisait pas porter la responsabilité de la reddition de Napoléon III à Sedan !

« Je suis myope, se défendit Paul. Ils n'ont pas voulu de moi pour endosser l'uniforme. J'aurais été capable, sans le vouloir, de tirer sur nos troupes et la défaite aurait été plus cuisante encore. »

Arguments fallacieux, pensa-t-on. Mais, bref, l'homme était là et Elisée Courchinoux, le maire de Piquebourre, ne pouvait faire autrement que d'utiliser ses services.

Services excellents, au demeurant. Car, mis à part la période des foins où il leur fallait aider les parents, et quelques autres moments dans l'année scolaire, les élèves de Paul étaient plutôt assidus et ne rechignaient pas à la tâche.

Et il les aimait, « ses » enfants. Sévère quand il fallait l'être, bien sûr. Mais aussi attentif à leurs peines et à leurs déboires. En outre, il savait récompenser les plus méritants, n'hésitant pas à attribuer des encouragements à tel ou tel qui avait fait preuve de bonne volonté à défaut d'avoir réussi parfaitement.

L'école de Piquebourre était située à la sortie sud du village, sur la route d'Issoire, près d'une pièce d'eau où, dès les premiers beaux jours, coassaient des crapauds en mal d'amour. Les hivers étaient froids et humides et la mare, souvent gelée, se recouvrait d'écharpes de brume qui, bientôt, se dissolvaient en direction d'un ciel couleur gorge-de-pigeon.

Le jeudi, jour sans école, Paul appuyait son front contre une vitre de la salle de classe et contemplait le paysage qui s'ouvrait face à lui. Tout au loin, perdues dans des floches de brume, les montagnes du Cézallier, légèrement bleutées, comme aériennes. Plus au sud se devinaient les volcans du Cantal, silhouettes un peu pataudes, presque irréelles, qui se fondaient dans un ensemble aux frontières imprécises, à la limite du ciel et de la terre.

Au premier étage du bâtiment scolaire, son appartement de fonction était constitué d'une cuisine et de deux chambres, dont l'une lui servait à entreposer ses livres de minéralogie et ses collections de pierres. Paul Thévenet ne cachait à personne sa passion pour les cailloux que patiemment il avait collectés depuis qu'il était gosse.

Sa jeunesse, il l'avait passée dans la bonne ville d'Issoire où son père, commis aux écritures à la mairie, et sa mère, mercière de son état, habitaient une maisonnette avec jardin, à deux pas de l'église Saint-Austremoine. L'enfant aimait se promener sur la placette qui s'ouvrait près de l'abbatiale, dont il admirait le chevet à l'arkose mordorée. Parfois, quand il l'osait, il pénétrait dans la nef et il levait le nez vers les chapiteaux enluminés, aux couleurs vives. Paul était déjà rêveur à l'époque, tendance qui s'accentuerait avec les années.

Sa myopie lui faisait plisser les yeux, ce dont se gaussaient ses petits camarades de l'école de la Charité. Monsieur Thévenet père avait en effet de grandes ambitions pour son fils unique, pensant qu'avec l'instruction il s'en sortirait toujours dans la vie.

Mais il fallut lui acheter des lunettes. Avec cet équipement, Paul ressemblait à un pintadeau qu'on aurait affublé de grosses loupes de chaque côté du bec. Les moqueries redoublèrent ; on cassa même ses verres à coups de talon, puis l'on brisa sa monture selon la même technique.

Le garçon, heureusement, était de nature pacifique. Qui plus est, brillant à l'école. Pas rancunier pour deux sous, il lui arrivait aussi de venir en aide à ceux qui l'avaient traîné dans la boue quelques instants plus tôt. « Bon et bête, ça commence par la même lettre ! » lui serinait pourtant sa mère. Mais, que voulez-vous, c'était dans sa nature d'être porté de bons services.

A l'âge de douze ans, il commença à s'intéresser aux cailloux. Son père lui avait fabriqué des caisses avec des casiers dans lesquels il entassait ses récoltes : morceaux de granit ou de calcaire, quartz, spath fluor, laves volcaniques d'Auvergne, et jusqu'à un bloc d'uranium issu des mines de Saint-Priest-la-Prugne, dans le Bourbonnais.

« Mon fils, il sera géologue ! » claironnait madame Thévenet mère, toute fière devant une collection de minéraux qui prenait de l'ampleur et qu'elle ne saurait bientôt plus où disposer dans sa maisonnette.

A Issoire, ainsi que le prétend l'adage, il y a du bon vin à boire et de belles filles à voir. Du vin, Paul n'en avait jamais goûté. Quant aux filles, sa myopie devait l'empêcher de bien les regarder et, pour dire la vérité, il ne leur prêtait guère d'attention, leur préférant la compagnie de ses chers cailloux.

Les fins de semaine, il s'en allait crapahuter sur les hauteurs de la ville ou sur les berges de la rivière Allier. Là, tout près de Parentignat et de son château, il amassait des galets, les portant près de ses yeux au bleu si pur mais qui voyaient si mal. Ou bien il remontait la Couze Pavin, ruisseau torrentueux à la sortie de l'hiver et qui charriait toutes les neiges fondues de la montagne du Sancy. D'autres fois encore, il grimpait sur le plateau de Pardines, dont il observait la coulée de basalte. Dans les parages, on avait, disait-on, découvert des ossements de mastodonte !

Paul venait d'atteindre ses dix-huit ans. Son brevet supérieur en poche, il était temps qu'il se mît sérieusement au travail.

« Je ne serai jamais géologue, se dit le jeune homme. Les études coûtent cher et sont tellement longues. Jamais mes bons parents ne pourront les financer. »

Il se fit donc une raison, jurant toutefois de continuer d'entretenir sa passion des cailloux.

« Et si je devenais maître d'école ? »

L'idée avait surgi d'un coup, à la vue de petits gosses en rang par deux sous la conduite d'un adulte dans une rue d'Issoire.

« Oui, c'est ça, je pourrai enseigner à mes élèves comment reconnaître les roches. »

En sa qualité de commis aux écritures à la mairie, monsieur Thévenet père apprit qu'un poste d'instituteur allait être vacant, dès la prochaine rentrée scolaire, au village de Piquebourre, à une vingtaine de kilomètres d'Issoire, du côté des monts du Livradois. L'on était en juillet 1870, la France de Napoléon III venait de déclarer la guerre à la Prusse et Paul aurait en charge l'école de garçons de la commune.

Deux ans... Cela faisait deux ans qu'il s'y trouvait.

Les gens avaient fini par s'habituer à lui, à sa longue silhouette un peu voûtée à force sans doute de se pencher sur les cailloux des chemins. Et aussi de coller son regard de myope sur le moindre silex lui paraissant digne d'intérêt.

Il avait réussi à aménager sa salle de classe selon ses goûts. A côté de cartes de géographie représentant la France amputée de l'Alsace et d'une partie de la Lorraine depuis la guerre contre la Prusse, des casiers de minéraux garnissaient les murs. Ils y côtoyaient des reproductions de peintures célèbres, comme le *Gilles* de Watteau, *Charles Ier d'Angleterre* de Van Dyck, *La Joconde* de Vinci ou *Les Chasseurs dans la neige* de Bruegel l'Ancien. Près du tableau noir trônait une autre carte, celle de l'Auvergne géologique, avec une couleur rose bonbon pour le granit, verte pour le basalte, jaune pour les sédiments, blanc barré d'ocre pour les filons de quartz. Carte parfaitement inutile, du reste, ses élèves étant bien trop ignorants en la matière, mais qui lui procurait beaucoup de joie quand il se plantait devant elle et se prenait à rêver de gisements merveilleux qu'il découvrirait peut-être un jour.

Au-dessus de l'estrade, à l'aplomb de la bibliothèque où s'alignaient cinq rangées pleines de livres recouverts d'un papier bleu roi, était une maxime qui proclamait :

Sois bon pour les animaux mais n'oublie pas ton semblable, fût-il ingrat.

Ce que la plupart des élèves interprétaient en se disant qu'il fallait être gentil avec les *gras* tout autant qu'avec les *maigres*. Avec les obèses comme avec les gringalets. *Ingrat !* Comme il était ingrat d'éduquer la jeunesse de France !

La première année, Paul eut sous sa coupe dix-sept garçons de huit à quatorze ans. A la deuxième rentrée, il en dénombra vingt et un. Et, en octobre 1872, c'était trente-deux galopins qui se pressaient quasiment chaque jour pour user leurs fonds de culotte sur les bancs.

Sauf que ce jour-là il manquait un élève !

— Quelqu'un sait-il pourquoi Eugène est absent ce matin ? fit le jeune maître après avoir compté et recompté sa troupe.

— L'Eugène ? fit un blondinet dans le fond de la classe. Pour sûr qu'il doit traîner quelque part dans les bois à chercher des champignons ou poser des collets pour les lapins.

Un autre ricana :

— On l'appelle la Fouine, m'sieur ! Pour fouiner, y a pas plus rusé que lui. Alors, l'école, vous pensez…

Chacun voulant y aller de son couplet sur le garnement qui avait fait l'école buissonnière, un brouhaha s'ensuivit. A grands coups de baguette sur son bureau, le maître finit par obtenir le silence.

— Bon, ça suffit ! A présent, ouvrez vos cahiers et recopiez la leçon de morale que j'ai inscrite au tableau. Les plus petits, faites-moi deux lignes avec la lettre *g* et trois lignes avec la lettre *a*.

Il était onze heures du matin. Paul Thévenet commençait à s'inquiéter de l'absence d'Eugène Courtine, dit « la Fouine ». Où était donc passé ce galapiat ?

Lui revint alors en mémoire le drôle d'air que le gamin avait présenté, la veille, lorsqu'il avait parlé devant sa classe de ces mines d'améthyste exploitées jadis aux environs de Piquebourre, et notamment près du hameau de Pégu.

« Pégu ! Mais c'est dans ce coin qu'il habite ! se dit-il. Si ça se trouve, Eugène aura voulu aller voir de lui-même s'il y a encore des filons dans le secteur. »

Paul termina sa classe du matin par une demi-heure de lecture silencieuse pour les plus grands. Quant aux petits, il leur fit tracer à la règle des carrés, des rectangles et des triangles qu'ils durent colorier à leur fantaisie sans dépasser les lignes. Il profita de ce temps de répit pour consulter un des nombreux livres de minéralogie qui s'entassaient dans les tiroirs de son bureau.

L'on n'entendait dans la salle que les soupirs espacés de quelque gamin, parfois une toux un peu rauque, des bruits de papier froissé, des raclements de sabots sur les lames du parquet. Dehors, des moineaux piaillaient dans les branches du tilleul de la cour. Plus loin, dans une pâture, meuglaient des vaches. A l'intérieur d'une maison aboyait un chien esseulé.

Paul Thévenet consulta sa montre. Il était midi moins cinq. Il referma son ouvrage et le reposa à sa place. Puis, après avoir ôté ses lunettes aux verres trop épais, il se frotta les yeux. Le monde extérieur lui apparut alors comme au travers d'un voile opaque. Dans ce brouillard diffus, il ne distinguait que des formes grossières, des silhouettes aux contours imprécis.

Les douze coups de midi retentirent soudain au clocher.

— Rangez vos affaires et sortez, ordonna-t-il.

Comme un seul homme, les élèves se levèrent. Le maître repositionna ses lunettes sur son nez puis jeta un œil par la fenêtre.

Adaptant sa vision, il reconnut alors au portail de l'école, vêtements déchirés et tenant d'une main la dépouille d'un serpent, son petit élève fugueur.

— Eugène ! Sacripant ! cria-t-il en ouvrant un battant. Où étais-tu donc passé, vilain garnement ?

3

— Arrive donc ici, que je te tire les oreilles, vilain drôle !

Tout penaud, Eugène avança, balançant comme par défi sa vipère au bout de son bras et cramponnant fermement la pierre d'améthyste dans sa main droite. Formant une sorte de haie d'honneur, les élèves se tenaient à distance respectueuse. A cause du serpent sans doute – peut-être la bête n'était-elle pas entièrement morte ? –, ils jugeaient prudent de ne pas s'approcher de ce satané « la Fouine », qui avait un sacré cran, tout de même.

— Allez, viens m'expliquer pourquoi tu as fait l'école buissonnière ce matin. Et ne me raconte pas de balivernes, surtout !

— C'est à cause de ça, m'sieur…

Eugène ouvrit sa main et découvrit la gemme violacée dont les pointes s'étaient incrustées dans sa peau en y dessinant de petites taches blanches.

— De l'améthyste ! s'écria Paul Thévenet. Où as-tu découvert cela ?

— Pas loin de Pégu, m'sieur. Tout comme vous nous l'aviez expliqué hier. Alors, dame, j'ai voulu aller voir dans les parages. Après, j'suis tombé dans un trou, à la recherche de cette vipère que j'avais tuée un peu avant. Mais il y a tout un filon, m'sieur. Je pourrai vous le montrer si vous voulez et…

— J'espère bien que tu me le…

Brusquement, Paul se ressaisit.

— Il n'empêche, Eugène, tu as commis une grosse faute ce matin en ne venant pas à l'école, gronda-t-il. Tu seras puni pour cela et je veux croire que cela ne se reproduira plus jamais.

Il fit les gros yeux ; le gamin baissa les siens.

— En plus, te rends-tu compte que tu aurais pu te faire mordre par cette vipère, petit inconscient que tu es ?

— Oh non, m'sieur ! Je l'ai eue par surprise, y avait pas de danger.

— Ça suffit ! Va t'asseoir dans le fond de la classe et copie-moi cent fois la phrase : « Je ne ferai plus jamais l'école buissonnière et j'obéirai à mon maître. »

Il s'interrompit un instant avant de reprendre :

— Maintenant, donne-moi cet aspic. Hum ! La tête n'est pas trop abîmée. Je pense qu'on va pouvoir le conserver dans un bocal de formol. Allez, mets-toi au travail à présent. Et je ne veux pas une seule faute d'orthographe ! Te voilà prévenu.

Eugène tirait la langue et essayait de s'appliquer du mieux qu'il le pouvait pour écrire ces maudites lignes de punition. La plume crissait sur le papier ; en plus d'une occasion, il avait fait des « pâtés » d'encre violette.

« La même couleur que mon améthyste », s'était-il dit.

Son améthyste ! Tu parles ! Le maître s'était empressé de la confisquer, *son* améthyste ! De même que la vipère, qui demeurerait désormais dans un bocal, sur un rayonnage dans le fond de la salle de classe.

En outre, l'estomac d'Eugène commençait à crier famine. Il avait été bien bête de se délester de sa musette dans un buisson afin de partir plus libre à l'aventure. Et dire que Savine lui avait tout préparé dans son sac pour qu'il puisse manger à midi !

Dehors, les élèves cassaient la croûte, eux. Quelle chance ils avaient !

Il se replongea dans ses écritures.

Je-ne-fe-rai-plus-ja-mais-l'é-co-le-bui-sson-niè-re-et-j'o-béi-rai-à...

— Alors, Eugène, j'espère que tu travailles bien.

Le garçon sursauta. Il n'avait pas entendu le maître revenir. Celui-ci se tenait derrière lui, mains dans le dos et buste légèrement penché.

Une tache d'encre s'étala sur la page. Le gosse l'épongea avec un buvard.

— N'as-tu pas faim, Eugène ? s'enquit Paul Thévenet.

— Oh, si, m'sieur.

— Mais où est donc ta musette ?

— Je l'ai oubliée quelque part ce matin, m'sieur.

Le maître fit mine de lui tirer le lobe de l'oreille.

— Voilà ce que c'est de vouloir partir sur les chemins de l'école buissonnière. On se débarrasse de son sac en route et on n'a rien à manger au moment de midi. Tiens, tu mériterais quelques bons coups de martinet sur les fesses, mauvais sujet !

Paul se départit soudain de son air bourru.

— Bon, j'ai pitié de toi. Va t'asseoir sous le préau. Il y a un morceau de pain et du fromage qui t'attendent. Tu finiras ta punition plus tard.

— Oh ! Merci, m'sieur !

Eugène fut obligé de rester après la classe du soir pour terminer son pensum. Il s'accouda à la barre d'une fenêtre et regarda avec envie les élèves s'égailler par groupes dans la rue de Piquebourre. Longtemps après qu'ils eurent disparu de son champ de vision, il les entendit rire et crier. Deux garçons, préposés au service de nettoyage ce jour-là, balayaient le sol et effaçaient les inscriptions à la craie du tableau noir.

Le plus grand, un certain Maurice Gandelon, se tourna vers lui.

— Hé bé, dis donc ! Le maître, il n'y est pas allé avec le dos de la cuiller ! Il t'a collé une de ces tartines en punition ! Tu en as bien pour une heure encore.

Eugène esquissa un geste las de la main, quitta son poste d'observation et retourna à sa place.

— Une heure ! Sinon plus ! fit-il d'un air découragé.

— Si tu es puni, c'est que tu l'as mérité, intervint le second élève en charge du ménage de la salle de classe.

C'était un petit bonhomme aux cheveux noirs en broussaille et au visage fin de musaraigne.

— Oh, toi, le Baptiste ! grogna Maurice. Obéissant comme tu l'es, c'est pas demain la veille que monsieur Thévenet te punira.

— Le Baptiste Meunier, ricana Eugène, il est toujours sage comme une image.

— Et tu ferais bien d'en faire autant !

Eugène se retourna. Sous le chambranle de la porte se dressait la haute silhouette de Paul Thévenet. Le maître devait être là depuis quelque temps déjà mais aucun des trois garçons ne s'était aperçu de sa présence.

Il avança entre les rangées de pupitres. Tête basse, et alors que Maurice et Baptiste époussetaient des chiffons par la fenêtre, Eugène trempa sa plume dans l'encre violette et poursuivit son exercice d'écriture.

— Tu as bientôt terminé ? questionna Paul.

— Oh non, m'sieur ! J'en suis à la quarantième ligne seulement.

— Eh bien, dépêche-toi si tu veux rentrer chez toi avant la nuit.

L'instituteur prêta l'oreille. Le vent s'était levé et pulvérisait contre les vitres des gouttes d'eau.

— Voilà la pluie qui a repris, constata-t-il. Baptiste et Maurice, si vous avez fini le ménage, vous pouvez partir.

Resté seul avec Eugène, il s'assit à califourchon sur une banquette et puis, fixant son élève de ses yeux bleus que les lunettes rendaient quasiment céruléens, il s'adressa à lui.

— Eugène, lui dit-il, serais-tu capable de retrouver l'endroit où tu es allé dénicher cette belle pierre d'améthyste ?

— Oh oui, m'sieur.

— Très bien. Tu m'y conduiras donc demain jeudi, jour sans école. Allez, déguerpis maintenant. Je te fais grâce des dernières lignes de ta punition.

— Merci, m'sieur !

Le gosse ne se le fit pas dire deux fois. Au moment où il franchissait le seuil de la salle de classe, Paul le rappela.

— Attends, lui dit-il. Il pleut à verse et tu n'as rien pour te couvrir. Prends ce vieux manteau et ne traîne pas en route. Je serai chez toi demain matin à dix heures.

« Qu'est-ce qui lui prend, au maître, de vouloir venir à la maison ? se disait Eugène en rentrant la tête dans les épaules sous la pluie battante. J'espère bien que personne ne le saura à l'école. Sans compter qu'il va raconter aux parents que j'ai fait ce matin l'école buissonnière ! »

Ce n'était d'ailleurs pas tant de son père ni de sa mère qu'il craignait les réprimandes, mais de Savine. Elle ne serait sans doute pas ravie d'apprendre la chose ! Quand la grande sœur le regardait de ses beaux yeux d'émeraude, lui, Eugène, serait passé par un trou de souris.

« Pour sûr, elle ne sera pas contente, Savine ! »

D'ailleurs, ce soir, elle allait lui demander la raison de son retour aussi tardif. Oh oui ! Il s'attendait à ce qu'elle lui adresse mille reproches. Que pourrait-il lui répondre ?

Laissant le bâtiment de la mairie à main gauche, il traversa la place de l'église et continua tout droit sur la route qui s'élevait en direction des monts du Livradois. Peu à peu, la nuit gagnait sur le jour et se tassait au-dessus de la terre amollie par l'ondée. A la dernière maison de Piquebourre, quelqu'un ferma des volets. Ils grincèrent puis, au loin, un chien se mit à japper furieusement. Un autre lui répondit et, à hauteur des grands bois, un troisième entra dans la partie en laissant fuser un cri plus rauque.

Eugène allongea le pas. La nuit d'octobre arrivait vite et il lui restait encore une bonne demi-lieue avant d'être rendu chez lui.

« C'est la faute à monsieur Thévenet, se dit-il. S'il ne m'avait pas gardé après la classe, à présent je serais bien au chaud près de la cheminée. »

Bientôt, la pluie tomba moins dru et les rafales de vent s'espacèrent. A proximité d'un calvaire où se dressaient trois croix sur une éminence rocheuse, le garçon quitta la grande route et obliqua à droite, par un chemin empierré sous une allée de noisetiers.

Malgré le manteau prêté par le maître, il avait froid à présent car de l'eau avait pénétré sous l'habit. A un moment, il trébucha sur une énorme racine, semblable à un gros serpent immobile. Une nouvelle bourrasque, mordante ainsi qu'une lame, le fit frissonner. Tremblement qui s'amplifia soudain quand, à l'aplomb d'un chêne, une chouette se mit à miauler avec des notes aiguës, pointues telles des dents de scie.

— Sale bête ! dit-il à voix haute, comme s'il avait voulu conjurer les démons de la forêt.

Instinctivement, Eugène regarda derrière lui.

— Tu ne vas pas avoir peur, tout de même ! se morigéna-t-il.

Face à lui, la proue de la colline de Pégu se dessina vaguement au travers des filasses de brume qui s'étiraient comme pour envelopper la nuit. Il sortit de la corne du bois et déboucha sur une lande en pente douce. Au passage, il récupéra sa musette qu'il avait déposée le matin ici même. Elle était toute trempée, si bien qu'il fut obligé de jeter dans un fossé les provisions de bouche que Savine lui avait préparées. Quant aux affaires d'école – un cahier et un livre –, elles étaient dans un état ! C'est monsieur Thévenet qui serait content lorsqu'il s'en apercevrait !

Il marcha encore pendant un quart d'heure. Après un instant d'accalmie, la pluie redoubla d'intensité, libérant autour de lui de puissantes odeurs de mousse et de champignons. Une nuit sans étoiles se posait tout doucement sur le pays tandis qu'il continuait d'avancer en courbant l'échine sur un terrain empoissé de boue.

Il arriva à une croisée de chemins. Au pied d'un châtaignier était une croix en fer rouillé sur laquelle il appuya son front en s'efforçant de respirer calmement.

Brusquement, à une portée de fusil, un chien se mit à aboyer d'une plainte éraillée. Eugène reconnut le corniaud de la ferme, dont le glapissement était si singulier.

— Briscard ! cria-t-il.

Une voix féminine s'éleva dans l'obscurité.

— Eugène ? fit-elle. C'est toi, Eugène ?

Le garçon entrevit alors la lueur tremblotante d'un falot. En quelques instants, le chien fut près de lui et posa ses pattes crottées sur ses épaules en le faisant tomber à la renverse. Le temps qu'il se relève, et la grande sœur Savine se dressait face à lui.

— Eugène ! Que t'est-il arrivé ? Pourquoi ce retard ? Père et mère se font un sang d'encre. Et moi aussi, d'ailleurs !

— C'est le maître qui…

Il n'eut pas le temps d'achever sa phrase. La gifle cingla, magistrale.

— Tais-toi ! Tu trouves toujours des excuses à tes escapades. Maintenant, ça suffit ! Allez, ouste, à la maison, vilain garnement !

Décidément, entre le maître et Savine, Eugène n'avait pas eu de chance aujourd'hui. Et Savine paraissait vraiment très en colère…

4

Bâtie en vieilles pierres de granit mangées de lichens, la ferme de Jean et Antoinette Courtine s'adossait à une butte qui filait, vers le nord, en direction d'une forêt de feuillus, chênes et châtaigniers, l'abritant quelque peu de la bise en hiver. Accolée à l'étable dont elle était séparée par une simple cloison de bois, la maison d'habitation comprenait au rez-de-chaussée une vaste pièce qui s'ouvrait au sud par trois fenêtres plus hautes que larges. Dans le fond, la cheminée à deux piédroits simples dispensait, quelle que fût la saison, la chaleur de son foyer. Après sa journée de labeur, le père aimait à venir s'asseoir dans le *cantou*[1] et présenter aux flammes ses membres endoloris.

Aux repas, il siégeait en bout de table. C'était lui qui extrayait le pain de la *tourtière*[2] et le partageait à l'aide de son couteau, non sans avoir, au préalable, tracé un signe de croix sur la croûte mordorée.

Antoinette, sa femme, plus souvent debout qu'assise, le servait toujours en priorité. Puis venait le tour des enfants, Savine et le petit Eugène, avant qu'elle-même consentît à remplir sa propre écuelle.

---

1. Siège à haut dossier, placé à proximité de la cheminée. Le *cantou* désignait aussi la cheminée elle-même.
2. Tiroir logé sous la table et qui devait son nom à la tourte de pain qu'il pouvait abriter.

Le couple de paysans avait connu bien des déboires dans sa vie. Avant qu'enfin elle arrivât au terme de sa grossesse et mît au monde sa fille Savine, la pauvre Antoinette avait dû subir trois ou quatre fausses couches. Trois, quatre : à vrai dire, elle ne le savait pas elle-même.

« Une pisseuse ! » s'était exclamé le mari, qui ne pouvait cacher sa déception à l'arrivée de la demoiselle, car il avait tant espéré un mâle pour lui succéder un jour.

Oui mais, après la « pisseuse », le moule parut cassé. Et Antoinette commençait à prendre de l'âge, arrivant à celui où une femme ne peut plus procréer. Soudain, miracle ! Dix ans après Savine se présenta Eugène, un noiraud qui braillait à fendre l'âme, le jour, la nuit, à tout propos.

C'est bien simple : Antoinette s'épuisa à vouloir le calmer. Son lait se tarit, elle tomba dans une sorte de langueur, perdit l'appétit ainsi que le sommeil et maigrit beaucoup.

Ce fut alors Savine qui pallia cette carence maternelle. Comme une deuxième maman, elle s'occupait du nourrisson, le faisait manger, lui changeait ses langes, le lavait, le consolait. La fillette avait reçu quelques notions de lecture, d'écriture et de calcul grâce à mère Françoise, une vieille religieuse qui vivait à Piquebourre dans un galetas dont elle se contentait, ayant fait vœu de pauvreté. Dès qu'elle eut à prendre en charge son petit frère, Savine délaissa par la force des choses ces rudiments d'éducation pour lesquels elle avait pourtant montré une certaine disposition.

Quand Eugène eut atteint sa quatrième année, Antoinette Courtine retrouva un peu d'allant. Heureusement, du reste, car le gosse courait partout, du hangar à l'étable, du poulailler à la soue, et jusqu'au puits d'où Savine le délogeait souvent, une fessée à la clé, dans la peur qu'il ne s'y précipitât.

« Tu as le diable au corps ! » lui criait-elle souvent. Mais plus son aînée le sermonnait, plus le gamin semblait vouloir n'en faire qu'à sa tête. Et ça n'était certes pas le père qui l'en aurait empêché. A l'image de sa femme, l'homme paraissait usé par les travaux. De plus en plus courbé, il avait du mal à déplacer son long corps sec et noueux qui ressemblait à un cep de vigne. Le labeur n'attendait pas, pourtant. Et il y en avait tant !

A la maison, la mère avait repris vaille que vaille sa besogne quotidienne : faire à manger pour tous, dresser la table, laver la vaisselle, coudre, repriser, tricoter chaussettes et chandails. A Savine incombait la responsabilité de la basse-cour : donner du grain aux poules, récolter les œufs, nourrir les oisons dans sa main avec la pâtée de son et d'orties ; puis il lui fallait traire les vaches, transporter les seilles remplies à ras bord dans la *souillarde*[1], garnir l'auge à cochons, curer l'étable, enlever le fumier, donner le foin.

Que de tâches ! On ne voyait pas le temps passer.

Vint bientôt celui où l'on décida qu'Eugène irait à l'école.

C'est le maire qui persuada Jean Courtine de scolariser son fils au plus vite. Elisée Courchinoux se disait progressiste et proclamait que sans instruction l'être humain était voué à une vie à peine plus évoluée que celle de l'animal.

— Tu comprends, mon Jean, dans dix ans, cela deviendra une évidence et tous les enfants de France, garçons et filles, auront l'obligation d'aller à l'école[2]. Alors, n'est-ce pas, il vaut mieux être à l'avant-garde de cette évolution. Pour ma part, je souhaite que la grosse majorité des gosses de la commune soit éduquée en bonne et due forme.

---

1. Pièce entre l'étable et la cuisine, généralement fraîche, où étaient logées l'écrémeuse et la baratte pour faire le beurre.

2. Ce qui sera effectivement le cas en 1882 avec les lois Jules Ferry (ministre de l'Instruction, qui rendit l'enseignement primaire public, laïc, gratuit et obligatoire).

Elisée discourait avec toute la passion de ses convictions. A l'écart, en bout de table, Eugène observait l'édile sans tout comprendre à son galimatias. Il semblait fasciné par les pinceaux de poils roux qui sortaient de ses narines et de ses oreilles. La tête déplumée du maire, au crâne lisse comme un galet de rivière, s'agitait parfois de soubresauts tandis qu'il pérorait et que ses joues grasses tremblaient comme de la gélatine.

— Alors, c'est d'accord ? reprit-il. Tu dis oui pour ton fils ?

Jean Courtine hésita un moment. Ses gros doigts boudinés tenaient fermement son verre de rouge, puis le tripotaient nerveusement sur la table.

— Alors ?

— Je vais te dire oui, finit par lâcher le paysan. Mais quand il y aura du labeur, p't-être ben que le fils, il restera à la maison pour aider.

Elisée Courchinoux alla ainsi de ferme en ferme et enrôla une douzaine de petits écoliers. On ne peut dire que la chose enchanta Eugène. Bon gré, mal gré, il lui fallut pourtant se rendre à l'évidence : les jours d'escapade dans les prés et les bois seraient remplacés désormais par un enfermement dans une salle de classe où il lui faudrait faire entrer dans sa tête de cabochard ces drôles de signes qui s'appelaient des lettres et des chiffres. Misère de misère ! Que la vie était difficile parfois !

Sa première année d'école, le gamin s'en souviendrait longtemps. Le maître était une brute épaisse au visage carré sous un front bas et aux cheveux gris jaunâtre, droits comme des piquets de clôture. Et toujours à crier, le bougre ! A vociférer, à vagir, à s'en prendre au monde entier qui lui avait refilé ce troupeau d'ânes à qui il devait apprendre la lecture et l'écriture.

« Bande d'idiots ! glapissait-il. C'est à désespérer ! Jamais personne ne fera rien de vous. »

Une grosse veine gonflait à son cou, sa figure s'empourprait, passant de la couleur ponceau au violet aubergine pendant que sa couperose naturelle s'adornait d'abominables géographies, d'affreux méandres d'eaux rougies.

Pour avoir confondu la lettre *b* et la lettre *d*, Eugène avait conservé jusqu'au soir sur sa joue droite la marque des doigts de ce pédagogue hors pair.

« C'est bien fait pour toi, tu n'as qu'à écouter le maître. »

Ce qui était certain, c'est que ce ne serait pas Savine qui le consolerait quand pareille mésaventure surviendrait de nouveau. Pour sûr, la grande sœur, qui n'avait connu que l'école de la Mère Françoise, ne pouvait s'imaginer quelle vie cruelle et quels affreux supplices le gamin endurait loin de la maison.

Heureusement, à la rentrée scolaire suivante, cet horrible maître n'avait plus donné signe de vie. D'aucuns prétendirent qu'il avait été porté disparu lors des premiers combats de la guerre contre la Prusse. C'est alors qu'aux yeux de tous Paul Thévenet était apparu derrière ses énormes lunettes de myope.

Ah ! Monsieur Thévenet ! Combien différent il était de son prédécesseur !

Les élèves découvrirent une sorte d'échassier dégingandé, aux cheveux bruns calamistrés, maigre ainsi qu'une branche morte, aux longs bras d'araignée, au teint couleur de réglisse. Ce qui le rendait encore plus remarquable, c'était cette monture en écaille qui lui enserrait les tempes comme en un étau et dont les verres épais semblaient dilater les pupilles de ses beaux yeux d'azur.

« Ce maître-là, se dit Eugène, il ne me distribuera pas des calottes comme l'autre. Ce sera toujours ça de gagné. »

De fait, Paul Thévenet sut tout de suite s'attirer la sympathie des enfants. Certes, il leur fallait apprendre les notions de base. Mais il les intéressait à d'autres activités. Et, bien sûr, à la minéralogie.

Cela finit par se savoir dans le pays : le maître d'école était un fervent de cailloux. Souvent, le dimanche, on le voyait arpenter les drailles et les sentiers, le nez baissé sur un rocher qui saillait au plein milieu d'un champ ou bien sa longue carcasse accroupie pour sonder quelque strate dans les sédiments à nu d'une carrière argileuse.

« Notre maître d'école est un poète, disait de lui le père Cacheux, curé à Piquebourre depuis plus de vingt ans. Sa lubie, c'est les caillasses. Comme d'autres collectionnent les papillons, les timbres-poste ou les bons vins, lui, il se contente de ces pierrailles qui usent habituellement nos galoches. Que voulez-vous ? Il faut de tout pour faire un monde et si Dieu l'a placé parmi nous, c'est qu'il avait sans doute ses raisons pour cela. »

Alors, puisque le clergé lui-même donnait son aval, chacun finit par s'habituer à ce personnage étrange à la maigreur de héron et qui, lorsqu'il marchait, se fendait comme un compas en grand écart.

Grâce à Paul Thévenet, Eugène accomplit des progrès remarquables. A présent, il savait lire, écrire et compter. Autant de notions qui rentrèrent dans sa cervelle sans qu'il fût utile pour autant de le tabasser ainsi que l'avait fait l'ancien instituteur. Oh, certes, le gamin se disait souvent qu'il eût préféré vadrouiller dans les bois plutôt que d'user ses fonds de braies sur les bancs de l'école. Mais enfin, la vie était ainsi, il fallait savoir se montrer raisonnable.

Et puis le maître aimait parfois agrémenter ses leçons avec ce qu'il appelait sa « classe-nature ». Il emmenait alors ses élèves, suivant le temps, près de la mare, en face du bâtiment scolaire. A la saison, on y observait des têtards qu'on ramassait dans de grands bocaux jusqu'à ce qu'ils devinssent des grenouilles. A l'automne venait la cueillette des champignons et chacun apprenait à reconnaître ceux qui étaient comestibles, comme les cèpes, les chanterelles ou les coulemelles, et ceux qui étaient vénéneux, telles l'amanite phalloïde ou la fausse oronge au beau chapeau rouge constellé de points blancs. On ramassait des fleurs, des feuilles mortes qu'on dessinerait ensuite en classe, des glands, des marrons, des châtaignes.

Mais ce qui intéressait par-dessus tout les enfants, c'était quand Paul leur parlait de ses pierres. Les gamins étaient en extase devant un tel savoir ; il les subjuguait par sa connaissance du moindre caillou ramassé sur le chemin, leur en précisait le nom et comment, par quel miracle, il se trouvait là après des centaines de milliers d'années passées sous la terre.

« Vous savez tout, m'sieur ! lui avait dit un jour Eugène, qui écarquillait des yeux grands comme des soupiraux de cave.

— Oh non, mon garçon. Je suis loin de tout savoir et il y a tellement de choses à apprendre de la nature. Mais vois-tu, chaque jour qui passe, j'essaie d'en savoir un peu plus. Il faut être curieux de tout, les enfants. »

Alors, Eugène avait appliqué à la lettre cette recommandation. C'était même cela qui l'avait poussé à faire l'école buissonnière.

5

Ce matin-là, Savine était d'une nervosité inhabituelle. La veille, après qu'elle eut ramené manu militari son petit frère au bercail, celui-ci l'avait informée de la venue du maître d'école à la ferme. Mon Dieu ! Que de tracas pour elle et pour la mère afin de mettre tout en ordre dans la pièce du bas ! Mais aussi, l'instituteur était un « monsieur » et il n'était pas question qu'il s'en retournât avec une mauvaise image de la famille de son élève.

Dès six heures, la première levée, elle fit chauffer un peu de lait qu'elle but debout après avoir ranimé les braises dans la cheminée et y avoir ajouté une poignée de fagots. Le chien Briscard vint se coller à ses jambes et elle le gratifia d'une vague caresse sur le mufle, dont il dut se contenter.

— Pas le temps aujourd'hui, lui dit-elle avant de jeter un œil par le fenestron qui donnait sur le *couderc*[1].

Vers l'orient, une lueur ténue commençait à sortir de l'ombre. Quelques gouttes éparses continuaient de cingler les vitres. Durant une partie de la nuit, Savine avait entendu le gargouillis de la pluie dans les chéneaux. Cela semblait s'être calmé à présent.

Soudain apparut sous le chambranle de la porte le museau encore barbouillé de sommeil d'Antoinette. Un

1. Vaste espace ouvert de la ferme, comprenant le hangar, le poulailler, le colombier, la bergerie (ou l'étable).

instant, Savine s'attacha à examiner la frêle silhouette de sa mère. Vêtue de son éternel sarrau gris, elle avait tout l'air d'une petite vieille avec son nuage de cheveux blancs partant dans tous les sens avant de tomber en averse sur ses épaules étroites. Osseuse, le profil pointu, sa figure paraissait lasse comme si elle avait trimé toute la nuit.

— Bonjour, mère, dit Savine. J'espère que la pluie ne t'a pas empêchée de dormir.

Antoinette eut un geste vague de la main puis esquissa un bref sourire qui traça autour de sa bouche de petits sillons en forme de guillemets.

— Le sommeil et moi, tu sais... Il y a longtemps qu'il m'a quittée, le sommeil.

Elle s'assit pesamment sur le banc tandis que sa fille lui versait dans un bol le restant du pichet de lait.

— Je me demande bien ce qu'il nous veut, le maître d'école, finit-elle par lâcher après avoir avalé deux goulées qui laissèrent sur ses lèvres une trace blanche. Il doit avoir quelque chose d'important à nous dire, ce monsieur. Pourvu que l'Eugène n'ait pas fait de bêtises !

— Mais non, mère, tu le sais bien et Eugène nous l'a expliqué hier soir. Le maître a juste demandé qu'il lui montre un ancien gisement d'améthyste qui se trouve tout près d'ici.

— Et comment il connaît tout ça, le gamin ? Mais baste, s'il n'était pas toujours à traîner dans les bois !

Un raclement de sabots se fit entendre. Le père apparut alors dans le fond de la pièce, sa chemise de laine brune hâtivement enfilée dans ses *brayes*[1] de velours, petassées aux genoux.

— Bonjour, père.

Jean Courtine était du genre taiseux, il était difficile de lui desserrer ses lèvres de pierre. Les rides qui lui labou-

1. Brayes ou braies : pantalon.

raient le front se froncèrent et il éructa un gargouillement confus qui était peut-être une réponse à la salutation de sa fille.

A pas lents, il s'approcha de la table et s'assit, tourné vers l'âtre dont les flammes à présent vigoureuses, jaune et bleu, s'ouvraient en corolles fugitives. Il passa sa main aux phalanges spatulées sur la râpe de sa barbe, engloutit le verre d'eau que Savine venait de lui servir et articula, en direction de sa femme :

— Aujourd'hui, je m'en vas au bois pour casser du fayard.

— Mais, père, il y a le maître d'école qui vient ce matin !

Savine n'avait pu réfréner ces paroles.

— La mère et toi êtes bien suffisantes pour recevoir ce monsieur.

Alors, tandis qu'Antoinette s'activait à son chaudron pour remplir la baquée des cochons, Jean Courtine se coupa un taillon de lard qu'il mastiqua lentement avec des bouchées de pain.

— Le travail, ça n'attend pas, ronchonna-t-il dans sa barbe.

Savine, elle, était de plus en plus nerveuse.

Aussi vite qu'elle le put, elle procéda au nettoyage de la pièce. A grands coups de balai et de chiffons, elle s'activa à la rendre présentable à la vue de Paul Thévenet lorsqu'il arriverait. Le pauvre Briscard, qui trottinait dans ses jambes, fut d'ailleurs chassé au-dehors sans plus de façons.

— Allez, ouste, vilain chien ! Ça n'est pas le moment de traîner tes pattes crasseuses alors que je viens de laver. Reste à la porte et ne t'avise pas de vouloir rentrer.

A huit heures moins le quart, quand Eugène apparut à son tour, encore à moitié ensommeillé et la tignasse ébouriffée, elle l'accueillit vertement.

— C'est maintenant que tu te lèves ? Dépêche-toi d'aller te débarbouiller, tu es sale comme un pou.

Lorsque neuf heures sonnèrent au cartel de la salle, ayant fini son ouvrage, elle pensa tout de même à se pomponner. Elle lissa ses longs cheveux couleur de blés d'or, les attacha avec un ruban derrière la nuque puis elle ôta son *devantier*[1] rapiécé et usé aux entournures. Elle découvrit alors sa robe de taffetas prune qui enserrait une taille fine de guêpe et mettait en valeur deux petits seins haut perchés. Savine s'approcha du miroir qui trônait près de la fenêtre et servait au père lorsqu'il procédait à son rasage du dimanche matin. Elle contempla l'ovale de sa figure, adoucit la courbe de ses sourcils blonds qui s'effilaient en ailes acuminées.

— Qui trop se mire dans la glace voit paraître le diable ! gronda la mère dans son dos.

Savine se sentit rougir jusqu'aux oreilles. Les joues en feu, elle regarda au-dehors. La pluie, qui continuait de tomber, dégoulinait sur la vitre en longues larmes de guimauve. Tout près, une gouttière pleurait dans une bassine que le père avait dû disposer à cet effet dans les combles. Sur le *couderc,* une tôle attachée par un fil de fer bringuebalait contre une barrière en bois.

— L'automne est de retour, geignit la jeune fille. Ce pauvre monsieur Thévenet sera tout *trempe* quand il arrivera.

La mère l'ayant regardée d'un drôle d'air, Savine, de nouveau, devint rouge comme une pivoine. Heureusement pour elle, Eugène passa dans les parages à ce moment-là, ce qui permit de détourner l'attention sur le petit frère.

— T'es-tu lavé la figure, au moins ? fit la jeune fille en arborant le regard sévère d'un censeur.

---

1. Tablier.

De fait, le gamin paraissait propre comme un sou neuf. Il avait même essayé d'aplatir sur son front quelques mèches rebelles, ce qui dessinait au-dessus de ses sourcils comme une herse brune dont la pluie et le vent auraient tôt fait de rétablir l'indiscipline naturelle.

Savine dirigea son regard vers l'œil impassible de l'horloge. Dix heures moins cinq minutes indiquaient les aiguilles. Monsieur Thévenet ne tarderait plus à présent. Tout était-il bien en ordre ? Un objet ne traînait-il pas dans quelque recoin, ce qui eût pu laisser supposer une impardonnable négligence ?

La jeune fille n'avait vu qu'une seule fois l'instituteur. C'était à la fête du village, au mois d'août dernier. Elle se souvenait d'un être filiforme, un peu dégingandé, ne sachant quoi faire de ses mains qui pendouillaient, inertes, de part et d'autre de ses hanches. Un pantalon, tout effiloqué, tirebouchonnait jusqu'au bas des mollets, laissant à découvert des chaussettes de coton que, ce jour-là justement, il avait enfilées à l'envers.

Avec Anicette et Olivine, ses amies de toujours, Savine avait ri de la drôle de dégaine de cet arlequin à qui l'on confiait l'éducation des enfants de la commune.

« Le pauvre, il ne voit que la moitié de sa vie ! avait jugé, caustique, la belle Anicette en constatant que le quidam arborait de grosses lunettes de myope.

— Oui, mais il a des yeux d'azur ! » s'était empressée de rectifier Olivine, qui s'attachait aux détails.

Savine, pour sa part, avait bien noté leur couleur céruléenne qu'accentuait l'épaisseur des verres et que l'air absent du propriétaire rendait plus intense encore.

« Cet apollon t'aurait-il tapé dans l'œil, ma chère Savine ? » s'était gaussée Anicette, jamais avare de saillies qui, généralement, faisaient mouche.

Savine avait haussé les épaules et détourné sa figure soudain trop colorée.

« Pauvre idiote ! » avait-elle répliqué.

Les amies en étaient restées là. Et, aujourd'hui, monsieur Thévenet venait à la maison où il avait donné rendez-vous à son frère Eugène pour partir à la recherche de cailloux. Quelle affaire !

De nouveau, Savine jeta un œil à l'horloge. Dix heures et cinq minutes. Tout aussi impatient que son aînée, Eugène allait et venait dans la salle en se rongeant les ongles.

— Cesseras-tu, à la fin ? gronda la jeune fille. Ton manège me fatigue.

Le garçon s'assit près du *cantou* et observa la danse des flammes dans l'âtre. Elles se tordaient, s'allongeaient, rampaient, relevaient la tête, s'étiraient de nouveau ainsi que des serpents prêts à attaquer. Le bois flambait, la braise craquait, et Eugène n'osait plus bouger depuis l'admonition de la grande sœur. Soudain, rompant le silence, l'aboiement du chien Briscard se fit entendre. D'un même élan, Savine et Eugène coururent à la fenêtre.

A grandes enjambées, enveloppé dans une longue houppelande brune que prolongeaient des souliers larges du bout comme des battoirs, se présenta Paul Thévenet à l'aplomb de la cour. Accompagné du mâtin qui lui reniflait les mollets, l'instituteur accomplit les derniers mètres puis s'arrêta devant la porte. Avant même qu'il eût actionné le marteau, celle-ci s'ouvrait, découvrant la figure un peu figée de Savine.

— Bonjour, mademoiselle. Je suis le maître d'école du petit Eugène et je...

— Oui, je sais, mon frère nous a fait part de votre visite. Mais finissez d'entrer, je vous prie.

— Merci, mademoiselle.

Il avança de quelques pas vers la table centrale. Antoinette, qui coupait en rondelles des raves pour la soupe, se leva, s'essuya les mains à son sarrau et, toute gênée, lui octroya un salut de la tête.

— Je suis venu vous enlever votre fils, madame.

Se tournant vers le gamin :

— Es-tu prêt, Eugène, à me montrer ton filon d'améthyste ?

— Oh oui, m'sieur.

— Bien, allons-y sans plus attendre.

Au passage, devant la porte, il frôla par mégarde le bras droit de Savine. Il voulut s'excuser, l'assurant qu'il était désolé de cette maladresse. Bien qu'il se montrât confus, et en dépit de sa myopie, il eut le temps d'entrevoir les yeux céladon de la belle, qu'il trouva toutefois un peu moqueurs à son égard. Elle se contenta de sourire et s'effaça devant lui.

— Soyez rentrés pour midi, énonça brusquement la mère. Monsieur le maître d'école nous fera bien l'honneur de partager notre repas.

En disant cela, Antoinette Courtine offrit un visage radieux. Comme si de rien n'était, elle continua de couper ses raves en rondelles.

Dehors, le chien Briscard faisait entendre le grignotis de ses pattes onglées sur les cailloux de la cour.

— Allons voir notre belle améthyste, trancha Paul Thévenet.

Et Eugène lui emboîta le pas, comme un petit garçon qu'il était.

6

Le maître et son élève quittèrent le village et se dirigèrent vers le ravin de Pégu. Le chemin était en forte pente et les pluies des dernières heures le rendaient particulièrement glissant. Ils traversèrent une châtaigneraie. Des bogues jonchaient le sol, parsemant les feuilles mortes de taches plus claires. Un temps, Eugène s'amusa à les écraser sous son talon pour faire apparaître les fruits mordorés et brillants.

— Si on a le temps, on les ramassera au retour, intervint Paul Thévenet. Poursuivons notre route à présent.

Dans un fontis marécageux, sur leur droite, un animal – grenouille, salamandre, crapaud – plongea, ce qui dessina sur la surface glauque des ondes qui s'évanouirent en atteignant les berges.

Ils continuaient de descendre et entendaient distinctement le ruisseau de Pégu qui courait en cascatelles dans le fond du ravin. L'escarpement s'accentua soudain et un lacet en épingle à cheveux leur fit changer de cap.

— On est bientôt rendus, m'sieur, fit Eugène.

Le garçon désigna du doigt une butte conique envahie de broussailles avec, de part en part, des blocs erratiques de granit qui pointaient leurs chicots.

— C'est ici que j'ai tué la vipère, se glorifia le gamin. Le filon est tout proche.

Se penchant vers le sol, Paul Thévenet découvrit un gros tas de cailloux que parsemaient des quartz blancs.

— Vois-tu, mon garçon, prononça-t-il sentencieusement, je crois que tu as fait une découverte essentielle. Ce monticule que nous foulons de nos pieds est en réalité l'amoncellement des déchets que les mineurs ont accumulés pendant leurs années d'exploitation de l'améthyste. Mais allons constater de visu comment se présente ta caverne d'Ali Baba.

Ils escaladèrent la butte, écartèrent des buissons et finirent par se retrouver à l'aplomb d'une fosse large de deux toises dans sa partie haute et qui allait en s'étrécissant vers le bas.

— Prends bien garde à ne pas tomber, prévint l'instituteur en le cramponnant par un bras.

— Oh, ça m'est déjà arrivé hier, m'sieur !

— Et tu as eu de la chance de ne pas t'être blessé davantage !

Contournant la fissure, ils se présentèrent à sa base et remontèrent le plan incliné par l'intérieur. Paul Thévenet plaqua son regard de myope sur les strates qui apparaissaient distinctement puis, à l'aide d'un piochon, il dégagea des gangues de terre, mettant ainsi au jour un petit bloc d'améthyste veiné de calcédoine laiteuse.

— Mon garçon, dit-il en se retournant vers Eugène, tu as sans le vouloir dégagé un des filons exploités par les négociants espagnols au XVIIIe siècle.

— C'est ce que vous nous aviez expliqué à l'école, m'sieur ?

— Exactement. Je constate que tu sais être attentif quand tu le veux.

Le visage de Paul était radieux, un grand sourire l'illuminait. A le voir ainsi, on aurait dit un gosse émerveillé par le jouet qu'il vient de découvrir au pied de son lit, le jour de son anniversaire.

— Mon petit Eugène, je ne te félicite pas d'avoir fait l'école buissonnière. En revanche, tu as tous mes compliments pour avoir découvert ce que je cherchais depuis bien longtemps.

Il écarta les bras en face des grands arbres de la forêt et clama d'une voix de stentor :

— A nous le filon des Espagnols !

Puis, saisissant son élève par les épaules :

— Maintenant que nous savons où se trouve l'améthyste, retournons chez toi, dit-il. Ta mère et ta sœur doivent nous attendre pour le repas. En chemin, nous ramasserons des châtaignes... dont celles que tu as piétinées à l'aller.

Le cœur léger, Paul se mit à siffler comme un merle.

Les douze coups de midi retentissaient au clocher de Piquebourre lorsque Paul et son élève Eugène firent leur entrée à la ferme de Pégu.

— L'exactitude est la politesse des rois, argua le maître d'école tandis que le chien Briscard, comme au matin, s'en venait lui sentir les mollets.

Savine et sa mère finissaient de dresser la table.

— Avez-vous trouvé ce que vous cherchiez ? s'enquit la jeune fille à l'adresse de Paul.

— Tout à fait. Votre petit frère semble avoir un flair infaillible pour mettre au jour les filons d'améthyste. Un grand merci à lui de m'avoir permis de découvrir un gisement d'importance.

Il ébouriffa les cheveux du gamin. Eugène se sentit soudain gonflé d'orgueil sous le compliment et leva les yeux en direction de Savine, afin d'avoir son assentiment. Mais la jeune fille paraissait subjuguée par le maître d'école et buvait ses paroles comme s'il se fût agi d'une parabole divine.

— Le bougre connaît bien le secteur, continua Paul Thévenet. C'est grâce à lui que...

— Oh ! Il ferait mieux d'être plus obéissant à la maison, l'interrompit la mère. Et vous êtes trop bon, monsieur l'instituteur, de vous occuper de lui, qui n'en fait qu'à sa tête et nous fera un jour tourner en bourriques, sa sœur et moi.

Sur les instances de Savine, Paul s'installa à table, à la place qu'occupait habituellement le père.

— Mon mari est parti de bonne heure ce matin pour aller couper du bois, s'excusa Antoinette qui resta debout près de l'âtre. Il ne rentrera que ce soir. Mais faites donc, servez-vous copieusement.

Une écuelle de jambon et de saucisson était disposée face à l'hôte qui ne se fit pas prier pour garnir son assiette. Il mangea de grand appétit, ainsi d'ailleurs que le gars Eugène. Quant à Savine, assise à côté de son frère, elle picora du bout des lèvres quelques morceaux. Elle était bien trop absorbée par le grand jeune homme qui ne manquait pas, lui non plus, de jeter à la dérobée un œil sur la demoiselle aux cheveux d'or qu'il trouvait ravissante.

Fier comme un paon, Eugène crut intéressant de préciser :

— C'est du jambon de notre cochon, m'sieur. J'espère que vous le trouvez à votre goût.

— Les enfants ne parlent pas à table ! le sermonna la grande sœur en arborant un air sévère.

Se tournant vers Paul, elle minauda, de nouveau souriante :

— Veuillez lui pardonner son impolitesse. Ce gosse mériterait dix fessées par jour !

— Mais non, voyons, il n'est pas si terrible que ça ! Et je n'ai, quant à moi, qu'à me louer de ses services.

Après la charcutaille vint le tour du chou farci, qu'Antoinette apporta sur la table dans une gamelle en fonte.

— C'est un festin de roi que vous me servez là, madame Courtine ! s'extasia le maître d'école. Il ne fallait pas vous donner tout ce tracas. D'habitude, je ne mange pas autant.

— Je le vois bien, vous êtes maigre comme un clou !

Savine eut du mal à cacher l'énorme envie de rire qui la prit devant la mine décontenancée de l'instituteur dont les beaux yeux de myope riboulèrent un instant de la mère à la fille.

Après le chou, il fallut aussi avaler le fromage.

— C'est moi qui le fabrique avec le lait de nos vaches, énonça la jeune fille, dont les joues se teintèrent instantanément de rose.

Mais l'on dut bientôt se séparer.

— Accompagne monsieur l'instituteur, ordonna, péremptoire, Antoinette Courtine dont l'œil brilla soudain d'une lueur malicieuse.

— Merci pour cet excellent repas, chère madame.

Il se retrouva sur le *couderc*, Savine à son côté. De part et d'autre, des poules avançaient avec lenteur, soulevant précautionneusement leurs pattes puis grattant la terre pour y picorer une graine ou quelque vermisseau. Leurs coups de bec sonnaient mat, ainsi qu'une ondée. On entendait, tout près, gargouiller une source et, à l'étable, le meuglement sourd des vaches ressemblait à un refrain un peu triste.

— Je suis enchanté d'avoir fait votre connaissance, mademoiselle Savine.

— Oh ! Appelez-moi Savine, tout simplement.

Ils rirent de bon cœur tous les deux.

— C'est d'accord. A condition toutefois que vous me disiez Paul, et non pas monsieur l'instituteur.

Savine baissa les yeux.

— Vous savez, je crois que je n'y arriverai jamais.

Ils firent encore quelques pas de conserve. Au ciel bas couraient des rouleaux de nuages, poussés par un vent d'ouest. Soudain, comme si une eau prisonnière en lui s'était libérée, Paul Thévenet s'entendit articuler, le plus calmement du monde :

— Savine… J'espère que nous nous reverrons bientôt.

Son cœur se mit alors à battre la chamade.

— Vous me plaisez beaucoup, savez-vous ? continua-t-il, la voix un peu cassée. Oui, vous êtes vraiment… euh… comment dire ? Ravissante. Oui, voilà, vous êtes ravissante.

— Merci, monsieur.

Surgit brusquement, à l'autre bout du *couderc*, ce chenapan d'Eugène qui faisait la course avec le chien Briscard. Léger comme un elfe, véloce ainsi qu'une gazelle, il eut tôt fait de traverser l'espace et de se retrouver nez à nez avec son maître et sa grande sœur.

— Rentre immédiatement à la maison ! gronda Savine.

— ... et n'oublie pas l'école demain matin, enchaîna Paul.

L'instituteur, un grand sourire lui barrant la figure, s'empara de la main droite de la demoiselle et la porta à ses lèvres.

— A bientôt, Savine.

— A bientôt, mons... A bientôt, Paul.

— A demain, m'sieur, continua Eugène qui semblait se moquer sans vergogne de ces deux tourtereaux à l'aube de leur histoire d'amour.

— Rentre à la maison, je te l'ai déjà dit !

Sur la route du retour, Paul Thévenet ne s'était jamais senti aussi fringant.

« Qu'est-ce qui m'arrive ? se disait-il. J'ai honte d'avoir avoué ces choses à cette pauvre demoiselle. Mon Dieu, que va-t-elle penser de moi ? »

Au-dessus de sa tête planait une escouade de corbeaux dont les croassements accablés l'irritèrent.

— Sales bestioles ! pesta-t-il en leur lançant un regard furibond.

Arrivé à l'école, il s'installa derrière un pupitre d'élève en essayant de caser ses longues jambes de cigogne. C'est alors qu'il se rendit compte qu'il était assis à la place qu'occupait habituellement Eugène.

« Eugène, brave gamin, se dit-il. S'il n'avait pas fait l'école buissonnière, j'en serais encore à chercher le gisement des Espagnols. Et Dieu seul sait combien de temps cela m'aurait demandé. Oui, c'est vraiment un sacré gosse ! »

Mais sa pensée, sans qu'il en fût le maître, reflua sur Savine, la grande sœur, et il se sentit tout chamboulé par le seul souvenir de sa présence à côté de lui.

« C'est la plus belle fille que j'aie jamais vue, confessa-t-il in petto. Sainte Mère, existe-t-il au monde une créature plus ravissante ? »

Mais ces idées, bien sûr, étaient proférées par un myope qui, jusqu'à ce jour, n'avait jamais vu plus loin que le bout de son nez.

7

— Vilain lèche-bottes ! Si tu t'imagines qu'on n'a pas vu ton manège avec *môssieu* l'instituteur !

Dès la sortie de l'école, en cette fin d'après-midi, Eugène avait été pris à partie par un groupe de trois garnements qui l'avaient acculé dans une venelle du village, à proximité de l'église.

— Fichez-moi la paix ! C'est la jalousie qui vous fait parler.

— Et ta sœur, hein ? Tu crois qu'on ne sait pas que le maître fricote avec elle ?

Le plus grand des garçons, un certain Adolphe Coquelut, le visage rouge comme un derrière qu'on a fessé et la bouche déformée par la haine, venait de proférer ces paroles de fiel.

— Laisse ma sœur tranquille, sale rouquin !

Eugène ferma les poings, prêt à foncer dans le lard du gros Adolphe.

— Tu ne dis pas un mot de plus sur ma sœur, compris ? lâcha-t-il encore, prêt à exploser.

Mais l'autre crut malin de ricaner plus fort.

— Ta sœur, c'est une…

Il n'eut pas le temps d'achever sa phrase. Un coup de genou bien placé d'Eugène plia le gars Adolphe en deux tandis que ses compères, médusés, laissaient filer la Fouine entre leurs mains sans esquisser le moindre geste pour le retenir.

Eugène courait, courait…

Au débouché de la rue, il buta sur le père Cacheux, curé de la paroisse.

— Alors, mon garçon, tu me parais bien pressé, fit le prêtre.

L'homme mesurait bien, sans mentir, ses cinq pieds huit pouces[1]. En tout cas, il parut immense à Eugène, qui ne l'avait jamais vu d'aussi près.

— Où cours-tu donc comme cela ? Le diable serait-il à tes trousses ?

Le père Cacheux partit d'un rire tonitruant qui secoua ses joues charbonnées par une barbe de trois jours.

« Un ogre ! Il ressemble à un ogre ! » se dit Eugène. Mais, en même temps, la présence à son côté de ce géant pacifique sembla le rassurer lorsque, au bout de la ruelle, il entrevit Adolphe Coquelut et ses deux acolytes. Les garnements n'avaient pas abandonné la partie et paraissaient déterminés à en découdre de nouveau.

— C'est ces trois galapiats qui te font des misères ? reprit le curé.

Il se tourna vers eux, qui demeuraient figés.

— Approchez par ici, jeunes gredins. C'est donc vous qui semez la terreur dans les rues de Piquebourre ? Vous n'avez pas honte ? Et toi, le grand Adolphe, ça ne te dérange pas de t'attaquer à plus petit que toi ? Attends que je le dise à ta mère !

Le trio baissait la tête et n'en menait pas large en contemplant le bout de ses godillots. Mais le père Cacheux se montra conciliant.

---

1. Le pied, ancienne mesure de longueur, valait 0,324 mètre. Un pied équivalait à douze pouces. C'est dire que le père Cacheux, tel qu'il apparut à Eugène, devait mesurer approximativement un mètre quatre-vingt-dix.

— Je ne veux pas savoir l'objet de votre dispute, dit-il. Notre-Seigneur Jésus-Christ a prêché pour l'entente entre les hommes. Alors, serrez-vous la main et n'en parlons plus.

Aussitôt dit que fait. Sauf que le gros Adolphe, en comprimant comme en un étau la paume d'Eugène, lui bougonna ces mots lourds de menace :

— On se retrouvera, la Fouine !

Les jours s'étaient accourcis. Le soir, une fois les derniers élèves sortis après qu'ils avaient fait le ménage dans la salle de classe, il ne restait plus qu'à attendre la tombée de la nuit. Accoudé à la barre d'une fenêtre, Paul Thévenet observait le manège des moineaux dans la cour. Les feuilles du tilleul continuaient de voltiger dans l'air. Puis il ouvrait des cahiers et les corrigeait à l'encre rouge. L'obscurité gagnait ; alors, il était contraint d'allumer la chandelle de suif afin de voir encore un peu clair avant que les ténèbres s'en viennent noircir les vitres. Il lui fallait donc gravir les quelques marches qui menaient à son appartement puis réchauffer la soupe, un brouet de légumes qui suffisait à son maigre appétit.

Souvent, dans cette existence d'ermite, il se prenait à rêver que Savine vivait à son côté et qu'elle l'attendait, en épouse attentionnée et tendre, lorsqu'il avait terminé sa journée de classe.

Savine…

Avait-il été impudent de lui avouer qu'il la trouvait à son goût ! De quelle effronterie s'était-il montré coupable ! Oserait-il désormais la regarder sans honte ? Et Eugène, son petit frère, que penserait-il de lui ?

Alors, il était retourné au gisement des Espagnols. La première fois, c'était un dimanche matin et il n'avait pu s'empêcher d'effectuer le détour par la ferme de Pégu où il avait retrouvé son élève Eugène à l'entrée du *couderc*.

— Ma sœur se prépare pour aller à la messe, m'sieur. Vous voulez que je lui dise que vous êtes là ?

— Non, mon garçon, ne la dérange pas. Dis-lui que je repasserai un de ces jours.

Le gamin hésita un instant.

— Je peux venir avec vous, m'sieur ?

— Pas question, Eugène ! Ne va pas t'aviser à présent de faire aussi la messe buissonnière car ce brave père Cacheux pourrait m'accuser de t'avoir fourvoyé sur les chemins du diable.

Paul s'était ensuite appliqué à étudier la topographie du gisement. Il y avait déterminé la zone d'ouverture, puis celle de compression et avait constaté une rupture très nette dans la ligne oblique des strates.

« Sûrement le tremblement de terre du XVe siècle, se dit-il. Celui qui détruisit en partie l'église d'Ambert[1]. Tout peut se lire dans la roche pour qui sait en déchiffrer le langage. »

Sur le sol apparaissaient aussi des éclats de quartz blanc parmi des amas de cailloux divers. Paul en conclut que les Espagnols y avaient trié à la main les échantillons intéressants puis qu'ils avaient rejeté les autres, ce qui constituait aujourd'hui ce monticule au sommet duquel il se trouvait.

Il passa la journée sur le site, débroussaillant, essartant, déblayant, et il oublia de manger. Sur le soir, alors que la nuit s'étendait peu à peu, il finit par décider de rentrer.

« Je reviendrai jeudi, puisqu'il n'y a pas école, décréta-t-il. Et je repasserai par la ferme de Pégu où je pourrai peut-être voir la belle Savine. »

Ce qu'il fit le jeudi suivant, bien sûr. Prétextant d'emmener Eugène afin que le gamin pût l'aider dans ses fouilles,

1. Ce tremblement de terre eut lieu le 29 juin 1477. Le portail de l'église d'Ambert porte d'ailleurs l'épigraphe suivante : *L'an que la terre si fort trembloit et que le monde en comptoit mil quatre cens septante et sept, ce portail cy se commençoit.*

il frappa à la porte des Courtine. Ce fut la jeune fille qui l'accueillit. Elle portait un corsage de taffetas beige sur une jupe foncée. Assise à la table, la mère tricotait des chaussettes en grosse laine sombre et le chien Briscard secouait ses puces devant la cheminée.

— Quel bon vent vous a poussé jusque chez nous, monsieur l'instituteur ? fit Antoinette, dont les lèvres se plissèrent d'un léger sourire railleur.

— L'améthyste, madame Courtine. Je venais voir si Eugène pourrait...

— Ah oui, vos fameux cailloux ! J'avais oublié.

Elle tourna sa tête chenue vers sa fille.

— Va donc voir avec monsieur Thévenet si ce sacripant d'Eugène ne se cache point dans quelque recoin de la grange, dit-elle.

Le feu qui flambait dans l'âtre sembla allumer des rougeurs soudaines sur les joues de Savine. Elle se couvrit d'un châle en étamine de laine grège et ouvrit la porte avant de se retrouver dehors sous un ciel de charbon où couraient de lourds nuages joufflus.

— Mon père a prédit que la neige tomberait avant ce soir, déclara-t-elle pour meubler le silence qui s'était instauré entre elle et le maître d'école.

— On arrive bientôt à la Toussaint et il n'y aurait rien d'anormal à cela, rétorqua-t-il.

Paul Thévenet balaya de son regard de myope l'espace du *couderc*. La transpiration du sol montait jusqu'aux nues dans l'air impalpable où fluait une odeur de vase. Au loin se devinait la masse noire des sapins, serrés dans leur solitude et en attente, eux aussi, de l'hiver. Çà et là, parsemant les prairies en pente douce, des roches grises saillaient, telles des croupes de vaches.

— Votre frère semble ne pas être dans les parages, constata l'instituteur.

— Oh, vous savez, Eugène est toujours parti quelque part. C'est un véritable animal sauvage. Tenez, je suis sûre et certaine qu'en ce moment il est en train de poser des gluaux[1] pour piéger les oiseaux.

Une bourrasque soudaine rabattit une mèche de cheveux sur les paupières de Savine. Paul Thévenet, de nouveau, s'enhardit.

— Savez-vous que vous avez les plus beaux yeux du monde ? fit-il. Ils ne sont pas couleur d'améthyste, ils sont émeraude, ce qui est plus joli encore.

— Monsieur Paul, vous me gênez !

— Savine, je songe à vous sans arrêt. J'en arrive même à ne plus pouvoir concentrer mes pensées sur mes chers cailloux. Si vous vous imaginiez ce que j'endure !

Les jeunes gens étaient arrivés devant la grange, là où, selon les dires de la mère, Eugène aurait dû normalement se trouver. Mais le lourd vantail en bois était fermé. Le chenapan, sans doute, s'était déjà évanoui dans la campagne.

— Et voilà, que vous avais-je dit ? reprit-elle en faisant mine de regarder au loin. Il n'est plus là. Allez donc savoir où il se trouve.

Mais Paul n'en était pas à se préoccuper pour l'instant du sort de son élève. Il osa une timide démarche en s'emparant d'une main de la belle.

— Savine… souffla-t-il, la voix cassée.

— Monsieur Paul ! Si on nous voyait !

Il emprisonna les doigts de son amoureuse et les serra à lui faire mal.

— Savine, acceptez-vous de devenir mon épouse ?

— Paul ! Oh ! Paul !

Légers comme du duvet, les premiers flocons, annonciateurs d'un plus vaste troupeau, voltigèrent dans un air devenu subitement glacial. Un couple de pigeons, dans un sec battement d'ailes, traversa l'espace du *couderc* pour aller se percher sur un faîtage.

1. Gluau : petite branche frottée de glu.

— Les pigeons ont les plumes hérissées, c'est un signe de neige, proféra la jeune fille dont le cœur battait à se rompre à ses tempes.

— Savine, vous n'avez pas répondu à ma question !

Sa réponse, elle la lui donna en se précipitant dans ses bras. Le long baiser qu'ils échangèrent ne leur permit pas de voir que l'averse de neige devenait plus serrée.

Ni que les deux colombins, plus sages et plus avisés qu'eux, étaient rentrés se mettre à l'abri dans leur pigeonnier.

8

Piquebourre, décembre 1872

La neige était tombée en abondance. Puis elle avait fondu, ne laissant çà et là, au revers des fossés, que de petites croûtes jaunâtres et sales. Les chemins s'étaient remplis d'une boue que des charrois avaient cabossée et qu'un retour des gelées avait durcie. Dès le 3 décembre, le ciel se mit à pétrir des nuées de bronze. L'hiver, langué d'un vent coulis, fit un retour en force. Puis arriva une nouvelle neige fraîche qui ensevelit le pays et sembla l'isoler du reste du monde. Sur cette blancheur immaculée sautillaient des corbeaux qui la piquetaient avec leur bec, à la recherche d'une improbable pitance. Alors, ils reprenaient leur envol et partaient se poser sur les branches d'un haut frêne, d'où ils pouvaient surveiller les entours.

La bise rentra ses crocs. Un ciel bas, quasi immobile, suspendu à la tête des arbres qui déployaient leurs carcasses griffues, imposa son inquiétante présence, faisant la nuit en plein milieu du jour.

Se rendre des hameaux éloignés jusqu'au village de Piquebourre était devenu chose difficile, ce qui avait permis à Eugène de se dispenser momentanément d'école. Le gosse en était du reste fort aise, se faisant une joie de pouvoir courir à son gré la campagne enneigée, désertée par l'espèce humaine.

Le gros Adolphe Coquelut et sa clique avaient bien essayé de lui régler son compte. Grâce à la vélocité de ses jambes, par trois fois il leur avait échappé. Mais pesait aussi sur Adolphe la menace du père Cacheux, et le bougre, peu courageux en vérité, craignait de s'attirer les foudres maternelles si venait à courir le bruit qu'il s'en prenait aux tout petits et qu'il faisait régner la loi du plus fort.

Avec le retour du froid, Eugène se mit à arpenter la campagne. Il lui arrivait de suivre la trace traînarde du lapin de garenne, les pattes d'oie des oiseaux qui s'étaient posés sur la neige, les coussinets du renard, la fourche griffue du chevreuil, la marque inaltérable du groin d'un sanglier qui avait vermillé, en quête de nourriture.

Et aussi, il surveillait le filon d'améthyste que le maître d'école avait fini par dégager de son amas de ronces et de broussailles.

« Je te nomme responsable des abords du chantier », avait proclamé Paul Thévenet dans une de ces envolées lyriques dont il avait le secret. Alors, bien sûr, le gosse voulait se montrer digne d'une telle confiance.

On approchait de Noël. L'école, Eugène n'y retournerait qu'en janvier, à condition que les éléments déchaînés de cet hiver rigoureux voulussent bien montrer enfin quelque clémence. Ce matin-là, il s'était levé de bonne heure pour se rendre au gisement des Espagnols qu'un petit éboulement, dû aux dernières chutes de neige, venait d'obstruer en partie.

— J'avais pourtant prévenu le maître qu'il fallait remblayer par le haut, grogna-t-il en arrivant sur place et en constatant l'ampleur des dégâts.

Toute une traînée avait pris la tranchée par le revers et formé une sorte d'appontement instable sur la partie amont, la plus étroite.

— Y a plus qu'à dégager tout ça, à présent ! Et ça ne va pas être facile !

Il remonta la butte par l'extérieur, sur le monticule de cailloux que la neige gelée avait rendu glissant. Il dérapa plusieurs fois, se retenant aux branches basses des sapins et aux chênes rouvres dont les feuilles marron persistaient à ne pas vouloir se décrocher.

— Eh ben, va y avoir du boulot pour remettre le chantier en état, fit-il encore lorsqu'il parvint enfin à se hisser sur la plateforme qui dominait la ravine.

— Tu voudrais peut-être un coup de main, la Fouine ?

Eugène eut un haut-le-corps. Au-dessus de lui, entre deux rames de sapins givrées par la neige, apparut la figure de gargouille, épaisse et rouge, d'Adolphe Coquelut.

— Ça va être dur de retrouver ton trésor maintenant ! railla le vaurien en sortant de son abri de branchages.

Un méchant rictus lui déformait la bouche tandis qu'il s'appuyait sur un bâton d'épine et lorgnait d'un air mauvais en direction d'Eugène. Il se mit à ricaner bêtement et le son de sa gorge ressembla soudain à une poulie mal huilée.

— Alors, c'est là que ta sœur vient faire ses galipettes avec son galant ? Ça doit pas être très confortable, dis donc !

— Je t'interdis de dire ces choses ! Tu es vraiment un pauvre abruti, l'Adolphe !

— Répète un peu, pour voir !

Le gros Coquelut, plus leste que ce que ses rondeurs pouvaient laisser supposer, sauta à pieds joints sur le talus où se tenait Eugène. Il le cramponna par le revers de sa pelisse et commença à le secouer ainsi qu'un sac de noix.

— Répètes-y si t'es un homme.

— T'es un abruti, l'Adolphe !

Vlan ! La gifle cingla, d'une violence inouïe. Eugène en vit trente-six chandelles. Il porta aussitôt la main à ses lèvres. Un flot de sang rougit le manteau de neige à ses pieds.

Fou de rage, autant par la douleur que par l'humiliation subie, il rentra le cou dans les épaules et donna du front dans la panse adipeuse de son agresseur.

— Abruti ! Abruti ! Abruti ! hurla-t-il, des larmes plein les yeux.

L'autre, d'abord suffoqué par la réaction de la Fouine, recula d'un pas en se tenant le ventre. Puis il voulut avancer pour se saisir de ce paltoquet qui osait lui tenir tête.

Le pont de neige au-dessus de la fosse n'était guère épais et Adolphe Coquelut pesait bien ses septante kilos tout mouillé. Au moment où il prenait son élan, prêt à corriger ce petit morveux d'Eugène, le passage s'affaissa et le gros gars, n'ayant plus aucun appui solide sous ses godillots, transperça la couche et dégringola quatre mètres plus bas dans le boyau, à l'endroit où il s'étrécissait.

— Saligaud de Fouine ! hurla-t-il de douleur. A cause de toi, j'ai dû me casser un bras. Attends que je te retrouve !

Mais le « saligaud », rapide comme l'éclair, s'était déjà escampé sans demander son reste.

Paul Thévenet entreprit les démarches administratives idoines afin de se porter acquéreur du gisement des Espagnols. Il lui fallut remplir des montagnes de papiers : nom, prénoms, date et lieu de naissance, noms patronymiques du père et de la mère, casier judiciaire, obligations militaires, et tutti quanti.

« C'est tout juste s'ils ne me demandent pas la date de ma communion solennelle, se dit-il. Et aussi, la première fois que j'ai porté des lunettes ou que je n'ai plus fait pipi au lit ! »

— Votre requête est enregistrée, lui asséna l'employé de la sous-préfecture d'Issoire, un scribouillard à besicles, presque aussi myope que lui.

Le préposé gratta son crâne déplumé et ajouta :

— On vous préviendra en temps voulu. Cela, bien sûr, peut prendre plusieurs semaines. Voire plusieurs mois. Il suffira d'être patient.

— Je le serai, répondit Paul.

Sa patience dut s'exercer également sur sa future belle-famille. Un matin – l'avant-veille de Noël –, il s'habilla en dimanche pour présenter officiellement sa demande en mariage. Il avait, bien sûr, préparé ses phrases :

« Madame, monsieur, j'ai l'honneur de solliciter la main de votre fille Savine qui me plaît beaucoup. Me l'accordez-vous ? »

Une partie de la nuit précédente, il avait répété son rôle devant le miroir qui trônait dans la chambre de son appartement de fonction. Ce matin, donc, il partit sur le chemin de Pégu. Le cœur lui battait fort, cognant à ses tempes comme le marteau du maréchal-ferrant sur son enclume.

« Et si le père et la mère Courtine me disent non ? pensait-il. J'aurai l'air bien bête devant la famille réunie. Et Eugène ? Comment va-t-il réagir en apprenant que je veux épouser sa sœur ? Le pauvre garçon a déjà tant à faire avec ces galapiats de l'école qui le tracassent sans arrêt. »

Il approchait de la ferme. Le chien Briscard, qui avait dû le sentir, vint gambader à ses côtés.

— Bonjour, mon vieux, lui fit-il en lui caressant le râble. Ça y est, tu me reconnais maintenant et tu ne m'aboies plus après ? Hum ! C'est plutôt bon signe.

Arrivé à la maison, il fut accueilli par Savine. La jeune fille, les pommettes rougies par l'émotion, n'osait pas le regarder franchement.

— Le père est encore parti couper du bois, finit-elle par avouer.

— Mais alors, s'inquiéta Paul, comment vais-je faire pour présenter ma demande s'il n'est pas là ?

— Il faudra attendre qu'il revienne.

— Cela peut durer longtemps !

Cela dura, en effet. La nuit tombait lorsque, recru de fatigue et plié sous la ramée de fagots, se présenta enfin le vieux Jean Courtine. Bourru et mal léché comme un ours, l'homme commença par ces mots :

— Té ! Vous êtes encore là, vous ?

Belles paroles de bienvenue, en vérité ! Paul les ressentit comme une fin de non-recevoir. Il prit pourtant son courage à deux mains et articula, le plus posément qu'il le put :

— Père Courtine, je suis là depuis ce matin pour vous demander votre fille en mariage. Me l'accordez-vous ?

— Vingt dieux, l'ami ! Si vous avez langui pendant tout ce temps, c'est que vous devez y tenir beaucoup à ma donzelle.

Il se tourna vers sa femme.

— Qu'est-ce que t'en dis, la mère ?

— J'en dis que c'est toi qui commandes, répliqua Antoinette.

— Et la Savine, qu'est-ce qu'elle en pense ?

Plus rouge qu'un coquelicot au milieu d'un champ de blé, la demoiselle gardait les yeux baissés.

— Bon, je vois que tout le monde est d'accord, reprit l'ancien. Alors, moi, je le suis aussi. Monsieur le maître d'école, je vous accorde la main de ma fille.

Il déposa sa houppelande sur un coin de la table et commanda :

— Savinette, ma grande, apporte-nous deux verres. Il est temps de trinquer à tes noces. Alors, monsieur l'instituteur, c'est quand donc que vous voulez vous marier ?

Paul Thévenet jugea que le mois de mai, le plus beau de l'année ainsi qu'on le disait, serait très approprié pour convoler.

— Pas question, mon futur gendre ! rua le vieux Courtine. Ne savez-vous pas que selon le dicton il ne se marie en mai que des fous et des égarés ?

Après avoir englouti cul sec son verre de gnôle puis s'être essuyé la lippe :

— Et je ne voudrais pas que par ici on dise que vous êtes devenu fou de la tête à cause de ma drôlesse, ricana-t-il. Non, si vous m'en croyez, faisons la noce en avril.

Ainsi fut-il décidé.

9

Entre Noël et le jour de l'An, il fallut procéder aux travaux de déblaiement dans le gisement des Espagnols. Accompagné d'Eugène, Paul Thévenet maniait le pic, la pioche et la pelle, s'attachant à remettre en état la fosse que les intempéries récentes avaient en partie bouchée.

— Je suis allé voir Adolphe Coquelut, dit le maître. Il s'est démis une épaule en tombant et il prétend que c'est toi qui l'as poussé dans le trou.

— Oh non, m'sieur ! s'insurgea le gosse. Il a fait ça tout seul. C'est même lui qui voulait me...

— Il suffit, Eugène. Je ne veux plus d'histoires entre vous. C'est bien compris, n'est-ce pas ? Allons, remettons-nous au travail.

Et, pour de vrai, la tâche ne manquait guère. Pendant qu'Eugène pelletait la neige pour la balancer ensuite dans la pente, Paul s'efforçait de dégager la paroi rocheuse de sa gangue de terre. Finalement, grâce aux efforts conjugués de l'un et de l'autre, le gisement retrouva presque son aspect originel.

Au soir du deuxième jour, alors que la nuit du 31 décembre tombait sur les bois, Paul, après s'être étiré puis massé le bas du dos, décréta qu'ils avaient bien mérité un peu de repos.

— Très bien, garçon. A chaque jour suffit sa peine. Je te raccompagne chez toi.

Dès qu'Eugène eut poussé la porte, une lourde senteur de chou leur monta aux narines. Une lampe pigeon, posée sur la table, dispensait une lueur pâlotte sous laquelle s'activaient Savine et sa mère à éplucher des pommes de terre. Le visage de la jeune fille se barra d'un plein sourire quand elle vit s'encadrer dans le chambranle la silhouette de son promis. Le grand feu qui pétillait dans l'âtre anima ses prunelles d'éclats incandescents. Le père Courtine entra à ce moment. Il portait sur lui tous les effluves de l'étable d'où il revenait, odeurs de bouse de vache et de foin mélangées.

— On n'y voit rien là-dedans ! grogna-t-il. Mon futur gendre va penser qu'on habite dans une cave !

Il se tourna vers lui.

— Même dans votre grotte de pierres précieuses, je suis sûr qu'il ne doit pas faire aussi sombre.

Alors, il alluma avec son briquet le *chaleil*[1] en cuivre suspendu à une solive du plafond et certains objets de la pièce sortirent soudain de la pénombre où ils se confinaient.

— On va trinquer à l'an qui vient et qui commence demain, dit-il brusquement en sortant deux verres de la resserre, l'un pour lui et l'autre pour Paul.

Celui-ci n'aimait guère cette habitude qu'avait le maître de céans de boire à tout propos pour célébrer tel événement. Il prit pourtant le verre culotté qu'il lui tendait et goûta du bout des lèvres l'eau-de-vie de poire, ce qui lui procura une longue brûlure sur les parois de l'estomac.

— Ça fait du bien par où ça passe, dit encore le vieux qui en soupira d'aise.

« Quels sacrifices ne faut-il pas faire pour être auprès de Savine ! » pensa Paul. Il guigna vers sa promise ; elle le mira à son tour ; leurs regards se croisèrent. Tout cela sous

1. Lampe à huile.

l'œil malicieux d'Eugène. Le bougre voyait des choses que Paul eût préféré qu'il ne vît pas.

— Pour fêter la nouvelle année, j'en boirais bien un autre, clama Jean Courtine.

— Merci, pas pour moi, beau-père, répliqua Paul Thévenet.

Et il se rendit compte tout aussitôt que ce mot « beau-père » venait de sortir pour la première fois de sa bouche.

Eugène se mit carrément à glousser.

C'est en février que la nouvelle parvint : Paul Thévenet avait enfin l'autorisation de la sous-préfecture d'Issoire de se porter acquéreur de la parcelle du gisement des Espagnols. Par-devant maître Chambade, notaire à Saint-Germain-l'Herm, il signa le contrat, ainsi rédigé :

« L'an 1873, le 2 mars, a comparu devant nous M. Thévenet Paul, né le 26 octobre 1842 à Issoire, célibataire, en vue de l'achat de la parcelle référencée au cadastre sous le numéro AE 0114, au lieu-dit Pégu, commune de Piquebourre, dont la contenance au sol est de 14 hectares et 40 centiares.

« La présente vente est faite sous les charges et conditions ordinaires et de droit.

« Fait et passé aux lieu, jour, mois et an susdits.

« Et, lecture faite, cet acte a été signé par la partie requérante et le notaire soussigné. »

Son précieux document sous un bras, il se dirigea vers la taverne de la localité, où il se commanda une omelette au jambon et au lard dont la dégustation lui procura un plaisir ineffable.

« Quel bonheur, se disait-il, d'être devenu propriétaire ! A présent, je vais pouvoir sans aucune contrainte exploiter le filon et entreprendre toutes les recherches nécessaires pour continuer l'œuvre des Espagnols. »

Mais plus il réfléchissait, et plus il se rendait compte qu'il lui faudrait sans doute abandonner ce beau métier de maître d'école afin de se consacrer exclusivement à son améthyste.

— Et aussi à Savine ! ajouta-t-il à voix haute, ce qui fit se retourner sur lui les consommateurs des tables voisines.

Il rosit légèrement et se remit à son omelette.

De la petite bourgade de Saint-Germain-l'Herm jusqu'à Piquebourre, il y avait moins de trois lieues. Il les parcourut en chantant. Ainsi que des pendeloques, les chatons des noisetiers ruisselaient. Au loin s'égosillait un merle, ce qui lui permit de réciter mentalement le beau poème de Théophile Gautier :

Un oiseau siffle dans les branches
Et sautille gai, plein d'espoir,
Sur les herbes, de givre blanches,
En bottes jaunes, en frac noir.

C'est un merle, chanteur crédule,
Ignorant du calendrier,
Qui rêve soleil et module
L'hymne d'avril en février.

Pourtant il vente, il pleut à verse ;
L'Arve jaunit le Rhône bleu,
Et le salon, tendu de perse,
Tient tous ses hôtes près du feu[1].

« Voilà une récitation que je ferai apprendre à mes élèves », se dit-il.

A moins d'une demi-lieue de Piquebourre, un char à bancs tiré par un mulet arriva à sa hauteur. C'était le gros

1. Théophile Gautier, *Emaux et Camées.*

Elisée Courchinoux, dont la parole grave, ainsi qu'un grondement d'orage, descendit jusqu'à lui.

— Bien le bonjour à vous, monsieur le maître d'école. Vous vous promenez ?

Le maire souleva la casquette qui escamotait son crâne chauve et se fendit d'un large sourire.

— Alors, ça y est, poursuivit-il, vous voilà donc propriétaire du gisement des Espagnols ? Vous êtes bien courageux de vous lancer dans cette aventure. Moi, à votre place, je ne m'y serais pas risqué.

— Qui vit sans folie n'est pas si sage qu'il croit, clama Paul Thévenet en parodiant un auteur célèbre du Grand Siècle[1].

— Certes, certes. Mais êtes-vous sûr de pouvoir parvenir à vos fins ?

— Je ne serai pas tout seul, rassurez-vous, monsieur le maire. J'envisage d'embaucher de la main-d'œuvre.

— Et l'école ? Comptez-vous aussi l'abandonner ?

— Je crois en effet qu'il serait plus sage que vous demandiez un autre instituteur pour la prochaine rentrée scolaire du mois d'octobre.

— Fichtre ! Si je m'attendais à cela !

Elisée Courchinoux parut soudainement abattu. Ses lèvres molles comme de vieux champignons se mirent à trembler, sa peau se ternit d'une teinte d'ivoire ancien et son regard s'empreignit d'une onde de tristesse qu'il ne put maîtriser.

— Allons, monsieur le maire, intervint Paul, réagissez, que diable ! Nul n'est irremplaçable ici-bas, et moi pas plus qu'un autre ! Vous trouverez certainement un autre maître d'école. Nous sommes en mars et d'ici le mois d'octobre vous avez le temps de vous retourner afin de dénicher la perle rare.

1. La Rochefoucauld, *Maximes*.

— Vous parlez à votre aise, jeune homme. Sachez que les perles rares, comme vous le dites si bien, ne sont pas monnaie courante. Enfin, baste, puisque telle est votre décision...

Malgré sa déconvenue, Elisée – qui était un brave homme – proposa à Paul de le prendre à son bord.

— Allez, montez. Il ne sera pas dit que je vous aurai laissé trimer sur les chemins de ma commune.

— ... qui sont des chemins d'améthyste ! ajouta l'instituteur en se hissant sur le banc.

Après qu'Elisée Courchinoux l'eut déposé au carrefour du calvaire qui dominait le village de Piquebourre, Paul décida d'aller rendre visite à son nouveau domaine. Il pouvait encore compter sur deux heures de clarté avant que la nuit de mars ne tombât.

Résillé de brumes, le pays s'engluait dans une langueur que dérangeaient les vols hachés et criards de corbeaux en maraude. Paul quitta la route principale et obliqua, à droite, en direction du ravin de Pégu. Dans le fond de la gorge s'entendait la musique argentine du ruisseau. Plus loin, des saules s'étaient couverts de chatons clairs, doux comme de jeunes duvets. Le chant rauque d'un coq égratigna la chanson de la brise et Paul imagina que c'était le chantecler de la ferme de ses beaux-parents.

Il poursuivit sa route et arriva bientôt dans le fond du val, là où se situait le gisement. Il grimpa sur l'édicule qui cachait en partie son entrée et, étendant les bras, il se mit à crier, à la face du monde :

— A nous deux, ma belle mine d'améthyste ! Tu es à moi, à présent ! Ensemble, nous allons réaliser de grandes choses et nous en étonnerons plus d'un !

Petite flèche rousse, un écureuil passa tout près de lui et, dans un envol superbe, traversa la ravine puis s'agrippa au tronc noueux d'un frêne, dans la ramure duquel il disparut.

— A compter de ce jour, continua Paul cérémonieusement, je baptise ce lieu « Filon de l'Ecureuil ».

Un geai s'envola au-dessus de sa tête en cajolant avec force. Une de ses plumes, tachetée de bleu, atterrit aux pieds du nouveau propriétaire. Qui y vit un augure céleste et se mit à remercier les dieux de la nature.

10

Piquebourre, avril 1873

Le beau printemps était revenu. Partout, dans la campagne, se déployait le renouveau. Ici, c'étaient des pousses de fougères qui, traversant le tapis de feuilles mortes de novembre, dépliaient précautionneusement leurs doigts d'émeraude. Là, sous le lavis du ciel que parcourait parfois une escouade de nuages roulant des épaules blanches, montaient les deux notes du coucou, inlassablement reprises. Ailleurs, dans de jeunes ramées au vert tendre, les mésanges avaient délaissé leur antienne d'hiver et adopté un guilleri plus léger qui donnait envie de danser ou de se rouler dans l'herbe. Suite à la fonte des neiges, les eaux des ruisseaux écumaient comme du lait bourru avec des clapotis et des chuintements qui faisaient monter des frissons de désir.

Le soleil semblait avoir définitivement étendu sa main chaude sur tout cela. Paul Thévenet était ravi : il ferait beau le jour de son mariage.

Ses parents étaient arrivés la veille et avaient dormi à l'école, dans l'appartement de fonction qu'il occupait encore. Plus exactement dans la pièce où se trouvaient, entassées et répertoriées, ses collections de minéraux.

« J'espère que vous ne serez pas trop à l'étroit, s'était-il excusé devant la masse de pierres qui envahissaient l'espace.

— Mais non, mon grand, on trouvera bien une place, ne t'en fais pas, avait dit la mère, toujours prompte à absoudre les excès de son fils unique. »

En ce matin du 18 avril, après avoir passé une nuit agitée, il se leva en même temps que le soleil. Sous sa fenêtre roucoulait déjà une tourterelle. Au loin s'étiraient des écharpes de brume, s'enroulant autour des vergnes de la pièce d'eau et montant jusqu'aux coteaux, en direction de Pégu.

Pégu... A la ferme, tout là-haut, Savine devait déjà s'apprêter. Comme lui, sans doute, avait-elle eu du mal à trouver le sommeil. Sa dernière nuit de « fille », seule dans son petit lit, n'avait pas dû, non plus, être des plus paisibles.

Paul sauta dans un vieux pantalon de coutil et, sans faire de bruit, descendit les marches pour se retrouver dans sa salle de classe. Par réflexe sans doute, il s'arrêta devant la vitrine des minéraux. Ses chers cailloux ! Grâce auxquels, et par l'intermédiaire de ce chenapan d'Eugène, il avait pu rencontrer celle qui, ce jour même, allait devenir sa femme.

Ses yeux s'embuèrent et il remercia la divine providence d'avoir orienté ainsi le chemin de sa vie. Puis il poussa la porte et se retrouva sur le perron, face à la cour de récréation. Toute une armée de moineaux voletait autour du tilleul dans une sarabande effrénée qui les faisait se battre pour des miettes. Plus loin, jabots gonflés, deux pigeons s'affrontaient, chacun à l'extrémité d'un toit, en des révérences un peu ridicules et des roucoulades enrouées.

« Ils sont bien comme les hommes, se dit-il, c'est à qui saura crier le plus fort ! »

Paul en était là de ses réflexions quand son père montra à son tour le bout de son nez sur le seuil du bâtiment.

— Alors, mon grand, fit monsieur Thévenet, déjà debout en ce jour mémorable ?

Il avait le même port un peu gauche que son fils et de grandes prunelles saillant ainsi que des yeux d'escargot qui auraient été cachés sous des lunettes rondes à monture métallique. Son front dégarni, surmontant des sourcils épais comme des moustaches, était strié de rides semblables à autant de coups de couteau obliques.

— Bonjour, père, répondit Paul qui s'avança au-devant de lui. As-tu bien dormi ?

— Comme on peut dormir quand on a comme moi des rhumatismes qui ne vous laissent pas une minute en paix, grogna le vieux en se frottant les reins.

Paul avait toujours entendu son père se plaindre de douleurs dorsales et d'insomnie. Très généralement, la mère enchaînait en disant :

« Pour quelqu'un qui soi-disant ne dort pas de la nuit, je peux témoigner en tout cas qu'il ronfle fort ! »

L'incriminé poussait les hauts cris, affirmant que sa femme n'avait pu l'entendre puisque elle-même vrombissait comme un tuyau d'orgue. Enfin, tout un tas d'amabilités de cette sorte qui se prolongeaient par de longs instants de bouderie. Puis un rapide retour à la normale d'une vieille complicité amoureuse.

— Je n'ai pas très bien dormi non plus, avoua Paul.

Il enroba ses propos d'un sourire et ajouta :

— Mais moi, ça n'était pas à cause de mes rhumatismes !

— Je m'en serais douté, mon fils !

Les deux hommes éclatèrent de rire. Et ils riaient encore quand apparut sous le linteau de la porte la silhouette quelque peu rondouillarde de madame Thévenet.

Des cheveux gris, légèrement frisés, encadraient sa figure avenante qu'éclairaient des yeux noisette sans cesse en mouvement. Sa peau, couleur de miel, était piquée de grains de beauté qui accrochaient immanquablement le regard. Ces taches avaient beaucoup marqué la petite enfance de Paul, le gosse croyant alors que sa maman les suspendait de la sorte pour se faire encore plus belle.

Il vint au-devant d'elle et lui souhaita le bonjour. En réponse, elle déposa sur sa joue un baiser doux comme un pétale de coquelicot.

— Mon petit, lui dit-elle, la voix tremblante d'émotion, que je suis heureuse de te savoir bientôt en ménage avec une épouse bien convenable et qui saura se montrer attentionnée. Ne la déçois pas, mon fils, et fais-lui vite de beaux enfants.

Paul se sentit rosir.

— Maman ! articula-t-il avec peine.

Lui aussi avait des trémolos dans les cordes vocales. L'heure était aux épanchements et aux confidences. Il eut envie de dire qu'il avait la chance de posséder des parents magnifiques et qu'il leur en était reconnaissant. Mais ses paroles se figèrent sur ses lèvres closes et il se contenta de soupirer, alors que la pauvre madame Thévenet luttait pour ne pas laisser voir quelques perles de larmes à l'ourlet de ses paupières.

Ce fut alors le père qui rompit ces effusions.

— Bon, dit-il, je ne sais pas pour vous, mais moi, je casserais bien une petite croûte. Et puis après, il sera temps de s'habiller en dimanche pour la cérémonie. S'agirait pas d'arriver en retard, sabre de bois !

Il se tourna vers sa femme qui tâchait d'essuyer furtivement une larme à l'insu de ses deux hommes.

— Allons, Julia, l'heure n'est pas à la tristesse. Sourions, la vie est belle. Notre fils va se marier !

Et il reprit son juron favori :

— Sabre de bois ! proféra-t-il d'une voix de stentor.

Les moineaux, cachés dans la ramure du tilleul, s'en égaillèrent de crainte.

Ce ne fut pas une noce éclatante. Les parents de Savine, trop pauvres pour se permettre des dépenses que le vieux

Jean Courtine jugeait de toute façon superflues, s'étaient contentés d'ouvrir les portes de leur grange et d'y installer des plateaux et des bancs afin d'accueillir les invités. Paul avait tenu à acheter la tenue de la mariée, son père et sa mère s'étant chargés pour leur part de l'approvisionnement en denrées et boissons.

Elle était bien belle, la jeune *noyo*[1], dans sa longue robe de soie grège qui lui tombait aux chevilles. Sa taille fine de guêpe, que mettait en valeur une ceinture d'un vert plus profond que celui de ses yeux, attirait les regards de quelques matrones ayant perdu, quant à elles, leur sveltesse depuis bien longtemps, et aussi de leurs maris dont les prunelles s'allumaient subitement au spectacle de cette juvénilité.

L'on se rendit à pied jusqu'à la mairie. Le soleil resplendissait dans un ciel de porcelaine bleue. Près d'un marécage, des rainettes flûtaient ; au-dessus du cortège, un merle s'écoutait chanter.

Vers dix heures trente, le défilé d'une vingtaine de personnes se présenta devant le bâtiment communal. Ceint de son écharpe tricolore, Elisée Courchinoux les accueillit avec jovialité. Il n'omit pas de souligner les grandes qualités pédagogiques de Paul, qui serait regretté au village à la prochaine rentrée scolaire, qu'il n'assurerait pas, ainsi qu'il le lui avait annoncé.

Après la mairie et les trois poutous sonores que l'édile administra sur les joues de la mariée, il fallut se rendre à l'église. Le prêtre attendait ce beau monde sur le parvis, assisté de ses deux enfants de chœur en soutanelle rouge, et qui étaient aussi les élèves de Paul.

Il avait une telle taille, le père Cacheux ! Sa soutane lui arrivait à mi-mollet, ce qui lui donnait un petit air fantasque, pouvant prêter à sourire. Nul ne s'en avisa pourtant

1. La mariée, en patois auvergnat. Au masculin, on dit le *noye*.

car l'on connaissait trop bien les colères du curé dès lors que l'on essayait de se gausser des affaires religieuses.

Savine ne put contenir ses larmes au moment de prononcer le oui sacramentel. Et Paul, sans que sa myopie y fût pour quelque chose, trouva que ses lunettes étaient soudain bien embuées.

— Sont-ils mignons à pleurer comme des enfants ! dit tout haut madame Thévenet qui, du reste, n'était pas mieux lotie avec ces perles ténues roulant sur ses joues.

Après la cérémonie et la projection de riz porte-bonheur sur le parvis de l'église, il fallut aller boire chopine à l'auberge de Piquebourre. Le gros Arsène Gouttepiffre, la figure résillée de couperose et la moustache en broussaille, les accueillit. Sa voix de rogomme, qui roulait les *r*, monta dans la salle comme une sonnerie de clairon éraillé.

— Eulalie, cria-t-il, installe les verres et va tirer le vin au tonneau.

— Qu'est-ce que tu crois ? C'est déjà fait, mon homme !

Sèche comme un hareng saur, tout en os et en tendons, la tenancière apparut, tenant contre sa poitrine plate quatre chopines de rouge qu'elle posa sur une table.

— Je m'en vas en chercher d'autres, fit-elle, alors que la noce s'installait à grands bruits de raclements de chaises et de vociférations diverses.

Paul et Savine, isolés en bout de rangée, regardaient sans les voir tous ces convives, parentèle plus ou moins éloignée des deux familles. Certains avaient le teint rubicond de toutes les années passées au grand air de la campagne. Ça toussait, criait, graillonnait, glaviotait. Des mots de patois se mélangeaient à du français, des éclats de rire montaient au fur et à mesure que baissait le niveau du vin dans les chopines.

Eugène entama une manœuvre pour se trouver au plus près des mariés. Il était quasiment parvenu à ses fins quand le vieux Jean Courtine, son père, donna l'ordre de repli général.

— L'est temps de rentrer *cheu* nous pour casser la graine, dit-il après s'être levé de son siège.

En cortège, l'on revint donc à la ferme de Pégu. Le ciel était toujours aussi bleu, à peine troublé par quelques nuages d'altitude. A la sortie du village, ce brigand d'Adolphe Coquelut crut malin de lever un bras d'honneur en direction d'Eugène, puis de lui montrer ses fesses.

Allons ! De ce côté-là, la guerre était loin d'être terminée car le vaurien, bête comme un rhinocéros et méchant comme un congre, ne voulait certes pas abdiquer devant celui qui, désormais, pourrait se targuer du titre de beau-frère du maître d'école.

Pendue au bras de Paul, Savine savourait l'instant présent. Ainsi donc, elle s'appelait désormais madame Thévenet. Devant les hommes et devant Dieu, elle avait fait don de sa personne et de son âme à son époux, lui jurant fidélité et obéissance. Saurait-elle se montrer digne de ce que Paul pouvait attendre d'elle ?

Mais oui, bien sûr ! La nature, à l'unisson, s'était parée de ses plus belles couleurs de renaissance. Tout, autour d'elle, respirait la joie de vivre et l'harmonie. Dans les buissons alentour, des oiseaux invisibles laissaient jaillir des pizzicati dont les notes éclataient parmi les fleurs blanches et odorantes des aubépines. Et, par-dessus tout cela, fusaient les dards d'un soleil ardent, qui avaient fait ôter leurs vestons aux hommes et rabaisser les chapeaux sur les fronts.

Enfin, quasiment tous ensemble, les marcheurs arrivèrent à la ferme. Une grande table avait été dressée par une lointaine cousine des Courtine qui, en compagnie de sa fille, s'était occupée de cuisiner durant le temps de la cérémonie.

Un peu fatigués sans doute, les uns et les autres s'affaissèrent sur les bancs. Quelques dames s'éventèrent avec leurs mouchoirs ; l'une se servit pour ce faire de la casquette de son homme, ce qui découvrit chez lui un crâne chauve et ovale, d'un blanc de lait. Assise près de Paul, Savine eut beaucoup de mal à maîtriser son envie de rire.

Mais déjà les plats de charcutaille étaient disposés parmi les convives. Chacun se précipita sur les tranches de jambon, les rondelles de saucisson et le pâté de foie qui provenaient du cochon des Courtine, tué l'hiver précédent. Les jeunes mariés ne firent guère honneur à cette entrée, ce qui permit de dire à un vieux paysan de la montagne d'Ambert, vague cousin de la famille Thévenet :

— *Per mon arma*[1] *!* Vivront pas toute leur vie d'amour et d'eau fraîche !

— Qu'ils en profitent, donc, pendant qu'il est temps ! proféra une grosse paysanne dont les bajoues étaient flasques comme la gelée d'un fromage de tête.

Apparut bientôt sur la table le plat de résistance, c'est-à-dire un civet de lièvre aux morilles, dont chacun savait que le gars Eugène, dans ses courses par monts et par vaux, avait fourni la matière première, tant la viande que les champignons. Des arômes de thym, de laurier et de poivre mettaient l'eau à la bouche. Quelques carottes et des échalotes, baignant dans du vin rouge mélangé au sang de l'animal, apportaient une saveur incomparable, si bien que chacun s'en pourlécha les babines et que des hommes commencèrent à déboutonner leurs cols de chemise et desserrer d'un cran les ceintures.

Un chou farci, accompagné de lanières de lard gras et de chair à saucisse entre des oignons émincés, constitua l'étape suivante.

— Sacrédié ! jura un convive. On va faire péter tous nos boutons de culotte !

Les pommettes devenaient rouges comme sang de chrétien, les voix avaient des envolées sauvages, des cris fusaient d'un bout de table à l'autre.

1. En patois : « Par mon âme ! »

Savine et Paul mangeaient toujours aussi peu, se contentant de goûter du bout des lèvres une lichette de chaque plat, mais toujours vite rassasiés.

Sans doute pour se moquer d'eux, un des invités se mit à entonner la *Chanson de la noyo* :

La menarin, la pauvre noyo,
La menarin tout douçamin.
La menarin chez Mandgea guere,
La menarin chez Creba fam[1] *!*

L'homme fut très applaudi et, tandis que Savine rougissait de confusion, un autre enchaîna avec ce nouveau chant :

La sortons de chez Viandoux,
La menons chez Fricassé,
La sortons de chez Guère,
La menons chez Rien du tout.
Les puces te piquaient,
Les poux te finiront.
Tu vas où ? Tu vas où, misérable ?
Où tu vas, où tu vas, tu souffriras.

Paul, très pâle, se leva de son siège et fustigea du regard le chanteur. Mais celui-ci, plus qu'à moitié soûl, s'écroula sur son banc et se servit un autre verre. Afin de détendre l'atmosphère que ces paroles peu avenantes avaient détériorée, une tante de Savine entonna un autre air, et sa voix aiguë proposa la *Chanson de la caille* :

O caille, gente caille,
Où est ton nid ?

1. *La mènerons, la pauvre mariée, / La mènerons tout doucement, / La mènerons chez Mange-guère, / La mènerons chez Crève-faim !*

A mont dans la montagne,
Par-delà le ru.
O caille, gente caille,
Avec quoi l'as bâti ?
De feuilles, de broussailles,
De bourre de lapin.
O caille, gente caille,
Qu'il y a dedans ?

Y a des cacos[1] *de caille,*
Et de mes plus jolis.
O caille, gente caille,
Si faisions un nid ?

De nouveau assainie, l'ambiance repartit aux rires et aux plaisanteries tandis que le chanteur soiffard, trop ivre pour continuer la fête, était évacué sans trop de ménagements par le père Courtine et un de ses cousins jusqu'à la *fenière*[2], où il allait pouvoir cuver son vin tout à son aise.

Arrivèrent bientôt les plats de truites au lard et à l'ail. Comme de bien entendu, chacun savait que les poissons étaient le produit de la dernière pêche nocturne d'Eugène dans le ruisseau de Pégu, mais nul ne se sentit l'outrecuidance d'y faire allusion. Puis vinrent les fromages de la ferme et, enfin, les œufs à la neige précédant la pièce montée, gâteau de la mariée.

Les chants reprirent de plus belle et l'on s'essaya à des airs de bourrée auvergnate. A grands coups de talon sur le sol, poings levés au ciel, un invité se mit bientôt à tourner tout seul en poussant de grands cris. Un autre le rejoignit, puis une femme, tenant sa jupe de la main droite et virevoltant elle aussi tout en entonnant la chanson :

1. Des œufs.
2. Le fenil.

Que veniez-vous chercher,
Garçons de la montagne ?
Que veniez-vous chercher
Si vous vouliez pas danser ?

Seuls à leur bout de table, Paul et Savine commençaient à trouver le temps long. Le soir tombait, il allait bientôt faire nuit. Sans un mot, Paul se mit debout, se saisit de la main de Savine et, profitant du désordre ambiant causé par les tourneurs de bourrée qui étaient à présent plus de quinze sur la piste, le couple s'escampa puis, rasant les murs, se retrouva bien vite sur la route de Piquebourre.

Il n'y eut qu'Eugène pour les voir prendre le chemin de la sortie. Le gamin se fendit d'un sourire en imaginant que, pour une fois, le maître ne s'arrêterait pas dans sa salle de classe pour y admirer ses chers cailloux. Et qu'il irait directement à l'étage avec, comme le voulait l'usage, la mariée qu'il porterait dans ses bras pour franchir le seuil de la chambre.

Le garçon éclata carrément de rire lorsque, chants et danses subitement interrompus, quelqu'un cria :

— Les *noyes* ! Milladiou ! Ils sont plus là !

11

Piquebourre, octobre 1873

La rentrée scolaire s'était faite sans Paul Thévenet. Un nouveau maître avait été nommé. Il s'appelait Prosper Leroux et, à plus de quarante ans, n'avait encore trouvé chaussure à son pied. Vieux garçon il était, vieux garçon il resterait. Au demeurant, rien dans son allure qui eût pu attirer la sympathie. Lorsqu'il parlait, sa bouche avait des relents de dent gâtée et il ne savait prononcer certains mots sans abreuver son auditoire de postillons. La peau de son visage, couleur rose foncé d'un vieux jambon, était recouverte de boutons pustuleux qu'il grattait parfois et qui laissaient entre les poils de sa barbe des traînées sanguinolentes du plus vilain effet.

Il portait tous les jours de la semaine la même vareuse de ratine mauve délavée qui avait dû connaître les rayons ardents d'un soleil d'été tout autant que les pluies de l'automne. Mais cela ne le gênait guère car il semblait se soucier de son apparence physique comme d'une bouteille vide.

La bouteille… Prosper Leroux avait pris la fâcheuse habitude, une fois sa classe de l'après-midi achevée, de se rendre à l'auberge d'Arsène Gouttepiffre et là, attablé solitaire, il « descendait » sa chopine de rouge sans rien dire à personne. La dernière goulée avalée, il se levait, payait son dû et retournait à l'école d'une démarche cadencée de grenadier de la Garde impériale.

— Je ne veux plus aller en classe ! décréta Eugène un beau matin. Le nouveau maître, il fait qu'à me taper sur les doigts avec sa règle en fer.

Certes, le garçon ne s'était jamais targué de brillants résultats scolaires. Avec Paul, toutefois, il pouvait faire illusion car l'instituteur avait toujours préféré privilégier les qualités de ses élèves plutôt que de les invectiver quand leurs réponses se révélaient erronées.

« Tu n'es plus le fayot, à présent ! avait ricané Adolphe Coquelut. Y a plus le chéri de ta sœur pour te défendre quand tu fais une bêtise. »

Cela s'était terminé dans la cour de récréation par des horions de part et d'autre, avant que le maître ne décidât de punir Eugène qui, selon les témoignages, avait été l'agresseur.

— Non, je ne veux plus aller à l'école, insista le gamin.

— Eh bien, puisque c'est ainsi, tu viendras travailler avec moi sur les terres, trancha le père Courtine qui, à vrai dire, ne voyait que des avantages à ce que son fils délaissât ses études.

Ainsi fut donc décidé, au grand dam de Paul et de Savine qui tentèrent, en vain, de persuader le vieux paysan qu'on n'en savait jamais trop dans la vie et que plus Eugène aurait de bagage, plus il augmenterait ses chances de trouver une situation faisant honneur à la famille.

Mais allez donc commander à un âne d'avancer quand il veut n'en faire qu'à sa tête ! Autant rêver que les cloches sonnent le samedi de la semaine sainte alors qu'elles sont encore à Rome.

Le vieux n'en démordit pas. Eugène se dispenserait d'école et trimerait désormais avec lui à la ferme. La besogne ne manquait certes pas et ils ne seraient pas trop de deux pour la mener à bien.

Quant aux bouts des doigts du garçon, n'ayant plus à subir les assauts de la règle en fer de Prosper Leroux, ils ne s'en porteraient que mieux.

Après avoir quitté, début septembre, leur appartement de fonction à l'école, Paul et Savine avaient emménagé dans leur nouveau cocon d'amour. C'était une petite maison à un étage, à l'extrémité du bourg, sur la route d'Ambert, en direction de la montagne. Un jardin attenant permettrait de cultiver quelques légumes et de voir pousser des fleurs, dont Savine était férue. Comme de bien entendu, Paul n'avait pas manqué de destiner une pièce entière à ses collections de minéraux. Cela le faisait rire aux éclats lorsque sa femme prétendait que c'étaient des nids à poussière dont elle ne viendrait jamais à bout.

Sitôt le couple installé, Paul s'était mis à la recherche d'ouvriers. Ils auraient en charge d'extraire l'améthyste au Filon de l'Ecureuil, ainsi qu'il l'avait désigné le jour où il en était devenu le propriétaire.

Il commença par en embaucher quatre. Deux d'entre eux venaient d'Issoire : Hyacinthe Vernet, un colosse de cinq pieds six pouces, presque aussi haut que le curé Cacheux, mais bien plus épais ; puis Augustin Chambon, au visage émacié et une éternelle casquette enfoncée comme une capsule sur son crâne. Firmin Pétillon et Saturnin Malgat étaient natifs de Piquebourre et connaissaient le gisement. Pétillon, la quarantaine, ressemblait à une cigogne, avec des jambes qui n'en finissaient pas et un nez si long qu'on l'aurait pris pour un bec. Quant à Malgat, il arborait une tignasse de cheveux roux hirsutes recouvrant une figure boucanée qui laissait penser qu'il ne dédaignait pas, de temps en temps, de sécher une chopine de vin à l'auberge d'Arsène Gouttepiffre.

« Je ne vous apporterai peut-être pas la fortune, leur dit Paul en guise de bienvenue. Mais sachez que, si tout se passe bien, je vous ferai participer à mes bénéfices. »

Les quatre hommes parurent d'accord et, tope là, se déclarèrent prêts à entamer leur chantier de prospection.

Celui-ci démarra le 6 octobre. Au pic et à la rivelaine – Hyacinthe Vernet avait été mineur de fond à Brassac et avait emporté son outil –, les hommes s'attaquèrent à la paroi. Il fallut s'enfoncer pour suivre le filon qu'avaient entamé en leur temps les Espagnols. Il était en pente et ils durent descendre une rampe de huit pour cent qui les emmena bientôt à une profondeur de onze mètres par rapport à la surface.

— Sûr que de là-haut on ne peut plus nous voir ! déclara Augustin Chambon en se grattant le crâne au travers de sa casquette.

— T'as raison, mon gars, fit Pétillon. Mais si la galerie s'effondre, y aura personne pour nous repérer !

— Arrête ! grogna Malgat après avoir bu une goulée de vin rouge. Parle pas comme ça, tu vas nous porter la poisse !

— On voit bien que vous n'êtes jamais descendus au charbon ! intervint Hyacinthe Vernet. C'était autrement dangereux qu'ici. Et en plus, dans la mine, le grisou ne prévient pas quand il arrive. Voyez-vous, les gars, nous sommes au paradis à côté de ce que j'ai connu là-bas.

A la mi-octobre, alors que l'on n'avait extrait jusqu'à ce jour que quatre ou cinq blocs intéressants d'une améthyste d'un bleu très pâle au milieu de fragments de quartz plus vulgaires, apparut dans une anfractuosité de la roche une énorme masse sombre. Elle se présentait tout en hauteur et avait la forme oblongue d'un obus.

— Monsieur Thévenet ! hurla Firmin Pétillon dont les longues jambes ne tenaient pas en place. Je crois qu'on a mis au jour quelque chose d'intéressant. Venez donc vous rendre compte par vous-même.

Paul se précipita. Ce qu'il vit le sidéra.

— Une géode ! s'exclama-t-il. Les gars, vous avez découvert la plus grande et la plus belle géode d'améthyste qu'on ait jamais vue par chez nous.

Il riait et pleurait à la fois, caressait les flancs de la roche, la couvait comme eût fait une mère poule. Au vrai, elle était presque aussi haute que lui, cette géode, et jamais, à sa connaissance, l'on n'en avait vu de semblable, du moins dans la région.

— Va falloir arroser ça, patron ! lui dit Saturnin Malgat qui ne perdait jamais une occasion de boire à bon compte.

— Je vous invite tous à l'auberge après la journée de travail, fit Paul Thévenet. Mais avant, il va falloir dégager la géode de toute cette gangue. Et sans l'abîmer, surtout ! Allez, au boulot, les amis !

Puis il fallut la transporter. On l'arrima sur un tombereau tiré par un attelage de vaches du vieux Courtine et on l'entreposa dans la maison de Paul.

Il se chargea lui-même de contacter par courrier un acheteur de Clermont. Monsieur Evariste Laplume arriva une fin de matinée dans une charrette tirée par un alezan pommelé dont les pattes étaient gonflées d'éparvins qui le faisaient clopiner.

La cinquantaine sévère, le maintien théâtral, Evariste Laplume était maigre comme un chat errant. L'émail bleu-noir de ses prunelles scruta les alentours puis finit par se fixer sur Paul, qui l'attendait au seuil de sa demeure.

— Monsieur Thévenet ? fit-il, d'une voix quelque peu nasillarde.

— Moi-même.

— Vous possédez, à ce qu'il paraît, un spécimen unique de géode d'améthyste. Je serais curieux, cher monsieur, que vous me montriez cela.

— A votre disposition. Si vous voulez bien vous donner la peine.

Le sieur Laplume resta ébahi par la beauté naturelle de la pierre et aussi par ses dimensions.

— Inouï ! Véritablement prodigieux ! Tout simplement bellissime et grandiose !

L'homme maniait l'hyperbole avec art. Il en avait perdu l'aspect austère sous lequel il s'était présenté à Paul ; son œil brillait, ses mains tremblaient, il ne tenait pas en place.

— Je vous l'achète, décréta-t-il soudain.

Son regard d'onyx s'incrusta dans celui de Paul, qui se sentit aussitôt mal à l'aise.

— Oui, je vous l'achète, mais à une condition.

— Une condition ?

— Celle de me fournir exclusivement à moi, Evariste Laplume, toute votre production à venir. Je ne veux pas, entendez-vous bien ? je ne veux pas que les pierres d'améthyste de votre filon soient vendues à quelqu'un d'autre sur le marché de Clermont.

D'une sacoche, il sortit une liasse de feuillets qu'il étala devant lui sur la table et puis, sans plus de façons, il s'empara de l'unique chaise de la pièce, y posa ses fesses et proféra :

— A présent, nous allons pouvoir signer le contrat qui nous unira pour le pire et le meilleur.

Il ricana.

— Pour le meilleur, bien sûr !

Son paquet de billets dans une main, Paul suivit un instant du regard cet étrange personnage qui s'éloignait, debout dans la charrette. Sur laquelle il avait disposé, comme s'il se fût agi d'un passager, sa « bellissime, grandiose, prodigieuse et inouïe » géode d'améthyste.

— Drôle de bonhomme, tout de même ! dit Paul à voix haute, parlant aux murs.

Il fit demi-tour, poussa la porte, entra dans la cuisine. La tête penchée sur une bassine, gémissant à qui mieux mieux, Savine vomissait avec ardeur.

— Ma femme ! cria-t-il.

Il se précipita vers elle. Dans sa hâte, il laissa choir les billets que le sieur Laplume lui avait remis.

— Ma femme ! répéta-t-il. Es-tu malade ?

— Qu'est-ce que c'est bête, un homme ! répondit-elle avant de lâcher un autre flot de bile.

— Mais oui, tu sembles vraiment malade ! insista Paul qui ne voulait décidément pas comprendre.

12

Le bébé était prévu pour la fin du mois de mai. Paul, qui avait fini par comprendre qu'il allait être père, se montrait aux petits soins pour Savine.

« Ne te fatigue pas trop, ma femme, lui serinait-il à longueur de journée. Je ne veux pas que tu prennes des risques inutiles à soulever des bassines trop lourdes pour toi.

— Il faut bien que le travail se fasse, répondait-elle, lasse de ces attentions outrancières.

— N'en fais pas trop tout de même. »

Ses ouvriers et lui-même trimaient dur au Filon de l'Ecureuil. S'ils n'avaient pas trouvé d'autre spécimen aussi remarquable que la géode, ils mettaient cependant régulièrement au jour quelques belles pièces d'améthyste que Paul entreposait dans sa maison du bourg.

« Les Espagnols n'ont pas tout exploité, les amis, les exhortait-il de son mieux quand il les sentait éreintés par une journée de labeur acharné. Suivons la veine de granit, je suis sûr qu'elle nous conduira vers d'autres belles découvertes. »

Il professait auprès d'eux l'apprentissage de la patience, vertu qu'il s'efforçait lui-même de mettre en pratique, ce qui n'était pas toujours chose aisée. Surtout que le sieur Laplume, s'il s'était montré généreux en acquérant la « bellissime » géode, était devenu depuis plutôt pingre.

« Ce que vous me proposez, ce ne sont que des rogatons d'améthyste ! prétextait-il. Comment voulez-vous que je vous en donne un bon prix ? Découvrez-moi une autre merveille et je vous la paierai, comme de juste, sans barguigner. »

Le plus philosophe de tous était sans doute Saturnin Malgat. Le bougre prétendait que si son salaire lui permettait de satisfaire sa passion pour la chopine, il n'en demandait pas davantage. Ce à quoi rétorquait Hyacinthe Vernet, l'ex-mineur de fond, qu'il fallait toujours exiger plus des patrons car ces derniers ne faisaient pas de cadeaux à la classe ouvrière.

— Tu serais un révolutionnaire que ça ne m'étonnerait pas ! s'exclama Saturnin Malgat dont la couleur rouge groseille du vin qu'il avait bu était montée à ses pommettes.

— Vive Proudhon ! rétorqua Hyacinthe. A bas la propriété !

L'on en resta là pour le moment, mais Paul Thévenet se dit tout de même qu'il abritait un anarchiste dans ses rangs. Cela le tourmenta quelque peu. Il y pensa. Et puis il oublia.

Peu à peu, l'automne se vêtait de sa parure d'hiver. Le matin, quand Paul partait au chantier, le givre avait déjà déposé sa pellicule de sucre en poudre sur la végétation. Paul aimait respirer cet air vivifiant dont les froidures descendaient des hauteurs du Livradois. Le marcheur se sentait revivre, exposait sa poitrine aux souffles glacials et aux haleines boréales qui maintenaient intacte sa contemplation des choses de ce monde.

Partout autour de lui, la nature semblait se recroqueviller sur elle-même en prévision de la saison morte. Au loin, du côté du sud puis de l'ouest, se dessinaient les montagnes de la Margeride, du Cantal, du Cézallier et du Sancy. De-ci de-là apparaissaient des villages dont il savait que chacun représentait un point d'eau. La vie des hommes avait toujours une justification. Il était essentiel de le comprendre.

De puissantes odeurs de mousse et de champignons coulaient de l'orée des grands bois. Il marchait sur un tapis de feuilles de châtaignier qui cachaient mal les bogues ouvertes d'où s'étaient échappés les fruits à la peau luisante. Plus en amont, les fougères roussissaient, leurs feuilles s'étiolaient, les tiges se penchaient inexorablement vers le sol où gargouillait une source. Parfois, il arrivait à Paul de surprendre une compagnie de perdrix au détour du chemin. Elles s'envolaient alors avec un bruit de grêlons. Puis, tout retournait au silence.

Lorsqu'il percevait le son cristallin du ruisseau de Pégu et qu'il avait franchi le dernier lacet à angle droit, la mine se profilait avec ses huttes de branchages dominant le trou profond à présent d'une quinzaine de mètres.

Un peu plus tard arrivaient les quatre ouvriers. Les salutations étaient brèves, on se mettait vite au travail après avoir craché dans ses mains pour mieux saisir le manche de la pioche.

Le chantier ressemblait à présent à un petit village, avec ses huttes dont chacune avait un usage spécifique. La plus grande, celle qui dominait immédiatement le filon, servait à entreposer les outils et aussi de cantine. L'on s'y abritait en cas de mauvais temps, ces pluies d'orage qui, pendant l'été, s'étaient abattues sur le secteur puis engouffrées avec violence dans l'excavation chaque jour un peu plus profonde.

Tout à côté, une autre construction s'appuyait à un muret de pierres plates. Paul y avait installé une table et trois chaises et c'était là que désormais il recevait Evariste Laplume qui, deux fois par mois – le 1er et le 15 –, s'en venait prendre livraison de la récolte de cailloux. Paul notait avec méticulosité sur un gros carnet à couverture violet améthyste le produit journalier du travail de son équipe, document qu'il prenait soin de ne pas oublier sur le chantier et qu'il rapportait chaque soir à la maison de Piquebourre afin de procéder aux ultimes vérifications.

Légèrement en hauteur, entre des tas de quartz blanc exhumés de la fosse, deux autres huttes contenaient une réserve de bois. Elle alimentait le feu que les ouvriers allumaient pour réchauffer leur pitance quotidienne et dégeler aussi leurs doigts gourds.

A midi, qu'on entendait s'épeler au loin au clocher de Piquebourre, chacun sortait son rata. Suivant le temps, on mangeait dehors, assis sur une souche, ou bien à l'abri des intempéries dans la plus grande des cabanes. C'était l'occasion pour les hommes d'échanger quelques mots. De faire plus ample connaissance.

Hyacinthe Vernet parlait souvent de l'enfer de la mine. Il répétait sans cesse que le labeur y était infiniment plus dur et dangereux qu'ici même. A la solde des patrons, les contremaîtres se montraient sans pitié, n'hésitant pas à ponctionner les payes des mineurs si le rendement leur paraissait insuffisant.

— Alors, un jour, confia Hyacinthe, j'en ai décollé un du sol et il s'est un peu cogné le crâne sur une poutrelle de la galerie.

Après un temps de silence, le colosse ajouta :

— Ils m'ont mis à la porte, bien sûr. Et je suis là aujourd'hui. Mais c'est sûr, camarades, ici c'est du gâteau à côté de là-bas.

Paul Thévenet restait en retrait de ce genre de discussion. Il était le patron et, à ce titre, le gars Hyacinthe devait le considérer comme un exploiteur de la classe ouvrière. Pourtant, Firmin Pétillon et Saturnin Malgat, qui vivaient depuis des lustres au pays, ne lui étaient en aucun cas hostiles. Quant à Augustin Chambon, il semblait difficile de traduire ses pensées – si tant est qu'il en eût – sous la visière de sa casquette.

— On ne fait pas encore beaucoup de bénéfices, les amis, convint Paul un soir de ce mois d'octobre. Mais il faut persévérer et bientôt nous y arriverons.

Si ses employés percevaient peu d'argent, il fallait bien reconnaître que lui-même n'en gagnait guère davantage. Souvent d'ailleurs il se posait la question de savoir s'il avait bien agi en abandonnant son poste d'instituteur au village.

Certes, grâce aux légumes du jardin potager dont Savine avait endossé l'entière responsabilité, le couple ne mourait pas de faim. Mais trop souvent, bien sûr, il fallait tirer le diable par la queue et se serrer la ceinture.

Ce fut à la fin de ce mois d'octobre que la maréchaussée fit irruption au Filon de l'Ecureuil. Les deux pandores, montés sur des chevaux à la robe isabelle, se présentèrent ainsi :

— Gendarmerie nationale. Est-ce bien chez vous qu'exerçait un dénommé Hyacinthe Vernet ?

Le gradé, homme svelte, à la moustache gauloise et aux yeux couleur de tabac brun, toisa un long moment Paul Thévenet qui venait de sortir de sa cahute où il était en train de faire ses comptes.

— Bonjour, messieurs. C'est effectivement ici que travaille Hyacinthe, mais il n'est pas venu aujourd'hui.

— Et pour cause ! répondit le militaire. Nous l'avons arrêté puis incarcéré hier au soir à la prison d'Issoire.

— Hyacinthe en prison ! Mais ça n'est pas possible !

— Je vous dispense de vos commentaires. Etes-vous le responsable de ce... euh, de ce chantier ?

— Je le suis, en effet, et je vous prie de me donner les raisons de cette détention.

— Il me vient l'envie de vous répondre, cher monsieur, que cela ne vous regarde pas. J'ai toutefois une question à vous poser. Saviez-vous que vous abritiez dans vos rangs un dangereux activiste, un anarchiste prêt à tout pour saper les principes de notre République et propager la révolution universelle ?

Paul se drapa dans sa dignité de citoyen.

— Les opinions politiques de mes salariés ne me regardent pas, fit-il en guignant à son tour le gendarme. Je n'ai, pour ma part, qu'à me louer des services de monsieur Hyacinthe Vernet, et je vous prierai de le noter dans votre rapport.

— Et si je vous disais que ce brave et honnête homme a tenté, pas plus tard qu'hier au soir, de faire sauter à l'explosif les locaux de la sous-préfecture, auriez-vous toujours la même estime à son égard ?

— Pas possible ! Hyacinthe aurait voulu faire cela ?

— Douteriez-vous de ma parole à moi, Trinqual, maréchal des logis-chef de la brigade d'Issoire ?

Paul jugea préférable de présenter un profil bas.

— Dieu m'en garde, monsieur le gendarme et...

— Maréchal des logis-chef, s'il vous plaît ! Veuillez, je vous prie, décliner à mon subordonné vos nom, prénoms, date et lieu de naissance. Nous ouvrons une enquête pour savoir si ce Vernet n'a pas quelques accointances dans le pays. Sans doute serez-vous appelé à comparaître à la barre un jour prochain.

Lorsque la maréchaussée fut partie, Paul Thévenet descendit dans la fosse pour informer les trois collaborateurs qui lui restaient.

— Ah ! Pour sûr qu'il va nous manquer, le gros Hyacinthe, fit Augustin Chambon. Un gars costaud comme lui, ça ne se trouve pas tous les jours.

— Et c'était un dur à cuire, compléta Pétillon.

— Pas fainéant pour deux sous, dit encore Saturnin Malgat.

— Mais aussi, quelle idée de vouloir faire de la politique ! reprit Chambon. Déjà que ça ne lui avait pas porté chance à la mine de Brassac !

— Et révolutionnaire avec ça ! souffla Pétillon.

Quant à Malgat, profitant de la pause impromptue, il s'empara de la bouteille de vin qu'il avait mise à l'abri dans un recoin de la roche et, la levant à hauteur de ses lèvres, il proféra :

— Que cela ne nous empêche pas de nous rincer le gosier. Je ne sais pas pour vous, mais moi j'ai la langue sèche comme une mèche d'amadou.

Ce fut ainsi que Paul Thévenet, sans qu'il l'eût vraiment voulu, réalisa l'économie d'un salaire au Filon de l'Ecureuil. Dans l'immédiat, il n'était pas question de remplacer Hyacinthe Vernet. Quand il y avait de la besogne pour quatre, il paraissait évident qu'il y en eût pour trois seulement. Quitte à se retrousser les manches et se cracher dans les pognes avant de se saisir de la pioche.

13

La saison morte approchait. Le vieux Courtine et son fils Eugène achevaient les labours d'automne. Les quelques arpents de terre utilisable avaient été ouverts par le soc de la charrue que tirait un couple de vaches. Il restait à défricher tout un coin de pâture situé un peu à l'écart. Eugène, qui cramponnait le timon, était agité de violentes secousses dans les bras chaque fois que l'équipage heurtait une racine. Devant marchait le père, avec une longue gaule sur l'épaule, dont il piquait à intervalles réguliers l'échine des animaux.

L'un et l'autre besognaient sans se parler. Un silence que dérangeait parfois un lourd vol de corbeaux braillards striant un ciel bas et gris. Au loin se courbaient les hampes des arbres. Montait aussi l'aboi d'un chien solitaire, auquel répondait, machinal, cet autre dans la cour d'une ferme.

Lorsque le champ fut enfin mis au net, père et fils se firent face. Il était quatre heures de l'après-midi, la nuit ne tarderait guère à étendre sa houppelande sombre.

— Il est temps de rentrer, mon gars, fit Jean Courtine.

Il se cambra et appliqua ses deux mains sèches sur ses reins.

— A chaque jour suffit sa peine, continua-t-il. On a encore bien travaillé aujourd'hui et on a bien mérité de prendre un peu de répit.

Saisissant le joug par son milieu, le vieux paysan aida ses vaches à manœuvrer afin qu'elles prissent le chemin du retour.

— Holà, les belles ! Doucement. Holà, mes mignonnes !

Il leur parlait comme il eût fait à des personnes. Eugène se dit que jamais le père n'avait eu à son égard des intonations aussi douces. Peut-être ne s'en rendait-il pas compte lui-même. Et, qui sait ? peut-être la compagnie des vaches était-elle préférable à celle des êtres humains. Au moins, avec elles, était-on assuré de n'être jamais déçu et obéissaient-elles au doigt et à l'œil.

Obéir…

Justement, Eugène ressentait depuis quelque temps l'irrépressible envie de s'écarter des chemins que, semblait-il, Jean Courtine avait tracés pour lui. En tout cas, le gamin ne se voyait pas, sa vie durant, s'user à la tâche ainsi que le faisait son père. Le travail de la terre, c'était beaucoup de sacrifices pour, finalement, peu de profits – sinon pas du tout. Certes, c'était mieux que l'école. Mais, en cherchant bien, l'on devait pouvoir espérer davantage encore dans un autre domaine.

Il réfléchissait à cela sur le trajet du retour. Quelques mètres en avant avançait péniblement le vieux, les épaules tombantes et le pas lourd. Les bêtes le suivaient, dociles, tirant la charrue. Une bise dentée de glace s'était levée. Elle chuintait dans le dos des marcheurs, poussant vers le midi de gros nuages au ventre arrondi et emplissant le bois d'une rumeur de cathédrale.

Alors qu'ils étaient en vue des bâtiments de la ferme, le vent se mit soudain à enfler et souleva toute une jonchée de feuilles mortes du chemin. Jean Courtine fit le dos rond puis porta son bâton à hauteur du joug, ce qui eut pour effet d'arrêter net l'attelage. Un bref instant, Eugène put entrevoir que le froid avait bleui les lèvres de son père. Mais le vieux tourna de nouveau la tête pour observer deux pies qui, à tire-d'aile, se dirigeaient vers la grange.

— Quand les ajasses[1] s'approchent de la maison, le mauvais temps est de sortie, émit-il faiblement.

Ce furent ses dernières paroles avant qu'il ne s'écroulât comme une masse sur la terre argileuse, à une portée de fusil de chez lui.

Mort ! Il était mort !

L'enterrement eut lieu le 31 octobre, veille de la Toussaint. En accord avec le calendrier, le temps avait viré au gris. Au travers des nuages bas, le soleil ressemblait à une grosse lune. Les plumes hérissées des pigeons sur les toitures l'avaient bien laissé deviner : la neige survint dès dix heures du matin. Ce furent tout d'abord des billes de ouate clairsemées, filant à l'horizontale sans daigner se poser sur le sol durci par la gelée de la nuit. Puis le papillonnement blanc s'épaissit et il y eut bientôt un rideau oblique de flocons plus gros qui n'hésitèrent pas à déployer leur couverture sur le pays.

La charrette brinquebalante, tirée par une carogne qui n'était plus de la première jeunesse, se présenta à la ferme de Pégu sous une grosse averse. Il fallut hisser le cercueil entre les ridelles. Jules Sauvadet, le garde champêtre en charge de la manœuvre, poussait des jurons à n'en plus finir. Mais aussi, avait-on idée de se faire mettre en terre par un temps pareil ?

A l'église de Piquebourre où, trempé comme une soupe, chacun put se mettre à l'abri, le père Cacheux débita sa messe en deux temps et trois mouvements. Puis l'on se rendit au cimetière. La neige collait sous les godillots. Antoinette Courtine glissa et faillit s'affaler de tout son long. Heureusement, Paul Thévenet, qui veillait à la fois sur sa belle-mère et sur sa femme, réussit à la retenir et lui éviter la chute.

1. *Ajassa* est le nom qui, en patois, désigne la pie.

Après un *Pater Noster* rapidement récité sur la tombe du défunt, il fallut céder la place à Jules Sauvadet qui, toujours d'aussi méchante humeur, s'empara de la pelle et, ahanant comme un forcené, se hâta de recouvrir de terre le cercueil.

Voilà, c'était fait : le corps de Jean Courtine allait passer sous les frimas les premières heures de sa nuit éternelle.

— Il n'est pas question que vous rentriez chez vous, belle-maman ! Il continue de neiger et les chemins sont devenus impraticables.

La vieille Antoinette Courtine présentait une figure chiffonnée et jaunâtre et regardait désespérément, à travers la vitre qui ruisselait comme un visage en larmes, le réseau de flocons en descente rapide. Enserrée dans son tablier de cotonnade, rajustant sans arrêt sur sa tête un chapeau rond à ganse brune, elle avait l'air d'un être sans défense, à la merci du monde environnant.

Prenant son courage à bras-le-corps, elle leva vers son gendre des yeux rougis par le froid et son chagrin.

— Et les bêtes, Paul, y pensez-vous ? Il faut bien traire les vaches !

— Ne vous faites pas de souci pour cela. Eugène et moi allons repartir pour Pégu.

Une tasse fumante de tisane à la main, Savine s'approcha d'elle.

— Tiens, mère, bois cette infusion de camomille, ça te réchauffera.

La mort du père avait pris tout le monde de court. Il était évident que sa veuve ne pourrait continuer de vivre et travailler à la ferme. Quant à Eugène, il était trop jeune pour endosser la responsabilité des tâches contraignantes du métier de paysan.

Alors, que faire ?

Paul en avait longuement discuté la veille avec Savine. Ils avaient donc décidé qu'ils hébergeraient la mère Courtine et son garçon dans leur maison, toute petite qu'elle fût. Paul s'occuperait de vendre ce qui pouvait l'être de l'exploitation de Pégu, c'est-à-dire le maigre bétail – un veau, deux vaches, une chèvre, un cochon –, plus quelques poules et lapins. Quant aux bâtiments, puisque les Courtine n'en étaient que les locataires, charge reviendrait au propriétaire – un dénommé Marquet, d'Issoire – de leur chercher un acquéreur.

« Pour Eugène, avait décrété Paul Thévenet, puisqu'il ne faut plus lui parler d'école, je vais l'engager au Filon de l'Ecureuil où il remplacera ce vieil anarchiste de Hyacinthe Vernet.

— Mais c'est encore un enfant ! tempêta Savine.

— Ne t'inquiète pas. Je saurai ménager mon petit beau-frère. »

En attendant, c'était Antoinette qu'il convenait de ménager. Toute ratatinée sur son siège, elle semblait s'être résignée à ne pouvoir retourner chez elle.

— Essaie de comprendre que tu ne ferais pas trois pas dans cette neige, ma pauvre mère, dit Savine en enserrant une de ses mains dans les siennes.

Deux larmes roulèrent sur ses joues cartonnées que fouettait une résille de minuscules vaisseaux sanguins.

— Eugène et toi dormirez ici les jours à venir, continua Savine.

Elle hésita un moment.

— Avec Paul, nous avons décidé de vous garder chez nous car nous pensons qu'il n'est plus possible que tu t'occupes seule de la ferme. Et puis, ma chère mère, tu seras bien utile à mes côtés quand mon enfant verra le jour.

Les traits ravinés d'Antoinette semblèrent creuser plus encore leur sillon. Elle détourna la tête et porta le regard, par-delà les carreaux embués de la fenêtre, sur cet amas de neige qui recouvrait la route devant la maison et commençait de former des congères.

— Ton enfant ? soupira-t-elle. Ça m'étonnerait fort que je sois encore de ce monde quand il pointera son nez.

— Mère !

Deux autres perles grossirent au recoin des paupières, tremblèrent un moment, semblèrent hésiter, puis churent sur la main menue d'Antoinette. Sur sa peau tavelée de taches brunes comme des poires trop mûres.

Trois jours durant et autant de nuits tomba la neige. Elle ensevelit la contrée sous une couche uniforme qui paralysa le labeur des hommes, les obligeant à rester chez eux comme des sauvagines dans leurs terriers.

Il fallait bien, pourtant, prendre soin des bêtes de la ferme de Pégu. Matin et soir, consciencieusement, Paul Thévenet et Eugène s'y rendirent. Il n'était pas rare qu'en arrivant ils découvrent des empreintes de pattes aux abords de l'étable.

— Des loups ! s'exclama Eugène la première fois qu'il vit ces traces de piétinement.

— En es-tu sûr, mon garçon ?

— Si j'en suis sûr ! Regardez donc ces coussinets qui sont dessinés dans la neige. Les pieds sont surélevés, on dirait qu'ils marchent sur la pointe. Et ça, m'sieur, c'est la marque des loups, y a pas à en douter un seul instant, vous pouvez me croire.

— Je te crois, Eugène. A ton avis, ils étaient combien ?

Le gosse se baissa, orientant son regard à hauteur du talus de neige drossé devant la lourde porte.

— Combien ? Difficile à dire. A première vue, je dirais deux ou trois. Mais ça peut être plus, m'sieur.

— Arrête donc de me dire monsieur ! Je suis ton beau-frère, que diantre !

— Entendu, m'sieur.

Certes, la disparition brutale de son père avait beaucoup peiné Eugène. Il se disait toutefois que ce coup du sort lui permettrait de ne plus envisager dorénavant de faire le dur métier de paysan. Et puisque Paul Thévenet avait décidé de le prendre avec lui au Filon de l'Ecureuil pour extraire l'améthyste, sa vie allait en être profondément bouleversée.

Il sortit de ses songes car celui qu'en son for intérieur il appelait encore « le maître » lui adressait de nouveau la parole.

— Il va falloir barricader solidement les portes, garçon. Les loups ont senti la chair fraîche. S'ils venaient à entrer là-dedans, cela ferait un beau carnage !

— Je vais aller chercher le fusil du père, trancha Eugène. Des fois qu'il leur prendrait l'envie de venir pendant qu'on est encore là.

Paul sourit en voyant le gamin, haut comme trois pommes, tracer son chemin jusqu'à la maison d'habitation.

— Sacré bonhomme ! murmura-t-il. Il a du cran, tout de même.

Et puis, poussant de l'épaule un battant, il pénétra dans l'étable où de forts remugles de déjections animales le saisirent à la gorge.

« Moi non plus, se dit-il, je n'aurais pas aimé être paysan ! »

Il éclata de rire et, surmontant sa répulsion, il s'empara de la fourche à foin.

« Vivement que fonde la neige et qu'on vende ces pauvres bêtes ! »

Mais déjà revenait Eugène, le fusil en bandoulière et la cartouchière garnie.

— Qu'ils y viennent, ces maudits loups ! Ils auront à qui parler ! Non mais...

14

Piquebourre, printemps 1874

L'hiver avait fini par battre en retraite. Mais Dieu, qu'il avait été long ! Jamais, depuis des décennies, les loups ne s'étaient aventurés aussi près des maisons. La nuit de Noël, ils avaient hurlé jusqu'aux portes de l'église, si bien que le père Cacheux avait dû utiliser une prière spéciale pour les chasser. Enfin, c'est ce qui s'était dit. Quant à Eugène, il n'avait qu'une envie, celle d'en découdre avec eux. Savine lui ayant formellement interdit d'utiliser le fusil paternel, le garçon s'était senti brimé. En tout cas incompris.

Avril revint, un soleil plus haut, une profusion de couleurs. Les bêtes de Pégu avaient été vendues à un maquignon d'Issoire que Paul connaissait grâce à son père. Il en tira pour cela un juste prix, somme qu'il remit dans sa globalité à Antoinette, sa belle-mère.

La vieille femme avait perdu l'envie de vivre et se laissait aller, comme si plus rien au monde ne l'intéressait. Encore plus profondes, d'autres rides s'étaient creusées sur son visage parcheminé qui ne reflétait qu'une triste résignation et l'attente d'on ne savait trop quoi, sinon la mort. Alors, elle s'occupait, puisqu'il le fallait. C'est elle qui avait en charge l'alimentation des volailles et des lapins que Paul et Eugène avaient ramenés de Pégu. Des poussins étaient nés et elle leur apportait du lait caillé. Puis elle ramassait de l'herbe qu'elle jetait par brassées au clapier avant de s'en retourner, dos courbé et tête basse, jusqu'à la maison où elle se laissait tomber sur une chaise, toujours la même, près de la fenêtre donnant sur la rue du village.

Savine essayait de secouer cette apathie en lui parlant de l'enfant qui allait naître.

« Tu pourrais lui tricoter des chaussons, ne crois-tu pas ? » lui avait-elle proposé.

Docile, Antoinette avait obéi. Ses mains s'animaient à donner leur cadence aux aiguilles, mais son regard restait morne et lointain. Même la perspective d'être grand-mère et de préparer la venue du petit être ne réussissait pas à la sortir de sa torpeur. Elle tricotait avec diligence mais sans que sa besogne parût l'intéresser outre mesure. Comme si faire cela ou autre chose était du pareil au même.

Savine, quant à elle, avait pris de l'embonpoint. Sa grossesse était resplendissante. Julia Thévenet, la mère de Paul, lui avait prédit que ce serait une fille.

« Tu as le ventre en pointe, proféra-t-elle avec conviction. A coup sûr, tu auras une pisseuse. »

Léonce, son mari, avait renchéri :

« Bah ! Tant pis, le mâle, ce sera pour la prochaine fois, sabre de bois ! »

Paul souriait de ces présomptions. Un garçon ou une fille : quelle importance ? La petite vie qui viendrait serait la bienvenue. Il n'avait aucune préférence et il s'en remettait au choix du bon Dieu.

Pour Eugène, la question ne se posait pas en ces termes.

« J'espère que ce sera un garçon, martela-t-il plusieurs fois. Comme ça, je pourrai lui montrer comment fabriquer des collets pour les lapins de garenne et pêcher la truite à la main. »

Antoinette ne disait rien, continuant d'agiter ses aiguilles avec la célérité de celle qui, depuis belle lurette, ne fait plus de projets.

Elle releva la tête, étira ses jambes et soupira. Elle venait de terminer sa huitième paire de chaussons. Faudrait-il qu'elle en tricotât encore beaucoup d'autres ?

Au Filon de l'Ecureuil, dont l'activité avait été ralentie durant la période hivernale, il fallut se démener pour rattraper le temps perdu. Eugène ne se montrait certes pas le moins empressé à la tâche et souvent Paul lui conseillait de se ménager quelque peu. Mais non, le gamin était souvent le premier à se faufiler dans une anfractuosité de la roche pour aller dégager un bloc d'améthyste que, par la faute de leur carrure, les ouvriers ne pouvaient atteindre.

— Tu es une vraie fouine ! lui lança Saturnin Malgat.

L'usage de la dive bouteille le rendait ce matin-là légèrement titubant.

Il répéta en ricanant :

— Oui, tu t'enfiles partout. Pour sûr, tu es une vraie fouine.

— Normal, Saturnin, c'est comme ça qu'on m'appelait à l'école.

Le rouquin s'esclaffa de plus belle et, dans son emportement, buta sur une pierre pour se retrouver cul par terre.

— Milladiou ! jura-t-il en essayant de se relever.

Firmin Pétillon et Augustin Chambon voulurent l'aider. Mais le bougre se tenait le derrière à deux mains et semblait souffrir le martyre.

— Je crois bien que je me suis cassé l'os du croupion, fit-il en grimaçant. Ah ben ça, alors ! Si je m'attendais !

Paul, prévenu par Eugène, eut envie de lui dire que s'il avait bu un peu moins il ne serait pas tombé. Mais, devant la mine pathétique de Saturnin, il préféra se taire.

— Il faut le ramener chez lui, ordonna-t-il à ses hommes.

Voilà comment le Filon de l'Ecureuil se trouva amputé d'un autre membre. Et pourquoi, en attendant que le coccyx du lascar se ressoudât, il fallut faire contre mauvaise fortune bon cœur.

Savine était proche de son terme. Elle avait beaucoup forci ces derniers temps et, à cause des chaleurs, supportait difficilement son état de grossesse.

« Repose-toi, ma chérie, lui recommandait Paul journellement. Il serait stupide de prendre des risques. Je t'aime tant et je ne voudrais pas te perdre.

— Voyez donc ce mari qui se fait plus de souci que sa femme ! »

L'on était à la mi-mai. La nature entière exhalait des parfums de renouveau. Cela sentait l'aubépine, le muguet et le lilas. Les couleurs se voulaient à l'unisson, éployant des blancs et des roses éclatants. L'herbe verdissait, les bourgeons explosaient, les eaux ruisselaient. Le chamboulement du monde. La renaissance du printemps.

Ce matin-là, Paul ouvrit les volets alors qu'un soleil orange se hissait lentement au-dessus des cambrures du Livradois. L'astre rayonnait en lueurs fauves qui s'en allaient en écharpes violines et rubescentes vers le sud avant de se fondre dans l'opale velouté du ciel. Plus bas, aux entours des toitures de Piquebourre, des reflets de cuivre suivaient l'ascension progressive du disque, à présent couleur rubis.

Paul inspira un grand bol d'air chargé des senteurs sucrées des poiriers du verger et de celles, plus acides, des genêts qui exposaient leurs pétales à la lumière. Sur sa droite, à petits pas menus, trottait mère Françoise, la vieille religieuse. Chaque jour, elle était responsable de l'ouverture des portes de l'église, de son approvisionnement en fleurs des champs ainsi que de son nettoyage. Paul n'ignorait pas que c'était elle qui avait en partie assuré l'instruction de Savine et lui avait appris à lire, à écrire et à compter. Il suivit un instant des yeux son cheminement pressé jusqu'au parvis, d'où elle disparut de sa vue.

Le village commençait à se réveiller. Au loin chantait un coq, des volets claquèrent. Puis Arsène Gouttepiffre ouvrit à son tour la porte de son auberge tandis que sa femme pointait derrière lui une figure échevelée que l'usage de barrettes tâcherait plus tard d'apprivoiser. Ce fut au tour de Jules Sauvadet de traverser la rue. L'air renfrogné comme à l'habitude, le garde champêtre se rendait à la mairie et c'est tout juste s'il répondit au salut du tenancier, qui en souleva les épaules de dépit.

Paul se retourna soudain. Des gémissements parvinrent à son oreille.

— Savine ! cria-t-il en dévalant les marches.

Elle était dans la pièce du bas et se tenait le ventre, en proie aux premières douleurs de l'enfantement. En entendant les plaintes de sa fille, Antoinette sortit précipitamment de sa chambre. Elle semblait avoir perdu cette langueur qui la minait depuis des semaines.

— Il faut aller prévenir la sage-femme, ordonna-t-elle soudain.

Eugène présenta sa figure endormie dans l'entrebâillement de la porte.

— Allez, file, mon garçon, et ramène-nous l'Euphrasie Gouttebel. Surtout, ne traînasse pas en route !

L'accoucheuse occupait, dans le bas du village, une petite maison de plain-pied, non loin de l'école. Eugène s'y précipita, n'oubliant pas, au passage, de détourner la tête des bâtiments scolaires qui ne lui rappelaient pas que de bons souvenirs.

Euphrasie venait tout juste de sortir de son lit. Le cheveu en bataille, petite et brune comme une merlette, vive ainsi qu'un serpent qui va mordre, elle débita :

— Alors, ça y est, ta grande sœur est sur le point de pondre et il va falloir que je me dépêche. Pas d'affolement, jeune homme. En général, la première fois, ça peut attendre des heures. Mais dis-lui bien, à la Savine, que je vais bientôt arriver. Qu'elle prenne son mal en patience, une mère se doit de souffrir avant de donner la vie à son enfant. C'est dans l'ordre des choses depuis que le monde est monde et que ces diables d'hommes engrossent leurs femmes.

Sans tout comprendre à ce galimatias, Eugène s'en retourna à la maison. Euphrasie Gouttebel y déboula dix minutes plus tard.

— J'espère que vous avez fait chauffer de l'eau et préparé une bassine, dit-elle sans préambule, en poussant rageusement la porte d'entrée.

Quatre à quatre, elle grimpa les marches jusqu'à la chambre. Le visage de la parturiente ruisselait par tous ses pores.

— Allons, ma petite, rugit Euphrasie. Tu vas devoir être courageuse et forte. Donner le jour à son enfant, ça se mérite. Va pas falloir que tu flanches. C'est bien compris, n'est-ce pas ?

Entre deux contractions, Savine s'efforçait de porter ses yeux larmoyants sur la sage-femme. La présence de celle-ci la rassurait et la révulsait tout à la fois. Les relents de dent cariée de la dame l'auraient presque fait vomir. Mais ça n'était pas le moment. Elle devait se concentrer tout entière sur sa respiration et sur le travail qui s'élaborait lentement en elle. A côté, Antoinette, sa mère, se tenait prête avec des linges et, de temps en temps, lui essuyait la sueur sur son front.

— Je crois que le moment va venir, ma fille, déclara soudain Euphrasie Gouttebel. Tu devras pousser fort quand je te le dirai.

La matrone se pencha sur elle, lui palpa le ventre et soupira. Deux sillons se formèrent brusquement au confluent de ses sourcils.

— C'est le moment ! cria-t-elle. On y va, ma grande ! Pousse ! Allez, pousse, nom d'un chien !

Savine ahanait fort. Soudain, elle sentit une chose flasque qui glissait entre ses cuisses.

— Une fille ! Tu es maman d'une jolie poupée. Et vous, dame Antoinette, vous voilà grand-mère.

L'enfançon se mit à vagir d'une petite voix rauque, de véritables cris de rat qu'on écorche.

— Allons, la mignonne a de la voix et ne se laissera pas faire ! poursuivit l'accoucheuse en procédant à la première toilette du paquet de chair qu'elle tenait dans un drap comme elle eût fait d'une chose sans importance.

Cela étant accompli, la fillette nouveau-née fut emmaillotée puis déposée près du sein maternel sur lequel elle se jeta avec voracité et des bruits de succion qui suscitèrent même un sourire sur les lèvres d'Antoinette.

Mais Paul piaffait d'impatience derrière la porte de la chambre. Il fallut bien se résoudre à le laisser entrer, depuis le temps qu'il attendait, ce pauvre chéri !

— Vous avez une demoiselle, lui annonça d'emblée Euphrasie Gouttebel.

— Ma mère ne s'était donc pas trompée ! dit-il en se précipitant sur Savine qu'il couvrit de baisers.

— Arrêtez donc, vous finirez par l'étouffer ! Dites-nous plutôt comment vous allez le prénommer, ce petit bout de bonne femme.

Paul plissa son regard de myope et approcha son visage de celui de sa fille. Celle-ci semblait s'être endormie, repue de tout ce lait de sa première tétée.

— A-t-elle les yeux bleus ? demanda-t-il soudain.

— Oui, mon Paul, elle a tes beaux yeux bleus, dit Savine dans un souffle.

— Alors, nous l'appellerons Bleuette.

Bleuette Thévenet, première du nom, entrouvrit ses jolies lèvres roses. Sur le bord desquelles se forma, légère, une petite bulle d'air qui éclata tout aussitôt.

— Est-ce que j'ai le droit de rentrer, moi aussi ?

Passant la tête par l'entrebâillement de la porte, Eugène avait hâte de connaître enfin Bleuette.

La naissance de Bleuette qui faisait de lui un tonton. Grands dieux ! Tonton Eugène !

Et tant pis s'il lui fallait attendre encore un peu que Savine daignât pondre un garçon. A qui il pourrait apprendre à traquer le lapin de garenne et pêcher la truite à la main.

15

Eugène était dans sa onzième année seulement, mais il travaillait comme un homme au Filon de l'Ecureuil. En vérité, il palliait avantageusement l'absence de ce pauvre Saturnin Malgat qui, trop souvent aviné, n'avait jamais pu donner la pleine mesure de sa force. Autre gros avantage du gamin sur un adulte, sa petite taille lui permettait de se faufiler partout et de dénicher des blocs d'améthyste là où les autres ne pouvaient accéder.

Paul Thévenet éprouvait tout de même des scrupules à voir trimer ainsi son jeune beau-frère. Savine le lui reprochait d'ailleurs assez souvent.

« N'oublie pas qu'Eugène est encore un enfant, lui disait-elle, quelque peu amère. Il n'a pas la résistance d'un grand, tu devrais le ménager.

— C'est ce que je fais ! se défendait Paul. Mais ton frère est têtu comme une bourrique et sitôt que j'ai le dos tourné, il repart à la charge comme s'il voulait découvrir un trésor. »

Découvrir un trésor ! Dans la caboche du gamin, cette idée semblait avoir fait son chemin.

« Si je pouvais mettre au jour une géode encore plus grande que celle trouvée au début de l'exploitation du filon ! se disait-il. Pour monsieur Thévenet, ce serait une sacrée aubaine et une belle rentrée d'argent. »

Une autre voix, pourtant, lui serinait :

« Tu rêves, mon ami. Un bloc de ce volume ne se rencontre peut-être qu'une fois par siècle. Et encore ! »

Ce à quoi Eugène rétorquait :

— Et alors ? Pourquoi pas deux ?

— Voilà qu'il parle tout seul à présent ! railla Firmin Pétillon, qui déblayait à la pelle, à côté de lui, tout un amas de gravats de silex mélangés à des cristaux de quartz.

L'homme, monté sur ses grandes jambes d'échassier, interrompit son mouvement de balancier pour observer ce gamin qui semblait parfois tellement bizarre.

— Laisse-le donc causer s'il en a envie, intervint Augustin Chambon en vissant sur son crâne étroit une casquette de plus en plus difforme. Pourquoi voudrait-on l'empêcher de dire ce qu'il a à dire ? On va pas le mettre en prison, tout de même, comme ce pauvre Hyacinthe !

Ainsi que l'avait expliqué Paul à Savine, Eugène n'en faisait qu'à sa tête. Souvent, il revenait seul dans la galerie après que tout le monde était parti. Nul ne s'en inquiétait à la maison, on connaissait trop les penchants du garçon pour ce qui était braconnage et maraudage et on pensait que sans doute il posait ses pièges dans la forêt ou guettait le passage d'une sauvagine.

Ce mercredi de juin, justement...

Les jours sont longs vers la Saint-Jean d'été et la nuit tarde à venir. Eugène s'était dit qu'il pouvait disposer de trois bonnes heures avant que l'on s'inquiétât de son absence. Il orienta ses pas vers la forêt de chênes et de châtaigniers toute proche. Et puis, une bonne demi-heure s'étant écoulée, il fit volte-face et retourna au filon.

Dans l'après-midi, ce qu'il y avait vu ne pouvait laisser aucun doute. Derrière une croûte épaisse de roches friables, une forme oblongue, sombre et grenue, lui était apparue. Cela ressemblait à une sorte d'obus et suivait la pente naturelle du terrain en un angle de trente degrés environ.

« Du basalte ! pensa Eugène. C'est du basalte qui recouvre une géode d'améthyste ! »

Il eut soudain envie de crier au grand jour qu'il avait fait une découverte. Mais non, cela ne se pouvait. Il préféra ne rien dire et revenir le soir, quand tout le monde serait rentré chez lui et qu'il aurait quartier libre.

Arrivé au filon, Eugène regarda à droite, puis à gauche. Devant, derrière. Personne en vue. Alors, muni de la rivelaine qu'avait laissée sur place Hyacinthe Vernet avant qu'il ne fût arrêté par les gendarmes, il descendit dans la galerie et s'attaqua à la caillasse. Il besogna ainsi pendant plus d'une heure et réussit à dégager tout un pan du cône de basalte. Mais le bloc tenait ferme à sa gangue qui l'enserrait comme un étau. Eugène tenta de le déboîter en agissant sur sa pointe mais ne parvint qu'à faire tomber sur lui tout un tas de terre argileuse.

— Sabre de bois ! fit-il en imitant monsieur Thévenet père. Sûr que ça ne va pas être commode !

Il s'obstina pourtant, redonna des coups de pic aux endroits les plus meubles. La géode résistait, semblait s'accrocher de toute son inertie à la paroi.

Alors, il agrippa de ses doigts l'arche supérieure et tira la masse en arrière, pieds posés sur la partie verticale du tronçon.

— Ça bouge ! Ça bouge !

Il ahanait sous l'effort, la sueur coulait dans ses yeux, irritant ses paupières.

— Viendras-tu, à la fin, méchante améthyste ?

Le bloc céda tout d'un coup, entraînant Eugène dans l'éboulement. Le gamin se retrouva sous un agrégat de cailloux et avec une jambe coincée par la géode. La douleur était vive, il avait envie de crier pour qu'on vînt lui ôter ce poids insupportable à hauteur du tibia. Mais plus il essayait de se dégager, et plus la bille de basalte, telle une enclume, pesait sur lui et le paralysait.

A un moment, Eugène ne résista plus. Alors, il sombra dans le néant. La géode s'était accrochée à lui. On aurait dit qu'elle l'enlaçait.

— C'est curieux qu'Eugène ne soit pas encore rentré.

Une énième fois, Savine consulta l'horloge de la cuisine. Les aiguilles indiquaient huit heures du soir. Jamais le gamin n'avait tant tardé à réintégrer le bercail.

— Pourvu qu'un nouveau malheur ne soit point arrivé ! se lamenta Antoinette Courtine.

— Mais non, belle-maman ! grogna Paul. Vous voyez toujours tout en noir. A rien ne sert de se mettre martel en tête ainsi que vous le faites.

Il regretta aussitôt ces propos un peu vifs.

— Allons, finit-il par dire. Je vais retourner au filon où ce brave Eugène a l'habitude de se rendre une fois que sa journée est terminée. Ce pauvre garçon est persuadé que je ne vois pas son manège.

Se tournant vers Savine, il ajouta :

— Je reviens tout de suite. Commencez de manger sans moi avant que je ne ramène ce sacripant par la peau des fesses.

Il avait eu beau faire semblant de plaisanter, Paul était sacrément inquiet lorsqu'il arriva en vue de l'excavation.

— Eugène ! appela-t-il à trois reprises.

N'obtenant pas de réponse, il décida de descendre dans la fosse. Pendant une vingtaine de pas, il suivit la déclivité en se tenant à la roche.

— Grands dieux !

A l'extrémité de la galerie, le gamin était allongé sur le dos, la jambe droite coincée sous un énorme bloc. Paul s'approcha. Le petit avait perdu connaissance et respirait faiblement.

— Eugène, mon garçon, c'est moi, Paul. Ouvre les yeux, je t'en supplie. Dis-moi quelque chose.

Le blessé émit un son inarticulé et se mit à gémir. Il souleva une paupière, s'efforça de parler.

— La gé... La géode... Je l'ai eue...

La convalescence d'Eugène fut longue et douloureuse. Fracture ouverte du tibia, écrasement du métatarse du pied droit : le docteur Ollier, médecin à Saint-Germain, le chef-lieu de canton, n'était guère optimiste pour la suite des opérations.

— Je crains fort que le pauvre garçon ne boite le restant de ses jours. Je considère qu'il a eu de la chance malgré tout, cela aurait pu être tellement plus grave. Imaginez un instant que la chute du rocher lui ait comprimé la colonne vertébrale. Pour sûr, il aurait été paralysé à vie.

— Oh ! Mon Dieu ! Oh ! Mon Dieu ! n'arrêtait pas de geindre Antoinette. Que de malheurs ! Que de malheurs !

Elle tricotait alors une barboteuse pour Bleuette puisque la petite semblait, grâce à elle, être pourvue en chaussons, au-delà de tout usage.

— Oh ! Mon Dieu ! Oh ! Mon Dieu ! Que de malheurs ! Que de malheurs !

Paul serrait les dents sous les lamentations de sa belle-mère. Il s'en voulait, bien sûr, à cause de l'accident qui aurait pu coûter la vie à Eugène. Sans doute, connaissant le garnement et ses diverses escapades passées, aurait-il dû se montrer plus vigilant. Mais enfin, le mal était fait, on ne pouvait réécrire l'histoire.

Pour ne plus avoir à subir la complainte d'Antoinette, Paul quitta la pièce, traversa la cour et se dirigea vers l'appentis où il avait mis à l'abri la géode découverte par Eugène. A l'aide d'une brosse et d'un plumeau, il entreprit de la nettoyer.

D'un beau violet moiré aux reflets pourpres, l'améthyste flamboyait sous un rayon de soleil fusant de l'unique fenêtre. Paul caressa les cristaux dont le contact rugueux avec sa main lui procura un plaisir intense, presque charnel. Les polyèdres, chacun avec ses six faces de losange, s'entassaient en un ordre géométrique dans la cavité. Des striures parallèles et obliques semblaient lui dessiner une frontière jusqu'à ses bords supérieurs et son contact avec la gangue noire de la roche basaltique qui la cerclait.

— Et dire que cette splendeur n'est, ni plus ni moins, que du dioxyde de silicium, soupira Paul dont le réflexe scientifique avait soudain pris le pas sur l'esthète qui sommeillait en lui.

Il enleva à la brosse quelques fragments épars de terre qui étaient restés accrochés à la carapace sombre et, continuant de parler tout haut, il fit :

— Cette géode est encore plus massive que celle que nous avions déjà trouvée. Pour sûr, Evariste Laplume pourra m'en donner un bon prix.

Se reprenant soudain :

— Allons, c'est à Eugène, et à lui seul, que revient le bénéfice de l'opération, rectifia-t-il. Le gamin mérite d'empocher l'argent de sa découverte, personne n'aura à y redire.

Le sieur Laplume survint trois jours plus tard.

— A la bonne heure ! s'exclama-t-il. Voilà enfin que vous ne ramassez pas que des broutilles ou des poussières d'améthyste. Vous voyez, quand on veut, on peut !

— Mais à quel prix ! s'insurgea Paul. Je vous informe, cher monsieur Laplume, qu'Eugène, mon jeune beau-frère, risque d'être handicapé à vie pour avoir voulu extraire cette géode, qui n'est, vous en convenez, ni une broutille ni une poussière. Puis-je espérer que vous saurez vous montrer généreux en en faisant l'acquisition ?

Evariste n'était pas un mauvais bougre. Eu égard aux risques encourus par le garçon, il accepta sans trop barguigner de hausser ses tarifs. Avant de repartir pour Clermont, et tandis qu'Augustin Chambon et Firmin Pétillon chargeaient la géode sur la charrette, il insista pour aller rendre visite à Eugène dans sa chambre.

— Tu as été très courageux, mon petit. Je saurai m'en souvenir le moment venu. En attendant, repose-toi et rétablis-toi au plus vite afin de mettre au jour d'autres pièces aussi bellissimes !

L'homme effectua un demi-tour théâtral, se dirigea vers la porte et, avant de sortir, se retourna, souleva son chapeau et proclama de sa voix nasillarde :

— A bientôt de vous revoir, jeune monsieur. Et sur vos deux pieds, bien sûr !

Eugène en resta bouche bée. C'était bien la première fois que quelqu'un le voussoyait. Et le gratifiait du titre de « monsieur » !

Monsieur Eugène ! Bigre !

16

La période des foins battait son plein. Assis dehors, sur un banc de granit, Eugène regardait les paysans, fourche et râteau de bois à l'épaule, s'en aller en direction des pâtures. Son ouïe fine distinguait les raclements de la pierre de schiste qui aiguisait les lames. Entre les feuillages, il pouvait voir les hommes, solidement plantés sur leurs jambes écartées en compas, se courber au même rythme et balancer leurs faux.

Le gamin soupira. Quand donc pourrait-il de nouveau gambader à travers sentes et halliers ? Et quand repartirait-il à la chasse aux sauvagines ? Quelle déveine ! Oui, vraiment, on pouvait dire qu'il avait joué de malchance au Filon de l'Ecureuil.

Parfois, la douleur à la jambe était si vive qu'il devait serrer les dents pour ne pas crier. Les larmes montaient à ses paupières et il les refoulait par un suprême effort de toute sa volonté.

Le docteur Ollier venait chaque jour vérifier le bon positionnement de l'attelle. Le vieux médecin, un gringalet au crâne chauve et aux petits yeux de musaraigne qu'il cachait derrière des bésicles, tenait à ce que son patient ne fît pas trop d'efforts. Mais allez donc demander à un lièvre de ne pas courir à travers champs !

Alors, Eugène, à la force des bras, se mettait debout, sortait de son lit et, en clopinant sur sa jambe valide, poussait la porte de la cuisine, puis celle qui donnait accès à la cour. Enfin parvenu au grand air, il emplissait ses poumons des senteurs de la nature. Durant ces instants, il était à l'affût du moindre indice susceptible de révéler une présence animale. C'était, à l'amont des bois, le glapissement d'un renard sur la piste d'un lapin ; le frouement d'un faisan dans un buisson tout proche ; les jappements des grenouilles, semblables à des plaintes de chien, près de la mare, à côté de l'école.

Attentif, il ne perdait rien de cette vie qui continuait sans lui. Rageant toutefois de ne plus pouvoir en faire partie. Et se jurant que, sitôt qu'il le pourrait, il retrouverait la place qui lui était due.

Mais un élancement fulgurant le rappelait à l'ordre. Il grimaçait, bloquait sa respiration, attendait que la douleur s'estompât. Combien de temps durerait encore ce supplice ? Aurait-il la patience – et la force – d'attendre que tout cela se remît en place ?

Les os du coccyx de Saturnin Malgat réussirent à se ressouder. Un matin, Paul Thévenet vit revenir son gars au Filon de l'Ecureuil.

— Ça va mieux ! claironna-t-il en se tapant vigoureusement sur le derrière, comme pour montrer à tous que son croupion était redevenu solide.

Saturnin serra les mains de ses compagnons, visiblement heureux de les retrouver. Quand vint le tour de Paul, il lui dit :

— J'espère que tu veux encore de moi, patron ?

— Mon ami, lui répondit celui-ci, sache que j'accepte de te reprendre. Mais à une condition.

— Une condition ?

Son visage rouge comme une crête de vieux coq vira soudain au violet purpurin.

— Saturnin, si tu désires continuer de travailler avec nous, il faut que tu comprennes que, pour toi, la chopine, c'est fini.

— La chopine ?

— Tu vois très bien ce que je veux dire. Le métier est suffisamment dangereux sans qu'il soit nécessaire de prendre d'autres risques.

Malgat, baissant la tête, semblait près de pleurer.

— Foutredieu, mon Paul ! souffla-t-il. Pour sûr, tu me fais de la peine.

— C'est à prendre ou à laisser, compagnon.

Alors, ouvrant sa musette, l'ivrogne en extirpa trois litrons de vin rouge. Il les déboucha consciencieusement et les vida sur le sol, devant lui.

— Je prends l'engagement, monsieur mon patron, de ne plus boire une seule goutte de ce breuvage quand je travaillerai ici.

Il cracha par terre.

— Si je mens, que j'aille tout droit en enfer, conclut-il.

Et il ajouta, in petto : « Je me rattraperai le soir à la maison. »

C'est ainsi que Saturnin Malgat fut réintégré au Filon de l'Ecureuil. Et que sa musette s'en trouva de la sorte très fortement allégée.

La petite Bleuette avait un sacré caractère et souvent la maison était remplie de ses pleurs. Le jour, la nuit, quelle que fût l'heure, elle s'égosillait à ne plus pouvoir s'arrêter.

— Ton lait ne doit pas être assez riche, déclara Antoinette Courtine à sa fille. Tu devrais lui donner du lait d'ânesse, qui la nourrirait mieux.

Ainsi fut fait, ce qui ne changea rien aux criailleries de l'enfançon. Bleuette avait de la voix et tenait à le faire savoir à tout son entourage.

Le matin, Paul partait au Filon de l'Ecureuil, les yeux encore embrumés de sommeil pour avoir dû bercer la petiote une partie de la nuit. Mais il se montrait patient envers elle, davantage sans doute que Savine qui supportait de plus en plus difficilement ce qu'elle appelait des caprices.

— Ta fille te ferait passer par un trou de souris, mon pauvre Paul, lui dit-elle un jour. Il faut la laisser pleurer et quand elle aura enfin compris qu'il ne sert à rien de pousser ces hurlements, eh bien elle s'arrêtera toute seule.

— La pauvre chérie, fit Paul. Elle s'épuise à crier comme cela.

Alors, il la prenait dans ses bras et lui chantait une chanson douce. Sa voix grave calmait Bleuette qui s'endormait bientôt contre lui. Mais dès qu'il la reposait dans son berceau, cela repartait de plus belle, la furie ne voulait pas rester couchée et il lui fallait la lever de nouveau.

« Fais dodo, ma belle enfant », chantonnait-il à son oreille.

A côté, Savine bougonnait.

« Par un trou de souris, je vous dis ! Elle le ferait passer par un trou de souris ! »

Si les hommes ne trouvèrent pas de nouvelle géode de la taille de celle qu'Eugène avait mise au jour, ils n'en dénichèrent pas moins quelques autres belles pièces d'améthyste qui parurent satisfaire Evariste Laplume. Celui-ci, réglé comme du papier à musique, survenait à Piquebourre le 1er et le 15 du mois. Tirée par son alezan pommelé à l'allure clopinante, la charrette, qui brinquebalait, grimpait le raidillon, pénétrait sur le chantier et s'arrêtait devant le cabanon où Paul avait l'habitude de faire ses comptes et d'amasser la collecte du jour.

— Cher monsieur Thévenet ! Que je suis aise de vous revoir !

Le refrain était toujours le même d'un voyage à l'autre. Et puis, après avoir prononcé ces phrases rituelles, le sieur Laplume posait cérémonieusement le bout de sa chaussure droite sur le marchepied et dépliait avec lenteur son long corps décharné qu'il finissait par planter sur le sol ferme.

— Que le chemin est long pour parvenir jusqu'à vous !

Là encore, l'antienne était clamée haut et fort lors de chaque nouvelle visite. Il se frottait les reins, débarrassait son veston des poussières de la route puis avançait sa main vers celle de Paul, qu'il secouait avec effusion.

— Alors, y a-t-il de beaux cailloux cette fois-ci, monsieur Thévenet ?

— Dame ! répondait Paul. Ça n'est pas tous les jours qu'on extrait des géodes comme celle de ce pauvre Eugène. Mais ce qu'on vient de ramasser ne vous déplaira certainement pas. Voyez vous-même.

En vérité, les dernières récoltes s'étaient avérées plutôt fructueuses. Le filon que les hommes continuaient de prospecter traversait un secteur prodigue en gros cristaux, bien nets et sans aucune ligne de fracture. Les gemmes étaient disposées selon un ordre quasi géométrique, dispensant des reflets allant du rose lilas au violet foncé en passant par le parme. Selon l'orientation des zones maclées, les couleurs étaient plus ou moins intenses.

— Regardez ce bloc, fit Evariste Laplume qui le souleva pour le porter à la lumière. Y voyez-vous ces inclusions en zigzag ? Comme elles sont bizarres !

— Ce sont des cristaux aciculaires, monsieur Laplume. C'est du moins ainsi que nous autres minéralogistes les appelons. Observez ces taches brunes et rougeâtres à la périphérie. Ce sont des touffes de goélithe. Elles attestent que le filon va aller en s'enrichissant et sans doute nous faudra-t-il creuser encore plus profondément pour découvrir d'autres merveilles comme celle que vous tenez dans vos mains.

— Je nous le souhaite, mon ami. Mais ne serait-il pas judicieux que vous embauchiez une main-d'œuvre supplémentaire ?

— J'y songe, monsieur Laplume. Je n'ai que trois hommes avec moi en ce moment. Alors, bien sûr, d'autres personnels seraient les bienvenus. Mais vous n'êtes pas sans savoir que recruter coûte cher, et mes moyens sont limités.

— Hum ! fit Evariste.

Il dessina sur ses lèvres un sourire madré tandis que l'émail de ses yeux luisait soudain d'un éclat singulier. Puis il se hissa sur le banc de la charrette, s'empara des rênes et ordonna au cheval de se mettre en route.

— Hum ! répéta-t-il.

Sa maigre face jaune se tourna vers Paul. Toujours très théâtral, il bomba le torse, enfila un pouce dans le gousset de son gilet de soie puis consulta sa montre qu'il tira d'un gros oignon.

— Je n'ai guère le temps aujourd'hui, ajouta-t-il. Mais nous reparlerons de tout cela, monsieur Thévenet. A la revoyure, mon bon ami. Que Dieu vous garde, vous et les vôtres.

L'alezan se mit au pas. Paul constata que l'animal boitait toujours. La charrette disparut à la corne du bois après qu'Evariste Laplume eut levé le bras une dernière fois en signe d'au revoir.

« Que diantre a-t-il voulu dire ? se mit à penser Paul. Pour sûr, il a une idée derrière la tête. Et ça m'intéresserait sacrément de savoir ce qu'il mijote. »

Il s'en retourna vers le filon. Comme il y arrivait, il vit sortir de la galerie, tout émoustillé, rouge comme un coquelicot, le gars Saturnin Malgat.

— Que t'arrive-t-il, Saturnin ? Aurais-tu vu le diable en personne qui serait à tes trousses ?

— Faut pas rire, patron ! Avec l'Augustin et le Firmin, je crois ben qu'on a repéré une autre géode !

— Bellissime ! Grandiose ! Colossale ! Phénoménale !

Les adjectifs se bousculaient dans la bouche d'Evariste Laplume lorsqu'il revint, quinze jours plus tard, au Filon de l'Ecureuil et qu'il se trouva en présence de la nouvelle géode exposée à l'entrée du cabanon de Paul Thévenet. Eugène était là, lui aussi, s'appuyant sur des béquilles. A la force de sa volonté, le garçon était parvenu à se mouvoir jusqu'au gisement et, malgré les récriminations de Paul lorsqu'il l'avait vu se hisser, grimaçant et suant, sur la butte dominant la galerie, il avait ressenti une profonde fierté d'être arrivé ici tout seul.

A présent, tout frêle, minuscule, il se tenait à côté du sieur Laplume à l'allure dégingandée et gesticulant comme un pantin désarticulé.

— Enorme ! Extraordinaire ! Exceptionnelle ! Inouïe !

Evariste n'en finissait pas d'énumérer les superlatifs dont il affublait la géode. Il la mangeait des yeux, la caressait voluptueusement de la main, comme il eût fait sur les hanches d'une femme. Et puis, il s'en détachait, s'éloignait de deux pas, prenait du recul avant de repartir à l'assaut et la serrer de nouveau contre lui.

Ce manège dura au moins quinze minutes avant qu'il ne se décidât à redescendre sur terre.

— Monsieur Thévenet, fit-il soudain, parlons peu, parlons bien.

Il s'éclaircit les cordes vocales, et puis :

— J'ai beaucoup réfléchi à ce que vous m'avez dit la dernière fois au sujet de l'embauche de nouveaux personnels et l'extension de notre affaire, confia-t-il à voix feutrée, comme s'il avait peur que ses propos fussent entendus par un tiers.

Il toussota encore.

— Je dis bien : *notre* affaire, insista-t-il. Car j'ai l'intention formelle de m'impliquer davantage dans l'exploitation de cette belle améthyste.

— Je suis à l'écoute de vos propositions, monsieur Laplume.

Alors, avec de grands gestes à l'appui, l'homme exposa son projet. Celui-ci consistait en une association plus étroite entre les intérêts de Paul Thévenet et les siens propres. Evariste envisageait, ni plus ni moins, de fonder une co-société, ce qui permettrait à l'entreprise de prendre de l'ampleur.

— Il nous faudra recruter dans un premier temps une douzaine d'ouvriers qui augmenteront d'autant la production de pierres. Le marché s'ouvrira à d'autres régions de France. Paris en priorité, bien sûr, car je ne vous cacherai pas que je suis en relations avec des bijoutiers de la capitale qui ne demandent qu'à s'approvisionner chez nous et qui pensent que l'améthyste d'Auvergne est la meilleure qui puisse exister. Je suis bien certain que vous ne me contredirez pas, monsieur Thévenet, mais...

Le sieur Laplume hésita un instant.

— Monsieur Thévenet, si nous devenons associés, me permettrez-vous de cesser entre nous ce voussoiement ridicule ?

Son visage couleur de vieux beurre se mit à rosir comme celui d'une jeune vierge lorsqu'il énonça :

— Acceptez-vous que je vous appelle Paul, tout simplement ?

— C'est entendu comme cela, Evariste.

— Je t'en remercie, mon ami.

Les deux hommes se donnèrent l'accolade, scellant ainsi la création de leur nouvelle société d'exploitation de l'améthyste.

— J'ai oublié de te dire...

Evariste Laplume, jambes écartées et bras ouverts, reprit sa pose théâtrale, qui était chez lui une seconde nature.

— Oui, j'ai oublié de te dire... Je me suis porté acquéreur à Royat, sur les hauteurs qui dominent Clermont, d'un moulin.

— Un moulin ? Diantre !

— Nous y installerons notre taillerie de pierres fines. Le site est remarquable. Tout à côté coule un ruisseau aux eaux pures qui descend de la montagne. Il s'appelle la Tiretaine. Je suis sûr que ça te plaira. Tu verras, mon cher Paul, le Filon de l'Ecureuil et la Taillerie de Royat vont nous permettre de faire fortune ! Et la fortune sourit aux audacieux, c'est bien connu.

Une large risette éclaira soudain sa face de carême.

17

Royat, octobre 1877

Les feuilles des marronniers tombaient en averse sur la chaussée. Un tapis ocre s'amoncelait près des murets de granit qui délimitaient le tracé de la Tiretaine. Les eaux s'étaient gonflées des pluies de la nuit précédente et menaient grand tapage en ce matin où des nuages bas paraissaient encore menaçants.

Eugène dirigea son regard du côté de la ville de Clermont qui s'étendait au-dessous de lui, quasiment à ses pieds. Perdues dans les brumes, les flèches de la cathédrale se laissaient tout juste deviner. La cité lui parut noire et triste et il se prit à regretter son village de Piquebourre qu'il avait quitté la veille avec son chargement de minéraux pour le livrer ici même, à la Taillerie de Royat, où devait l'attendre impatiemment le sieur Laplume en compagnie de son équipe de tailleurs, perceurs et polisseurs.

Il mit pied à terre, attacha la jument à un piquet de fer planté là et s'en fut tomber de l'eau[1] près d'une rangée de vergnes. Le ruisseau coulait clairet en dégringolant des volcans des Dômes où il prenait sa source. Plusieurs cascatelles, échelonnées tous les quinze mètres à cet endroit,

1. Uriner.

faisaient entendre un son cristallin qui lui rappela le bouillonnement de la ravine de Pégu, près du Filon de l'Ecureuil.

Eugène s'approcha de la berge, trempa ses mains dans les eaux bouillonnantes et s'aspergea la figure, qu'un duvet naissant commençait à noircir. Il était à présent un jeune homme de quatorze ans, robuste et râblé. Sa légère claudication, due à son accident au gisement, était tout juste perceptible et son pas, toujours pressé, ne semblait guère en être affecté.

Quel effort de volonté ne lui avait-il pas fallu pour retrouver tout son allant ! A Savine et sa propre mère qui le grondaient en lui recommandant le repos et la position allongée, il répondait par de longues chevauchées avec ses béquilles dans la campagne environnante.

« Cet enfant n'en fait qu'à sa tête ! rouspétait la vieille Antoinette Courtine. Jamais il ne guérira. »

Ce fut elle qui, malheureusement, ne se remit pas de cette langueur qui l'avait prise au lendemain de la mort de Jean, son mari. Elle s'en alla, sans même s'en rendre compte, durant son sommeil, une nuit du dernier printemps. Elle avait tricoté un nombre incalculable de chaussons, de moufles et de brassières pour Bleuette, puis pour Ennemond, le petit frère, arrivé dans le foyer à l'automne 1876.

Eugène, en dépit qu'il en eût, se trouva fort affecté de ce décès. Certes, sa mère ne s'était jamais montrée très tendre envers lui. La pauvre, elle avait toujours paru si fatiguée. Et sans doute avait-elle eu dans sa vie d'autres chats à fouetter que de s'occuper de lui pour le câliner ou lui témoigner sa tendresse.

Mais Eugène était doté d'un caractère bien trempé. De toute façon, il n'eût servi à rien d'étaler son chagrin au grand jour. Alors, comme toujours, il avait serré les dents et était allé de l'avant. Plus loin, encore plus loin, jusqu'aux limites extrêmes de l'horizon.

En ce matin d'octobre, Paul Thévenet – qu'intérieurement il appelait toujours monsieur Thévenet car il avait été son maître d'école – lui avait pour la première fois demandé d'acheminer la récolte d'améthyste de la quinzaine écoulée jusqu'à la Taillerie de Royat. Quel honneur pour un gamin de quatorze ans ! Et quelle responsabilité !

L'adolescent vouait une vénération sans borne à Paul. En outre, il lui avait été particulièrement reconnaissant lorsque celui-ci l'avait grassement rétribué après sa découverte de la géode d'améthyste. Douze écus d'or ! Un véritable trésor que jamais, au grand jamais, Eugène n'eût imaginé posséder un jour !

« C'est pour toi, garçon, tu l'as bien mérité, lui avait dit Paul en lui tendant la cassette de pièces jaunes. Remets-toi vite de tes blessures et, quand tu seras vraiment rétabli, ce sera un plaisir de te retrouver à la mine. »

Pour sûr, Eugène n'avait pas attendu sa complète guérison pour s'y rendre !

Il jeta un dernier regard à la Tiretaine. Ses eaux vives charriaient des paquets de feuilles mortes issues de la montagne.

— Les arbres se déplument, pensa tout haut Eugène en revenant vers son attelage.

— Des arbres qui se déplument ! fit une voix haut perchée derrière lui. On aura tout entendu…

Il se retourna brusquement.

Cachée derrière la rangée de vergnes, une demoiselle au fin minois de souris apparut soudain et Eugène eut très honte en imaginant qu'elle avait pu le voir lorsqu'il « tombait de l'eau ».

C'était une belle jeune fille aux cheveux noir de jais, qui paraissait de son âge et affichait sans vergogne un air déluré. Plantée solidement sur ses deux pieds comme un chêne sur ses racines, les mains sur les hanches et la mine rieuse, elle semblait carrément se moquer de lui.

— Il y a plein de gens qui parlent tout seuls et qui ne s'en rendent même pas compte, fit-elle en éclatant de rire.

Sa petite bouche malicieuse était rouge comme une fraise des bois. Une fossette se creusa au bas de sa joue droite tandis qu'elle continuait de glousser.

— Il n'y a vraiment rien de drôle ! se rebiffa Eugène. Et d'abord, qui es-tu ?

— Je m'appelle Jasmine et je travaille à la taillerie puisque tu veux le savoir.

— A la taillerie ? C'est là que je vais aussi.

— Eh bien, suis-moi.

Elle devant et lui derrière guidant de la voix la jument, ils longèrent sur deux ou trois cents mètres la Tiretaine. Au fur et à mesure qu'ils avançaient, le bruit de l'eau se faisait plus fort.

— On y est presque, déclara Jasmine.

Il eut le temps d'entrevoir ses yeux tournés vers lui, des prunelles noires comme des olives, qui semblaient toujours se gaudir de sa dégaine.

Elle regarda de nouveau devant elle et il ne vit plus que son dos, ses épaules qu'elle faisait aller au rythme de la marche et ses hanches qui ondulaient, qu'il devinait en tout cas sous les plis de sa jupe de barège foncé. Eugène se sentit soudain tout chaviré par cette allure chaloupée de la fille. Distrait, il trébucha dans une ornière et faillit se retrouver par terre. Ce qui, bien sûr, égaya fort la demoiselle.

— C'est bête, les garçons, quand ils zieutent trop fort les filles ! dit-elle en se fendant d'un nouveau rire qui secoua sa poitrine fluette.

— Oh, toi, hein ! fit Eugène, qui ne savait quoi répondre et se sentit devenir rouge comme pivoine.

Mais déjà ils arrivaient devant les bâtiments de la taillerie. De la bouche d'Evariste Laplume, Eugène avait appris qu'il s'agissait d'un ancien moulin, ce qui expliquait son emplacement à proximité du cours de la Tiretaine. Le garçon en aperçut bientôt la façade de briques qui s'étageait sur trois niveaux dans le fond d'une grande cour dallée grossièrement en pierres de Volvic. Une haute porte cochère en demi-cintre s'ouvrait en son milieu, sur laquelle s'alignaient trois fenêtres oblongues à meneaux, elles-mêmes dominées par une immense terrasse à baldaquin.

— Qu'est-ce que c'est grand ! fit le garçon.

Il écarquillait des yeux énormes comme des soucoupes et restait planté tel un échalas, les bras ballants et le torse raide.

— Sabre de bois ! dit-il encore – car c'était devenu son expression favorite. Sabre de bois, que c'est grand !

— Et encore, tu n'as pas vu l'intérieur, dit Jasmine.

Ils passèrent sous l'arche. Au-dessus d'eux brandillait, à la manière d'une enseigne, une grosse améthyste en forme de losange que l'adolescent craignit de voir se détacher et tomber sur lui au moment où il lui faudrait franchir le seuil de la bâtisse.

Guidant son attelage, il se trouva dans une courette. Deux tourterelles roucoulaient. Il lia la jument à un anneau fixé dans le mur. Puis il commença à détacher les ridelles pour décharger sa marchandise, toutes les pierres d'améthyste que Paul Thévenet lui avait confiées.

— Où faut-il que je m'adresse ? questionna-t-il Jasmine.

Mais la jeune fille avait disparu. Un instant, Eugène se demanda s'il n'avait pas rêvé. Et si la demoiselle existait réellement.

— C'est par ici, gamin ! Approche-toi, on a hâte de découvrir la nouvelle récolte de la montagne.

Eugène se retourna. S'encadrant dans le rectangle d'une porte, apparut un géant blond, une quarantaine d'années, la figure avenante, des pectoraux de lutteur de foire.

— Bienvenue à toi, mon gars, reprit l'homme, dont un large sourire éclairait le visage. Je suppose que ta carriole est pleine. Montre-moi ça.

Après avoir vérifié le contenu de la charrette – qui parut le satisfaire –, il fit signe à Eugène de le suivre.

— Je suis René Batifaud, dit-il, mais tout le monde ici m'appelle le Néné. C'est moi qui m'occupe de l'approvisionnement en denrées.

Il donna une tape amicale dans le dos du garçon, qui vacilla sous la rudesse du choc.

— Et toi, je sais que tu te prénommes Eugène. C'est monsieur Laplume, le patron, qui me l'a dit. Et il m'a aussi raconté que tu as déniché tout seul, comme un grand, une fameuse géode. Je te félicite, mon gars. Mais viens avec moi, poursuivit-il, je vais te faire visiter les locaux pendant que mes hommes déchargeront ta carriole.

Ils pénétrèrent dans une première salle voûtée et basse de plafond. Eugène compta sept ouvriers qui étaient couchés sur le ventre, les jambes semi-allongées, et qui actionnaient de grandes meules circulaires.

— Ce sont les tailleurs, expliqua Néné. Ils font ce qu'on pourrait appeler le dégrossissage. Les pierres seront polies et percées plus tard.

Des bruits stridents emplissaient la pièce, des gerbes fusaient lorsque les meules entraient en contact avec les gangues enserrant les cristaux de quartz.

— Continuons notre visite, ordonna René Batifaud à Eugène qui paraissait fasciné par les étincelles.

La pièce d'à côté, très lumineuse avec ses larges baies vitrées, était occupée par quatre femmes installées derrière des établis équipés de petites meuleuses et de tours.

— C'est ici que va s'affiner la taille des pierres précieuses, souligna encore le géant blond. Ces dames vont aussi commencer leur polissage et leur perçage avant qu'on en fasse des bijoux et autres colifichets.

Il énuméra alors la liste des différents bibelots qu'offrait à sa clientèle la Taillerie de Royat : vases, colonnes, coupes, cassolettes, cendriers, coffrets à gants, à mouchoirs et à bijoux, bonbonnières, boîtes à poudre et à timbres, coupe-papiers, porte-plumes, règles, portemines, encriers, plumiers, essuie-plumes, presse-papiers, ouvre-lettres et signets, cachets, boîtes d'allumettes, étuis et fume-cigares, miroirs de poche, brosses, poinçons, limes à ongles, couteaux, boutons de manchettes, pommes et manches de cannes, ombrelles et parapluies.

« Assez ! N'en jetez plus ! » eut envie de crier Eugène, que cette litanie avait saoulé. Mais Néné se lançait dans d'autres commentaires.

— L'améthyste n'est pas la seule pierre fine que nous travaillons. L'Auvergne est tellement riche en minéraux. Il y a aussi le jaspe, les agates, la calcédoine, l'éclogite à la superbe couleur grenat, le spath fluor, la serpentine, aussi belle que l'émeraude, le porphyre, l'onyx, la cornaline, le jade, le lapis-lazuli, la néphrite, le...

Eugène ferma les yeux. L'homme était intarissable.

— M'sieur René, fit brusquement le garçon. Tout cela est fort intéressant, mais il va falloir que je m'en retourne si je veux être rentré par chez nous avant la nuit.

— Tu as raison, garçon. Je suis un bavard impénitent et tu as de la route à faire. On va donner un picotin d'avoine à ta jument et après tu pourras t'en retourner chez toi.

Ils traversèrent un autre atelier. Des femmes étaient assises derrière des tables à compartiments. Plus loin, de grosses meules étaient mues par un groupe d'hommes en manches de chemise et gilet. Tout près de la sortie, Eugène put lire sur un panneau situé en hauteur :

Pierres brutes et taillées
Bijouterie, Joaillerie, Bimbeloterie,
Ornementation, Mosaïque, etc.
OBJETS D'ART
et articles divers en pierres dures
ARTICLES DE FUMEUR, DE BUREAU,
DE TOILETTE, D'ÉTAGÈRE & DE COLLECTION
Bijoux Or & Argent
PIERRES FINES
montées et non montées
SOUVENIRS D'AUVERGNE
SEULE TAILLERIE FRANÇAISE
Méfiez-vous des imitations.
On peut visiter l'usine tous les jours.

— Tu sais lire ? fit une voix derrière lui.

Jasmine, un seau rempli d'eau dans chaque main, le regardait déchiffrer les lettres.

— Quelle question ! Bien sûr que je sais lire ! Mais où étais-tu donc passée ? Tu as disparu tout d'un coup, j'ai cru que tu étais devenue un fantôme.

La demoiselle haussa les épaules.

— Je travaille, moi !

— Je ne t'ai pas vue dans les ateliers.

— Non, je suis la porteuse d'eau. C'est moi qui approvisionne les cuves pour les meules.

— Je peux t'aider ?

Galamment, Eugène voulut se saisir d'un des seaux. Mais Jasmine était fière et le lui reprit des mains.

— Pas touche ! rugit-elle. C'est mon métier, pas le tien !

— Quel sale caractère tu as !

Elle se mit à rire de nouveau.

— Avoir un sale caractère, dit-elle, ça vaut mieux que de ne pas en avoir du tout !

Puis elle s'engouffra dans un étroit passage qui conduisait aux ateliers en contournant par la droite le bâtiment principal. Un instant encore, Eugène put distinguer sa frêle silhouette qui remontait l'allée. Au bout de vingt pas, elle s'arrêta, posa ses seaux, se retourna et lui adressa un signe du bras. Auquel il répondit.

— Elle est mignonne, n'est-ce pas, la petite Jasmine ?

Pris en flagrant délit de rêverie, le garçon se trouva tout quinaud face à René Batifaud, dont les yeux pétillaient de malice.

— Allez, à la prochaine fois, mon gars, fit l'homme. Ta jument t'attend pour repartir dans ta montagne. Fais bonne route et ne pense pas trop aux demoiselles.

Eugène aurait aimé être à des lieues d'ici. Il se sentait tellement bête sous le regard du Néné qui continuait de se payer sa tête.

— Sabre de bois ! cria-t-il en faisant claquer son fouet au-dessus de lui.

18

— Holà, garçon ! Serais-tu en train de rêver ?

Cueilli en flagrant délit de songe, Eugène refit surface, ouvrit les yeux. Face à lui dans l'entrée du cabanon se tenait Paul Thévenet, aussi étonné sans doute que son petit beau-frère qu'il venait de surprendre, la tête dans les étoiles.

— Ça ne va pas, Eugène ? Es-tu fatigué, mon garçon ?

Depuis son expédition à la Taillerie de Royat, l'adolescent ne semblait plus le même. Lui qui d'ordinaire ne tenait pas en place et débordait d'énergie, voici qu'à présent il s'était mis à contempler le ciel et les nuages. Ainsi que le ruisseau de Pégu dont il n'avait même plus envie de déloger les truites et les écrevisses.

— Es-tu malade, Eugène ? reprit Paul Thévenet avec insistance.

— Non, m'sieur, tout va bien.

— Cré bon sang ! Réussiras-tu un jour à ne plus me dire monsieur ?

— Je vais essayer, m'sieur.

Décidément, avec Eugène, rien n'était simple et il faudrait du temps encore pour qu'il ne se considérât plus comme le petit élève que Paul avait éduqué autrefois.

Celui-ci soupira. A quoi servirait-il de se mettre en colère ? S'emporter contre le garçon pourrait-il changer le cours des choses ? D'ailleurs, hormis cet état de rêverie, que Paul attribuait au passage de l'enfance à l'adolescence, Eugène continuait de travailler de son mieux et avait toute sa confiance.

Le Filon de l'Ecureuil avait pris de l'ampleur. C'était devenu une véritable ruche où œuvraient une vingtaine d'ouvriers répartis en deux équipes. La première avait pour tâche de creuser la galerie et d'en étayer les bords afin d'éviter les éboulements. La seconde récoltait les minéraux puis les triait par ordre de grandeur et de qualité. C'est justement à ce groupe que Paul avait affecté Eugène en lui confiant la responsabilité du comptage.

— Où en sommes-nous, garçon ? reprit Paul en consultant une liasse où s'alignaient des chiffres écrits à l'encre violette, couleur de l'améthyste.

— Ce matin, fit Eugène, les hommes ont extrait quatorze blocs. Mais tous ne seront pas bons pour l'expédition.

— J'entends bien.

Paul se gratta le cuir chevelu.

— Avec ce que j'ai répertorié ces derniers jours, on va bientôt pouvoir faire un autre voyage à la Taillerie de Royat, annonça-t-il.

Il hésita un instant, et puis :

— Eugène, te sens-tu prêt à retourner là-bas pour livrer cette nouvelle marchandise ?

Le visage du garçon s'illumina.

— Oh oui, m'sieur ! Euh, pardon... bien sûr que oui, Paul.

— Alors, je pense que dans trois jours on pourra remplir la carriole. En tout cas, ajouta-t-il en plissant ses petits yeux, tu m'as l'air ravi à l'idée d'effectuer ce nouveau voyage.

Il remonta ses lunettes sur le haut de son nez. Puis, au moment de sortir du cabanon, il fit volte-face et, se tournant vers Eugène :

— Tu seras accompagné par Saturnin Malgat et un autre gars, lui dit-il. Les routes peuvent être dangereuses et il est préférable que tu ne sois pas tout seul pour descendre à Clermont.

Eugène eut du mal à cacher son dépit.

« Allons, se dit-il, cela ne m'empêchera peut-être pas de revoir Jasmine. »

Et il se remit à rêver.

Savine engagea une jeune fille pour l'aider dans ses tâches ménagères. Laide comme un pou, elle s'appelait Bonnette et était âgée de dix-sept ans. Sa face, grêlée telle une écumoire par la petite vérole, se montrait la plupart du temps inexpressive. Haute comme quatre cerises, elle déployait cependant une activité intense que rien ni personne n'eût pu mettre en défaut.

« Bonnette, tu iras tirer de l'eau au puits... »

« Bonnette, il me faut rapidement du petit bois pour rallumer le feu... »

« Je veux ceci, je veux cela... J'ai besoin de ci et j'ai besoin de ça... »

Sans barguigner, Bonnette s'exécutait en rajustant sur ses cheveux folâtres une coiffe de chanvre filé à houppes beigeasses qu'elle portait hiver et été. Ficelée comme une paupiette, elle s'en allait dans ses galoches d'un autre âge avec une démarche de fantassin.

Savine put se rendre compte de l'efficacité de la drôlesse lorsqu'elle lui confia pour la première fois la lourde charge de la lessive. Après avoir allumé le feu, Bonnette installa le trépied sur lequel elle hissa une grande bassine qu'il fallut remplir d'eau. Elle la fit bouillir puis, à l'aide du savon – qu'elle avait fabriqué elle-même avec de la cendre, de la graisse et de la soude caustique –, elle frotta le linge, ne ménageant pas ses forces, d'un côté, de l'autre, et dans l'autre sens encore. Quand tout fut bien astiqué, frictionné, fourbi, raclé et re-raclé, elle enfourna la lessive dans une panière en osier et la transporta sur une brouette jusqu'au lavoir situé dans le bas du village.

Et là, à grands heurts de battoir sur les tissus étalés à même la planche après rinçage, elle s'activa jusqu'aux alentours de midi. Les douze coups sonnaient au clocher de Piquebourre quand elle revint à la maison, les doigts rougis par l'eau froide, les lèvres un peu bleues.

— Viens-t'en te réchauffer au coin de l'âtre, lui proposa Savine.

Mais la jeunette avait une ténacité de chiendent et se faisait un point d'honneur à terminer son travail avant d'aller se mettre au chaud.

— Oh ben, non, pour sûr ! Le linge, va bien falloir l'étendre à présent.

Avec une telle aide pour le ménage, Savine eut davantage le temps de s'occuper de ses deux enfants en bas âge. Bleuette était toujours aussi braillarde et piquait des colères phénoménales quand cela n'allait pas à son gré – ce qui était souvent le cas. Les menaces, les gros yeux et jusqu'aux fessées, rien n'y faisait, elle était née pour que le monde entier lui passât le moindre de ses caprices.

Ennemond, son petit frère, était heureusement plus paisible. Il mangeait bien, dormait comme un loir, gazouillait lorsqu'il était réveillé. Bref, une bonne nature, qui saurait sans doute se contenter de peu dans la vie.

Il arrivait que Savine confiât sa progéniture à Bonnette pour s'en aller retrouver Paul au Filon de l'Ecureuil. Très bizarrement, Bleuette se montrait toute sage avec la bonne dans ces occasions-là.

— L'a pas bougé le p'tit doigt. L'est mignonne comme tout, cette enfant-là. L'a même pas besoin d'être fâchée, vous savez.

La vilaine figure de Bonnette s'éclairait soudain d'un rictus qui découvrait un alignement d'incisives brunes comme tabac à chiquer tandis que la fillette, au comble de la joie, éclatait de rire, tournant le dos à sa mère qui venait de rentrer et qu'elle ignorait superbement.

— Tu transmettras mes amitiés à Evariste Laplume, cria Paul Thévenet à Eugène, qui venait de grimper sur la carriole.

A ses côtés, Saturnin Malgat s'était mis sur son trente et un. Dame ! Ça n'était pas si souvent qu'il se rendait à la capitale auvergnate ! Il convenait de marquer le coup ! Alors, il avait revêtu pour la circonstance, par-dessus son ventre de bedeau, un gilet rayé vert dont les pans retombaient sur sa culotte de grosse toile bistre. Il ouvrait des yeux en roues de charrette, on aurait dit que la terre entière était suspendue à son départ.

A l'arrière de la carriole, Joseph Dutheil, garçon de tout juste seize ans, que Paul avait embauché au début de ce mois, était aussi du voyage pour la Taillerie de Royat, via Clermont.

— Faites bonne route et ne traînez pas en chemin ! poursuivit Paul.

Mais déjà l'équipage avait disparu au premier coude de la route, tout de suite après la lisière du bois de chênes. Un ciel de velours flétri accompagnait les passagers. Les taches d'un soleil pâle ponctuaient des ramures qu'agitait une brise légère.

Eugène se sentait tout gaillard ce matin. S'il avait été seul, sans doute aurait-il chanté à l'unisson des moineaux qui menaient grand tapage dans les ronciers. Sur sa droite, la musique claire d'une rivière dont la carriole suivait le tracé depuis un quart de lieue montait jusqu'à lui et titillait ses sens. Il décolla ses fesses du siège pour tâcher d'y apercevoir quelque truite ou chevesne. Mais seule l'ondulation flexueuse des herbes d'eau en surface demeurait visible. Le vol d'un martin-pêcheur, bleu-vert, festonna soudain les rives et Eugène pensa que le plumage de l'oiseau était couleur de son âme.

Puis il se laissa bercer par le trottinement de la jument et les cahots de la route. Il ne se réveilla qu'aux environs d'Issoire. Pour constater d'ailleurs que le gros Saturnin Malgat ronflait comme un sonneur, la bouche ouverte et la nuque appuyée sur un sac d'améthyste. Heureusement que le petit Joseph Dutheil veillait. D'autorité, le garçon s'était emparé des rênes et menait l'attelage.

— Merci, lui dit Eugène. Retourne t'asseoir, je vais te remplacer.

Après Issoire, la plaine se déroulait entre des buttes volcaniques. L'équipage laissa à main droite les hauteurs de Corent dont les coteaux étaient recouverts de vignobles. Puis ce fut Monton et le plateau de Gergovie, avant d'arriver au grand bassin marécageux situé aux abords de la ville d'Aubière.

— Nous voici quasiment rendus à Clermont, les p'tits gars, fit Saturnin qui bâillait à s'en décrocher la mâchoire.

Ils arrivèrent à la Taillerie de Royat à cinq heures de l'après-midi. La pluie s'était mise à tomber, fine et régulière, imprégnant les vêtements et les sacs de pierres. Eugène manœuvra la carriole, qui passa sous l'arche donnant accès à une cour intérieure.

Le Néné Batifaud attendait de pied ferme la nouvelle livraison. Il salua Eugène et Joseph. Mais fut un peu éberlué lorsque, tendant la main à Saturnin, celui-ci trébucha et s'affala, nez en avant, dans une flaque d'eau.

Le bougre avait encore tété sa chopine durant la fin du voyage. Après tout, il ne se trouvait pas sur son lieu de travail et n'avait donc pas trahi la promesse faite à son patron de ne plus boire pendant ses heures de présence au gisement.

Grâce à l'aide des employés de la taillerie, le déchargement de la carriole se fit aussi rapidement que possible. Il était cependant trop tard pour qu'Eugène et ses deux compagnons pussent reprendre la route de Piquebourre. Alors, avec l'accord d'Evariste Laplume, il fut décidé qu'ils dormiraient dans l'un des ateliers avant de s'en retourner le lendemain vers les montagnes du Livradois.

La nuit était claire, baignée par la pleine lune que des brumes alanguies accompagnaient d'un halo de lumière. Les yeux grands ouverts, Eugène n'arrivait pas à trouver le sommeil. Dans le lointain montait le miaulement d'une hulotte, sans cesse répété, irritant par sa rengaine.

Tout près dormait Joseph, dont la respiration ténue était à peine perceptible entre les ronflements de soufflet de forge de Saturnin Malgat. Eugène décida de se lever et d'aller faire un tour dehors.

Un chat en maraude passa entre ses jambes au moment où il franchissait le seuil de la bâtisse.

— Sale matou ! grogna-t-il.

— Et le voilà qui parle encore tout seul !

Eugène se retourna vivement. Face à lui, toujours aussi goguenarde, se tenait Jasmine. Elle portait deux seilles remplies à ras bord. Un rayon de lune se reflétait sur son visage espiègle, un sourire prêt à éclater en une franche hilarité s'était dessiné sur ses lèvres.

— Qu'est-ce que tu fais dehors à cette heure ? bougonna Eugène, qui avait horreur d'être pris en défaut.

— Mais tu le vois, mon p'tit gars. Je travaille, moi !

Elle ajouta :

— Pendant que d'autres pourraient dormir mais préfèrent se promener au clair de lune pour parler aux chats…

— Je n'avais pas sommeil !

Il s'approcha d'elle.

— Veux-tu que je t'aide ? minauda-t-il.

— Allez, pour cette fois, je veux bien. On va vider l'eau dans les bacs pour que les tailleurs les trouvent pleins demain matin quand ils reprendront leur poste.

— Tu fais ça tous les soirs ?

— Et une partie de la journée aussi. Que veux-tu, c'est le métier de porteuse d'eau. Il faut bien gagner sa vie, n'est-ce pas ?

Ils firent ainsi quatre autres voyages entre le ruisseau Tiretaine et l'atelier des tailleurs. Au ciel, la pleine lune s'était voilée. Des écheveaux de brume caressaient sa face de pierrot triste. Eugène, qui la regardait fixement, eut un instant l'illusion qu'elle courait d'un bord du firmament à l'autre.

— Je vais rentrer chez moi, décréta soudain Jasmine. Car demain il me faudra recommencer de bonne heure.

— On se reverra ? demanda Eugène, plein d'espoir.

— Pourquoi pas ? Si l'occasion se présente. Mais ne fais donc pas cette tête-là !

Elle lui plaqua un baiser sur une joue, et, légère comme un écureuil, elle s'ensauva. Avant de disparaître à l'angle du bâtiment, elle se retourna.

— Et arrête de parler tout seul ! clama-t-elle encore dans un rire qui emplit l'espace.

De gros nuages cachèrent entièrement la lune. Quelques gouttes, annonciatrices d'averse, tombèrent sur le visage d'Eugène. Il se dit que le voyage du retour se ferait le lendemain sous la pluie.

Il sentait encore sur sa joue la chaleur fugitive des lèvres de Jasmine. Et aussi son grand rire qui lui emplissait les oreilles.

Le même chat vint carrément se frotter à ses jambes. Il ne le traita pas de sale matou. Même si Jasmine n'était plus là pour l'entendre.

— Sabre de bois ! chuchota-t-il.

Mais il parlait tout seul encore.

19

La neige fit son apparition. Accompagnant les premiers froids. Immobilisant l'activité des hommes et paralysant les liaisons par la route.

Derrière les vitres de sa demeure de Piquebourre, Paul regardait d'un œil morne le réseau de flocons se déverser sur la rue du village. Très tôt ce matin, aidé d'Eugène, il avait dégagé l'accès de la maison.

— On ne pourra pas monter au filon aujourd'hui, avait-il énoncé d'un air résigné.

— Et pourquoi donc ? rétorqua Eugène. Auriez-vous peur de la neige, mon cher Paul ?

— Tu as raison, garçon. Allons voir si là-haut les galeries ont tenu bon.

Ils s'équipèrent chaudement puis enfilèrent de grosses bottes et des moufles en laine. Armés d'un bâton noueux en bois d'alisier, ils sortirent dans la cour alors qu'une nouvelle tempête se levait et que Savine s'évertuait en vain à les garder dans la chaleur du foyer.

L'admonition bruyante de sa femme n'y fit rien. Paul ne voulait pas passer pour un pleutre aux yeux de son petit beau-frère ; aussi, ils filèrent droit devant eux au moment où le clocher scandait la demie de huit heures. Ils croisèrent Jules Sauvadet qui, ahanant ainsi qu'un forcené, pelletait de la neige sur le parvis de l'église. Comme à son habitude, le garde champêtre ronchonnait contre ce fichu temps à ne pas mettre un chien dehors. Ils le laissèrent avec ses rouspétances et sortirent du village.

Les flocons leur arrivaient en pleine figure par rafales violentes, ce qui les obligeait à arrondir le dos pour continuer d'avancer. Un bouillonnement de nuées blanches cachait les reliefs, de la poudre agressait leurs yeux. C'était à présent une véritable tempête de cristaux pointus, des centaines d'aiguilles qui trouaient la peau des joues et s'immisçaient en eux par la moindre ouverture.

Paul se tourna vers Eugène.

— Ça va toujours, garçon ? Pas de regrets ? On continue ?

Têtu comme une mule, Eugène fit signe qu'il n'était pas question pour lui de s'arrêter.

Ils reprirent leur marche et empruntèrent un layon en sous-bois qui les mit à l'abri pour un temps. Puis il leur fallut progresser sur un glacis uniforme aboutissant à un monticule de neige compacte.

— On risque de s'enfoncer là-dedans, fit Paul. Il va nous falloir contourner l'obstacle.

Ils obliquèrent sur leur droite, se retrouvèrent face au vent. Une mitraille de grains durs leur griffa la figure, les obligeant une fois de plus à courber la tête. Paul entendait derrière lui la respiration hachée d'Eugène qui s'efforçait de rester dans ses traces, son souffle un peu rauque, un juron qu'il laissait parfois échapper lorsque son pied glissait malencontreusement.

— Sabre de bois ! cria tout à coup le garçon.

Paul se retourna.

— Qu'y a-t-il, Eugène ? Aurais-tu vu des loups ?

— Non, Paul, pas des loups. Mais regardez, face à vous, tout près de cet éperon de granit.

Paul plissa autant qu'il le put ses yeux de myope. Mais sans ses lunettes – qu'il avait enlevées sous la tempête –, il ne distinguait pas à plus de dix mètres au-devant de lui.

— Je ne vois rien, dit Paul.

— Approchons-nous.

Une rafale, plus violente, les secoua. Ils progressèrent d'une cinquantaine de mètres. Sur le blanc immaculé de la neige se dévoila soudain une masse sombre que Paul réussit enfin à deviner.

— Qu'est-ce que cela ? fit-il.

— Cela m'a tout l'air d'être un homme, constata Eugène.

Il leur restait dix pas à faire. L'individu, vautré sur le ventre, tenait encore dans sa main gauche le goulot d'une bouteille.

— Saturnin Malgat ! s'écria brusquement Eugène.

— Et dire qu'il m'avait promis de ne plus boire, constata Paul, quelque peu amer.

Saturnin était mort. Mort comme il avait vécu. Une chopine de vin chevillée à son corps.

Ce temps d'hiver dura tout un mois. Des journées entières à ne pouvoir extraire l'améthyste et à se morfondre en attendant le dégel.

Eugène était de tous le plus impatient car il lui tardait de faire un nouveau voyage à la Taillerie de Royat et de revoir ainsi la jolie Jasmine. Il pensait à elle sans arrêt, son image l'accompagnait du matin au soir. Où qu'il se trouvât, il revoyait sa frêle silhouette de sauvageonne, il entendait son rire clair comme une eau de source et, ses sens en émoi, il avait envie de crier au monde entier qu'il était amoureux fou.

Amoureux, Eugène ? Allons donc ! N'était-il pas encore un enfant ? Soudain, une voix intérieure lui soufflait qu'à quatorze ans passés il était devenu un homme et, pour s'en convaincre, il n'était que de constater cette barbe déjà drue qui brunissait ses joues. Et aussi cette partie intime de lui-même qu'il ne pouvait tout à fait contrôler lorsque lui apparaissaient en songe la taille fine et la cambrure de

Jasmine. A ces moments-là, il aurait voulu la serrer contre lui. Et alors, il aurait pu…

Alors, il partait faire une virée dans les bois et les champs ensevelis sous la neige. Par endroits, l'on ne distinguait du chemin que les murettes croulantes qui le bordaient. La mare de Piquebourre était recouverte d'une taie de glace sur laquelle atterrissait parfois quelque corbeau famélique. L'oiseau restait immobile comme un cerbère avant de s'envoler pour se poser sur les branches d'un frêne, à quatre-vingts pieds de hauteur. De lourds nuages, barrés de noir, roulaient leurs épaules d'un bord à l'autre de l'horizon. La bise, butant sur les obstacles, miaulait comme un chat en furie.

Nez au vent, Eugène parcourait le pays sans se soucier des éléments déchaînés. Plusieurs fois il monta au Filon de l'Ecureuil. Là-haut, il déblayait la neige, dégageait l'entrée principale de la galerie – qu'une nouvelle averse reboucherait aussitôt –, descendait dans la fosse, étayait une boiserie, consolidait un échafaudage.

Trempé jusqu'aux os, il regagnait ses pénates à la nuit noire. Très généralement il avait droit à la semonce de sa grande sœur.

« C'est à cette heure que tu rentres ! tempêtait Savine. Et dans quel état, mon Dieu ! Ce gamin me rendra folle !

— Je ne suis plus un gamin ! »

En vérité, Eugène avait pris de l'assurance. Aussi les colères de son aînée ne lui faisaient-elles plus ni chaud ni froid. Paul le savait bien, du reste, et lui parlait comme à un homme, s'en remettant parfois à lui pour ce qui concernait la reprise des activités au gisement.

« Quand penses-tu que nous pourrons travailler de nouveau là-haut ?

— Si la neige s'arrête et si le redoux s'installe, répondait Eugène, peut-être que dans deux ou trois jours cela sera possible. »

Et le redoux survint enfin. Faisant fondre la neige. Libérant les chemins et les routes.

La route de Clermont, jusqu'à la Taillerie de Royat.

Jasmine était si fatiguée quand, après avoir rempli d'eau les bacs des tailleurs, elle rentrait enfin chez elle. Les bras douloureux d'avoir transporté des dizaines et des dizaines de seilles, les reins moulus, la nuque raide, elle s'écroulait tout habillée sur sa couche. Dans la chambre à côté dormait déjà sa mère.

Pierrette Blondel avait élevé seule sa fille. Elle l'avait eue d'un ouvrier saisonnier qui l'avait forcée un certain soir sur un tas de paille avant de disparaître courageusement dans la nature.

La petite, noiraude comme l'était son géniteur dans le souvenir de Pierrette, montra tout de suite un caractère enjoué. Elle riait pour un rien, s'amusait de tout : l'on aurait pu croire que la vie était pour elle un terrain de jeu et elle avait bien l'intention d'en profiter. La mère était ravie de ces bonnes dispositions. D'autant que pour elle la tâche n'était guère aisée et qu'elle trimait dur pour gagner quelques sous. Elle faisait des ménages chez des bourgeois de Royat qui la payaient en clopinettes, et parfois pas du tout.

Jasmine dut grandir à la va-comme-je-te-pousse. Gamine de la rue, elle rendait de petits services aux uns et aux autres – et toujours dans la bonne humeur. Quelqu'un lui prédit même une brillante carrière dans le cirque et un emploi de clown. Mais quand elle eut neuf ans sa mère tomba malade et resta alitée durant deux mois pleins.

« Quel malheur, ma fille ! lui disait-elle. Qu'allons-nous devenir ?

— Eh bien, répondait la drôlesse, je travaillerai à ta place jusqu'à ce que tu guérisses. »

Tout était si simple avec Jasmine. Pourquoi aller chercher midi à quatorze heures ? Et pour quelle sotte raison se mettre martel en tête ?

Une bourgeoise de Royat, ayant remarqué que la fillette travaillait vite et bien, en parla à son mari dans les termes les plus élogieux.

« Evariste, mon ami, cette gamine est une perle. Jamais la maison n'a été aussi bien tenue que depuis qu'elle est là. Je vais la regretter au retour de sa mère. »

Evariste Laplume, qui dirigeait une entreprise de taillerie de pierres fines, se dit que s'il embauchait la demoiselle à la corvée d'eau – tâche rebutante s'il en était ! –, cela lui fournirait une main-d'œuvre à bon marché. Il ne s'en priva pas, si bien que Jasmine se trouva enrôlée au moment où sa mère, à peu près rétablie, reprenait quant à elle ses travaux ménagers dans les demeures bourgeoises de la ville.

Alors, par tous les temps, qu'il pleuve, qu'il vente, qu'il neige, qu'il fasse chaud ou froid, elle allait puiser de l'eau à la Tiretaine et transportait ses seilles débordantes dans les ateliers où elle alimentait les grands bacs des tailleurs.

Le moment le plus dur pour elle était la corvée du soir, lorsque tous les employés avaient quitté les lieux et que, dans le noir profond de la nuit, elle devait seule assurer le remplissage des bassins en vue de la reprise de l'activité, le lendemain matin.

Mais elle s'accommodait de ces astreintes et, malgré la fatigue accumulée, elle restait vive et d'humeur gaie.

De temps en temps elle songeait aussi à ce garçon, noiraud comme elle, qui venait de là-haut dans la montagne, et qu'elle avait vu la première fois dans une drôle de posture, en train de soulager sa vessie. Ah bien oui, cela l'avait beaucoup amusée et elle en riait encore !

Elle l'avait rencontré une seconde fois. Il était en train de parler à un chat ! Mon Dieu, qu'il lui avait paru drôle !

Elle avait oublié de lui demander comment il s'appelait. A la prochaine occasion, peut-être...

— Voilà, je suis revenu.

— Tu parles toujours tout seul ?

Le cœur d'Eugène tapait très fort dans sa cage thoracique. Face à lui, une seille dans chaque main, Jasmine s'égayait encore de sa dégaine. Mais Dieu, qu'elle était belle avec ses longs cheveux bruns lui tombant sur les épaules !

Il reprit l'offensive.

— Et toi, tu te moques toujours autant de moi !

— C'est parce que je t'aime bien, lui dit-elle, brusquement sérieuse.

D'un même élan, ils se jetèrent dans les bras l'un de l'autre. Et, maladroitement, leurs lèvres se rejoignirent. Tout à côté, les seilles renversées dégorgeaient leur eau.

20

Piquebourre, mai 1881

Les mois et les années avaient filé. Eugène était devenu un homme. A dix-huit ans maintenant, il avait conservé la même face un peu charnue, tannée par le grand air. Une fine moustache brune ombrait sa lèvre supérieure. Sa tignasse drue, d'un noir de jais, tombant bas sur son front, lui donnait un air farouche, qu'atténuaient toutefois des yeux rieurs. Car il était souvent gai, joyeux comme un merle, le gars Eugène. Pensez donc : à chacune de ses livraisons à la Taillerie de Royat, il rencontrait sa belle Jasmine. Et chaque fois elle lui octroyait des baisers passionnés. Alors, bien sûr, les mains d'Eugène finissaient par s'égarer sous le caraco. Mais pas touche minouche ! Il était des frontières à ne pas franchir et la drôlesse savait bien défendre le fortin de sa vertu !

Eugène se faisait donc une raison. D'ailleurs, les arguments de Jasmine étaient sans réplique ni appel.

— Ma mère s'est laissé avoir par un chemineau sans scrupule, et c'est pour ça que je suis là, avançait-elle en s'efforçant de rire. Pas question pour moi de mettre la charrue avant les bœufs. Si tu tiens à moi, faudra d'abord passer chez monsieur le maire.

— Mais on est trop jeunes !

— Nous attendrons d'avoir vieilli. Viens par ici que je t'embrasse.

Elle avançait ses lèvres et Eugène se contentait de ces jeux d'amoureux. En attendant mieux...

La rancune, dit-on, est tenace. Du moins, pour Adolphe Coquelut, le dicton était vrai qui prétendait que la vengeance est un plat qui se mange froid. Il n'avait toujours pas digéré, en dépit des années passées, qu'Eugène eût pris le dessus en chacune des occasions où ils avaient été confrontés. Alors, il rêvait de revanche et fourbissait ses armes.

Il était devenu un gros gars bedonnant et fier de l'être. Son visage de dogue sous sa toison rousse respirait la méchanceté suprême et l'envie de faire du mal pour le seul plaisir de voir souffrir. Paresseux comme une limace, il était l'un des piliers de l'auberge d'Arsène Gouttepiffre, où il avait ses quartiers dès huit heures le matin. Avant midi, il s'abreuvait de trois ou quatre chopines de rouge et puis s'en allait manger la soupe préparée par sa mère, une pauvre femme qui n'avait plus droit à la parole et le craignait comme la peste.

Elle trimait dur pour satisfaire ses besoins de soiffard. Lui, qu'aucun scrupule ne dérangeait jamais, se servait dans l'escarcelle maternelle sans avoir seulement l'idée d'en demander l'autorisation. Il avait d'autres pulsions, bien sûr, et ne pouvait plus se contenter de ses habituels plaisirs solitaires. Un soir, il avait acculé cette brave Bonnette tout près de la maison de Paul Thévenet. La pauvrette, qui n'aurait jamais pensé que quelqu'un, un jour, pût la désirer, s'était trouvée coincée sous la masse volumineuse de l'ivrogne. Pour de vrai, il l'aurait forcée et elle aurait perdu à coup sûr sa virginité si brusquement il ne s'était endormi sur elle en émettant des ronflements de chaudière.

Adolphe n'avait donc qu'une idée en tête : se venger d'Eugène, ce saligaud qui avait toutes les chances et faisait partie désormais du clan des nantis.

Il savait que « la Fouine », comme il continuait de l'appeler, se rendait régulièrement dans la région de Clermont pour y livrer la récolte d'améthyste du gisement. En plusieurs occasions il l'avait aperçu, assis sur le banc de la carriole, fier comme Artaban, sur la route qui descendait vers la plaine.

« Un jour, je t'aurai ! s'était-il juré. Oui, mon salaud, je te ferai la peau. »

Seulement, il y avait un hic : le gars Eugène n'était plus le gringalet de l'école, qu'il prenait plaisir à talocher. Non, le bougre s'était forgé des muscles et il devait être de force à se défendre bec et ongles contre n'importe quel adversaire.

Alors, s'il voulait avoir Eugène, il fallait le prendre par surprise.

Ce matin-là, Eugène s'était levé frais et dispos. Après un bol de lait chaud bu à la hâte, il s'apprêtait à aller harnacher la jument. Une pleine charrette de belles pierres attendait d'être livrée à Royat. Le jeune homme se faisait une joie de sa nouvelle équipée vers la ville.

— Tu t'en vas voir ta bonne amie ?

Dans l'encadrement de sa porte de chambre, le petit Ennemond frottait ses yeux encore bouffis de sommeil. Eugène sourit à la vue de son neveu qui, déjà, n'avait pas la langue dans sa poche.

— Je m'en vais livrer l'améthyste, mon garçon. Comme je le fais deux fois par mois.

— Oui, et tu en profiteras pour voir ta bonne amie.

— Ennemond ! Veux-tu bien te taire !

Savine apparut à son tour dans la pièce.

— Ne le gronde pas, ma sœur. Tu sais bien qu'il ne pense pas à mal.

Le gamin, la tignasse brune ébouriffée, ouvrait grand ses yeux à la couleur émeraude, des prunelles un peu plus foncées que celles de sa mère. Il appuya ses poings sur la table et, déterminé, enfonça un peu plus le clou.

— C'est Bleuette qui m'a dit qu'il avait une bonne amie, l'oncle Eugène.

— Bon, ça suffit, on a compris, fit Savine.

Eugène souleva son neveu dans ses bras, passa une main dans ses cheveux.

— Voudras-tu que je te rapporte des sucres d'orge, comme la dernière fois ?

— Oh oui, merci, tonton ! Mais faudra pas le dire à Bleuette car elle me les mange tous !

— J'en achèterai pour elle aussi.

Eugène quitta la maison de Piquebourre vers huit heures. Le plein soleil était déjà haut dans le ciel d'un bleu fleur de lin. A l'amont, dans une forêt proche, un coucou faisait entendre son chant, cent fois répété. La jument allait son train et il pouvait observer le travail des muscles de sa croupe, les tressaillements de ses flancs, les frémissements de ses oreilles sous l'agression des mouches.

« Hue, ma belle ! » lançait-il de temps en temps pour l'exhorter dans un raidillon ou une voie délicate qui nécessitait qu'elle se mît au pas.

Il allait atteindre le bas de la descente de Sarpoil. Là s'érigeait une bergerie attenante à une auberge où Eugène s'arrêtait parfois en hiver pour prendre un bol de soupe fumante. Il était encore dans la sapinière. En levant la tête, il pouvait entrevoir une lumière blanche qui moussait au-dessus des frondaisons. Ses yeux de fouine distinguaient aussi des trouées par où était passée récemment une harde de sangliers. Plus loin, entre des surgeons d'acacias, une ouverture dans la mousse trahissait un terrier de lapin de garenne.

Brusquement, les piaillements affolés d'un merle, immédiatement suivis de son envol, mirent ses sens en éveil. Il regarda à droite, puis à gauche, scrutant l'espace et humant l'air. L'intuition d'un danger imminent le saisit, il s'empara du bâton d'épine qu'il avait en permanence à côté de lui sous le banc de la carriole et, tenant les rênes d'une main, il se mit debout et prêta l'oreille.

On aurait dit que la nature entière s'était tue. Comme si, soudainement, la grande respiration de la vie venait de s'interrompre. Ou que la mort rôdait dans les parages.

La jument, tout à coup, se cabra. Au débouché d'un layon, entre deux trochées de chênes rouvres, le cadavre d'un chien gisait sur le côté, les pattes rigides, la gueule béante.

— Briscard ! hurla Eugène en se précipitant au bas de la carriole.

Visiblement, la bête avait été empoisonnée. Une bave bleuâtre suintait encore à hauteur de ses babines.

— Les salauds ! grogna encore Eugène. Qui est-ce qui...

Mais un coup sur la nuque ne lui laissa pas le temps d'achever sa phrase. Sa tête buta contre un empierrement et il perdit connaissance.

Les choses de ce monde se dépouillèrent de toute leur consistance. Il faisait noir. Il n'y avait plus de sons ni d'odeurs. Et plus aucune saveur.

Un berger de Sarpoil découvrit ce pauvre Eugène quelques heures plus tard. Il geignait doucement, un filet de sang s'était coagulé sous son oreille droite. Tout près, comme s'il se fût agi d'une macabre mise en scène, le chien mort semblait veiller sur lui.

— Nom de gu ! tonna l'homme. Tout ça ne me paraît pas très catholique !

Il souleva le corps du blessé et l'installa sur une traverse de son tombereau, puis il alla tout droit à l'auberge, distante de moins d'un quart de lieue.

Le tavernier reconnut immédiatement Eugène à qui il avait servi plusieurs fois son brouet de légumes.

— Mais c'est le gaillard qui transporte l'améthyste ! s'exclama-t-il. Pardieu ! Il est mal en point, le bougre ! Par ma foi, je ne donnerais pas cher de sa peau !

La maréchaussée diligenta une enquête. De laquelle il ressortit que l'agresseur d'Eugène avait agi en vue de le délester de son chargement de pierres précieuses.

— C'est clair comme de l'eau de roche, plastronna le brigadier-chef en s'adressant à l'aubergiste. Vous connaissiez ce jeune homme pour l'avoir restauré plusieurs fois chez vous, m'avez-vous dit. Nous allons nous rendre dans son pays pour en savoir davantage. Rappelez-moi le nom de son lieu de résidence.

— Il m'avait dit habiter la commune de Piquebourre, dans la montagne, sur la route de Saint-Germain. C'est plein d'améthyste par là-haut.

— C'est bien pour cela que votre client occasionnel a été attaqué, reprit le gendarme, pour qui le mobile de l'agression ne faisait plus aucun doute.

L'officier de santé de Sauxillanges, chef-lieu de canton, vint examiner Eugène, qu'on avait installé dans une chambre à l'étage. L'homme gratta sa barbichette poivre et sel puis s'assit au chevet du blessé à qui il souleva l'une après l'autre les paupières. Il fronça les sourcils, ouvrit sa trousse, sortit son stéthoscope dont il appliqua le capteur sur la poitrine d'Eugène.

— Pas bon, tout ça. Pas bon, pas bon du tout.

L'esculape rangea son matériel, se caressa de nouveau la barbe, toussota, glaviota, émit un borborygme étrange, toussa encore avant de rendre son verdict.

— Si vous y croyez, finit-il par énoncer, faites une prière au bon Dieu et à tout le saint-frusquin. A mon avis, il ne passera pas la nuit. Mais des fois, il paraît qu'il y a des miracles...

Il sortit de la chambre sur ces mots et, sans plus de façons, grimpa sur le marchepied de sa carriole. Il n'était pas resté plus de dix minutes au chevet d'Eugène.

21

Eugène était de cette espèce qui s'enracine et s'accroche. Comme le lierre se fixant sur les vieux murs par ses crampons, il se chevillait à la vie. Ou plutôt, la vie était en lui, dans son corps, dans son âme, robuste, patiente et opiniâtre.

Au bout de huit jours, il reprit ses esprits. Ouvrant un œil, la première personne qu'il vit à côté de son lit fut Jasmine. Il crut rêver. Pendant un instant, il se dit qu'il était peut-être monté au paradis et que sa bien-aimée s'y trouvait déjà pour l'accueillir.

— Jasmine ? chuchota-t-il, incrédule.

La jeune fille posa un index sur sa bouche, lui faisant signe de se taire. Tout près d'elle se tenait Paul Thévenet qui le fixait intensément de ses gros yeux de myope.

« Paul ? » voulut-il dire encore.

Mais il referma les yeux. L'effort consenti pour articuler ces mots était bien trop brusque. Sa tête, comme enserrée dans un carcan, lui sembla sur le point d'exploser. Malgré ses paupières closes, il percevait des éclairs qui zébraient ses rétines, alors que des coups de boutoir assaillaient ses tympans.

Il sombra de nouveau durant quelques jours. Il était dans un monde vaporeux, flottant parmi des écharpes de brume qu'agitait une brise sidérale. De part et d'autre, mais sans qu'il pût déterminer ni la droite ni la gauche, pas plus que le haut ou le bas, des ondes se déployaient jusqu'à une lueur blanche qu'il croyait distinguer à l'extrême bout d'une sorte de tunnel. Il s'en rapprochait parfois. Mais une force inconnue le rejetait en arrière, comme s'il lui avait été interdit de toucher lui-même cette entité lumineuse. Et toujours, à ses oreilles, ce souffle ténu qui paraissait issu d'astres lointains.

Enfin, un matin, il se réveilla à la vie. Les yeux noirs de Jasmine, plus profonds que la nuit, le regardaient intensément. Avec une force quasi surhumaine. Une illumination d'amour.

C'étaient les gendarmes qui avaient informé Paul. Bien sûr, il avait déposé une plainte pour agression contre son beau-frère et vol de l'attelage rempli de pierres d'améthyste. Immédiatement, il s'était rendu en compagnie de Savine à l'auberge de Sarpoil. Eugène était plus mort que vif. Il n'y avait plus beaucoup d'espoir qu'il s'en sorte.

« Il faut prévenir Jasmine », avait décrété Savine.

Alors, Paul était allé en personne à Royat lui annoncer la chose. Pour cette occasion, il avait fait sa connaissance. Elle lui avait paru très digne et très sensée.

« Eugène est quelqu'un de solide, avait-elle dit en serrant les poings. Il ne se laissera pas mourir. »

Elle était montée sur la carriole de Paul. Puis s'était installée à demeure au chevet de celui qu'elle aimait. Quand Eugène recouvra ses esprits, Jasmine était toujours là, attentionnée comme on peut l'être pour quelqu'un qui souffre. Et ce fut elle qu'il distingua en premier lieu lorsqu'il rouvrit les yeux.

Quatre jours passèrent.

— Je voudrais m'en retourner chez nous, dit-il d'une voix faiblarde.

— C'est un peu tôt, non ? argumenta Jasmine.

— Non, je me rétablirai plus vite là-haut, au bon air de la montagne.

Il hésita un instant.

— Et je voudrais que tu m'accompagnes. Et aussi que tu…

Cela lui était si difficile à avouer.

— … et aussi que tu vives avec moi dans ma maison.

La jeune fille, retrouvant son entrain, laissa fuser un rire éclatant qui dut s'entendre dans toute l'auberge.

— Eh bien, dis donc, tu n'y vas pas par quatre chemins, toi ! Vivre avec toi ? Et que diront les gens puisque nous ne sommes pas encore mariés ?

— Alors, je te demanderai en mariage. Et les gens ne pourront plus rien dire.

Paul Thévenet vint, le surlendemain, chercher Eugène pour le ramener à Piquebourre. Jasmine fut aussi du voyage. Savine pensa qu'elle pourrait lui être de quelque secours dans la tenue du ménage. Que sa présence déchargerait d'autant cette brave Bonnette, qui avait déjà tellement à faire.

Jasmine accepta la proposition. A une condition, toutefois.

— Je veux une chambre à moi et ne la partager avec personne, déclara-t-elle tout de go, les mains sur les hanches.

Eugène soupira. Elle le regarda droit dans les yeux.

— Car je veux préserver ma fleur pour mon mari et pour ma nuit de noces.

Ainsi fut-il fait.

Ce gros bêtassot d'Adolphe Coquelut ne pouvait décidément pas tenir sa langue. Surtout quand il était aviné – ce qui, du reste, constituait son état quasi permanent.

Ce matin-là, dans un estaminet d'Issoire, il avait décidé de payer à boire à tout un chacun.

— Tournée générale, bistrotier ! plastronna-t-il en poussant la porte de l'auberge située à proximité de l'église Saint-Austremoine et où il avait coutume de venir s'abreuver.

Tous les regards se tournèrent vers celui qui s'était permis de faire cette tonitruante entrée et dont le teint de brique disait assez qu'il avait déjà absorbé d'autres breuvages que de l'eau.

— C'est moi qui régale aujourd'hui ! continua-t-il en s'affalant lourdement sur la première chaise qui se trouvait sur son passage.

— T'es devenu riche pour rincer le gosier à tout le monde ? fit un péquin au visage terreux et aux yeux de braise sous des sourcils broussailleux.

Adolphe sortit de sa poche une bourse gonflée dont il déballa quelques pièces sur la table avec l'air satisfait d'un nouveau Crésus.

— Eh oui, mon gars ! Comme tu peux le voir, j'ai là de quoi étancher la soif de tous les ivrognes ici présents ! Et, pour sûr, y a du monde !

Après que toutes les chopines de rouge furent distribuées et que chacun eut étanché sa pépie, les langues se délièrent.

— Oh, l'Adolphe ! T'aurais-t-y fait un héritage ?

— A moins que tu aies cambriolé un bourgeois d'Issoire…

— Ou que tu aies pillé les troncs d'églises…

Le sac à vin se contenta de hausser les épaules.

— Patron ! clama-t-il. Apporte-nous la meilleure goutte de ta réserve. Et distribue-la généreusement à tout le monde. Peut-être que ça les empêchera de poser des questions idiotes et de dire des choses qui ne les regardent pas.

Pourtant, après avoir englouti deux ou trois verres de gnôle, Adolphe ne se sentit plus la volonté de se taire. Il vida sur la table le contenu de sa bourse, prit des pièces à poignées, les laissant tomber sur le sol sous les regards médusés de ses acolytes et farfouillant à plaisir au milieu de cette petite fortune tombée du ciel.

— Riche ! Je suis riche ! éructa-t-il. Sangdieu ! C'est pas toujours aux mêmes de profiter de la vie !

Alors, il déballa son sac, tout ce qui était enfoui au fond de lui-même et qu'il ne pouvait garder plus longtemps au secret de ses oubliettes. Ce fut une logorrhée apparemment sans queue ni tête.

— L'améthyste, pour sûr, y en avait ben cinquante kilos. Et pas de la vilaine, remarquez-le bien. Non, de celle que les évêques ils se mettent à leur doigt pour paraître plus dignes. Alors, oui, j'en ai tiré un bon prix. Dame, c'était mieux dans ma poche que dans la leur, ces sales patrons qui exploitent le filon par là-haut.

— De qui parles-tu, l'Adolphe ?

— Je parle de qui je veux ! Mais l'autre gredin, debout dans sa carriole, je vous jure que ça n'a pas fait un pli. Ça lui apprendra à faire son fier-à-bras, non mais des fois !

Il balança un rot bruyant et cracha par terre.

— Bistrotier, nom de gu ! Apporte ta bouteille de tord-boyaux, on meurt de soif chez toi !

Cela dura jusqu'à ce que, trop cuité pour continuer son verbiage, il s'écroulât sur la table et se mît à ronfler. Un homme, assis dans le fond de la salle et que personne jusque-là n'avait vu, se leva soudain, paya son écot, enfila une redingote sombre à parements de velours et poussa la porte pour se retrouver sur le trottoir, qu'il foula à pas pressés.

Une demi-heure plus tard, la maréchaussée à cheval se présenta à l'auberge. Sans ménagement, Adolphe fut embarqué et poussé dans une charrette. Au fond de laquelle, soûl comme grive en vendange, il se rendormit.

Paul Thévenet accueillit sans surprise la nouvelle de l'arrestation de son ancien élève. Quant à Eugène, à l'exposé des faits par les gendarmes, il entra dans une colère noire.

— Ce lâche ! rugit-il. Il n'est bon qu'à ça, attaquer les gens par-derrière et empoisonner les chiens ! Gare à lui si je le retrouve !

— Ce ne sera pas pour demain, tempéra Paul. Je pense que le bougre a quelques années à passer en prison. Et avant qu'il n'en ressorte, beaucoup d'eau aura coulé dans le ruisseau de Pégu.

De violentes migraines tenaillaient parfois Eugène. Elles survenaient à l'improviste et il était obligé d'aller se coucher, volets clos, dans l'obscurité la plus profonde. Jasmine veillait sur lui et le choyait de son mieux, même si elle le soupçonna quelquefois d'exagérer son mal afin de se faire dorloter.

C'est à la fin du mois de juin qu'il se décida à parler.

— Ne crois-tu pas, mon cœur, qu'il serait temps à présent que tu deviennes ma femme pour de vrai ?

La belle, comme à son habitude, éclata de rire.

— Ta femme pour de vrai ? Ce qui veut dire, monsieur le grand blessé ?

— Ça veut dire que j'ai envie que tu deviennes ma femme.

— Mais encore ?

— Ben, qu'on passe devant monsieur le maire. Et puis après à l'église. Enfin, qu'on fasse les choses comme il faut, et comme on doit les faire.

Eugène se positionna derrière elle, lui entoura la taille, chuchota à son oreille.

— Car, tu sais, avoua-t-il, certaines nuits où je te sais si proche de moi dans la chambre à côté, j'ai des envies, mais des envies ! Voilà, des envies de te serrer dans mes bras et de te…

— Ah, les hommes ! Vous êtes bien tous les mêmes !

Elle redevint soudain sérieuse.

— Alors, quand est-ce que nous allons voir monsieur le maire et monsieur le curé ?

22

La noce eut lieu au début de l'automne. Les jours se montraient beaux encore. Les couchers de soleil étaient somptueux avec de longues traînées amarante qui enrubannaient dans le lointain la chaîne des volcans. Pendant la journée, mais les matins surtout, le ciel se teintait d'un bleu de vitrail. Les feuilles avaient entamé leur lente chute tourbillonnante et achevaient leur course sur le sol moussu alors que, de part en part, des taupinières se hissaient parmi les herbes ayant arboré la couleur filasse des chènevières.

Et puis, le 4 octobre, survint la pluie. Eugène et Jasmine se marièrent le lendemain, ce qui fit dire aux oracles locaux :

« Mariage pluvieux, mariage heureux. »

Les jeunes *noyes,* en tout cas, paraissaient emplis de bonheur. Et la mariée était belle dans sa robe de dentelle écrue sous une capeline de tulle aux fleurs en papier et une couronne de lauriers roses. Du repas, ni l'un ni l'autre ne se souvint vraiment. Pas plus de l'aloyau aux échalotes que de la tourte aux cailles ; pas plus du civet de lièvre que de la salade aux grattons ; et pas davantage du plateau de fromages grouillant d'*artaisons*[1] ni de la pompe aux pommes cuite au four à pain du village.

1. Acariens tapissant la croûte de certains fromages.

Les tourtereaux n'avaient qu'une hâte : se retrouver enfin seuls dans leur chambre et se livrer aux joies de leur amour. Eugène espérait cet instant depuis si longtemps ! Quand il se dévêtit et entra dans le lit où déjà attendait Jasmine, son cœur battait une chamade de tous les diables de l'enfer réunis. Et puis, ils furent à l'unisson, leurs corps se trouvèrent comme s'ils s'étaient toujours connus, leur plaisir fut intense.

— Alors, ça ne valait-il pas la peine de patienter tout ce temps ? fit remarquer Jasmine, le minois quelque peu ironique.

Elle partit d'un grand rire qui s'étouffa de lui-même quand Eugène plaqua sur les siennes ses lèvres gourmandes. De nouveau, il avait envie d'elle.

Paul était soucieux. L'agression dont avait été victime Eugène lors d'une de ses livraisons à la Taillerie de Royat était susceptible de se reproduire. Du moins Adolphe Coquelut pouvait-il avoir donné des idées à d'autres malandrins de son espèce.

— Il y a des risques à transporter l'améthyste sans aucune escorte, expliqua Paul à Evariste Laplume un jour que celui-ci s'était rendu au Filon de l'Ecureuil.

— Mais alors, que faut-il faire ? S'équiper d'une carriole blindée ?

— Pourquoi pas ? fit Paul, dont le regard myope, légèrement embué, s'éclaira soudain d'une lueur fugitive.

Il dessina du bout de sa botte deux ou trois figures géométriques sur le sable du chemin.

— Oui, pourquoi pas ? répéta-t-il. Ce pourrait même être une riche idée. Mais qui nécessitera sans doute un certain investissement.

Le front d'Evariste se plissa.

— Ça va nous coûter cher, dit celui-ci.

— Que veux-tu, on n'a rien sans rien, mon cher associé.

L'entreprise Lagrange, de Saint-Chamond, dans le Forez, fabriquait des blindages métalliques pouvant s'adapter à tout type d'attelage. Paul Thévenet et Evariste Laplume s'y rendirent, négocièrent et finirent par dénicher le modèle correspondant à leurs besoins.

Evariste fit un peu la tête quand le comptable lui présenta la note. Mais le fabricant assurant que la cuirasse était inviolable pour qui ne possédait pas la clé, il finit par se résoudre et sortit les billets de sa poche.

Paul lui expliqua une fois de plus la manœuvre.

— On cadenassera la carriole dès son départ du filon. Toi seul, à son arrivée à Royat, posséderas le passe qui permettra au chargement d'être libéré. Cela te convient-il, mon cher Evariste, ou bien te faut-il des précisions complémentaires ?

Le sieur Laplume étira sa carcasse de cigogne. Ses membres étiques, longs comme des lianes, grincèrent ainsi que des gonds mal huilés ; son nez en bec d'aigle sembla se recourber davantage, puis il plissa ses petits yeux chafouins avant de se décider.

— Mon cher Paul, je suis d'accord avec tout ce que tu me dis. Il n'empêche, il sera bon qu'à chaque voyage Eugène soit accompagné par des hommes sûrs et qui seront équipés d'armes à feu. A mon humble avis, il n'y a pas meilleur argument que des tromblons pour dissuader les apprentis voleurs.

— Puisqu'il faut en passer par là, se résigna Paul, qui n'avait jamais été un partisan de la violence.

— Eh bien, ainsi ferons-nous. Et nous ferons bien.

A compter de ce jour, l'équipage qui, deux fois par mois, livrait l'améthyste par les chemins du Livradois jusqu'à la Taillerie de Royat ressembla à s'y méprendre à un convoi de militaires en campagne.

Des matamores aux mines patibulaires qui encadraient Eugène. Lui-même guidant l'attelage.

Un mois après leur mariage, Eugène et Jasmine emménagèrent dans une petite maison de plain-pied située sur la place de l'église. Lorsque ses occupations le lui permettaient, la jeune femme aimait se musser derrière sa fenêtre et observer les allées et venues qui animaient l'unique rue du village. Toujours grincheux, Jules Sauvadet, le garde champêtre, avait sa préférence. A le voir sans cesse rouspéter pour un oui ou pour un non, elle imaginait qu'il lui était arrivé les pires misères dans sa vie, ce qui expliquait sans doute qu'il fût aujourd'hui tellement acariâtre.

Chaque soir, après sa classe, l'instituteur fermait son école à double tour, traversait le parvis et se dirigeait directement vers l'auberge d'Arsène Gouttepiffre. On le disait de plus en plus porté sur la boisson. Ce n'était plus une seule bouteille de vin mais deux qu'il avalait d'affilée, avant de refaire le trajet dans l'autre sens. Oui, certainement, Prosper Leroux avait lui aussi eu à se confronter à une existence tumultueuse avant de se retrouver nommé sur ce poste où il paraissait s'ennuyer à mourir.

Ainsi Jasmine s'inventait-elle des histoires sur telle ou telle personne entrant dans son champ de vision. Cette ménagère, un panier de linge sur la hanche, devait avoir beaucoup de travail avec sa nombreuse famille. Et ce maquignon, en *biaude*[1] noire et grand chapeau de chanvre, la moustache en crocs, sûr qu'avec ce teint rougeaud, lui non plus ne devait pas boire que de l'eau !

Mais, de tous, celui qui la faisait le plus rire – car elle était restée d'humeur folâtre –, c'était ce bon monsieur Evariste, ainsi qu'elle le nommait. A la fin de chaque mois, il s'en venait à Piquebourre et elle le voyait chevaucher son éternel alezan pommelé, qui clopinait toujours autant. L'homme se tenait raide sur sa selle et se dirigeait, sans un regard ni à

1. Blouse de toile des paysans auvergnats.

droite ni à gauche, jusqu'à la demeure de Paul, à l'autre bout du village. Avec l'apparition des premiers froids, il s'était empaqueté, ainsi qu'un oignon, de trois ou quatre pelures enfilées l'une sur l'autre, ce qui lui conférait l'aspect étrange d'un gros boudin noir – alors qu'il était si maigre.

Jasmine en riait toute seule derrière sa vitre. Elle attendait toutefois sa venue avec empressement car il était généralement porteur de nouvelles de sa mère, la brave Pierrette Blondel, qui trimait toujours aussi dur à Royat. Comme la femme ne savait ni lire ni écrire, monsieur Laplume – le bien nommé ! – prenait sous sa dictée toute information sur son travail, sa santé, sa vie au quotidien. Cela donnait le plus souvent ceci : « Je vais bien, ma fille, et je t'espère de même » ; « Viendras-tu me rendre visite un de ces jours ? » ; « Tout est vieux, comme moi » ; etc.

Jasmine ne sachant pas plus déchiffrer les lettres que sa génitrice, c'était Eugène qui lui en faisait lecture.

— Je voudrais savoir lire et écrire, lui dit-elle un jour. Ne pourrais-tu pas m'apprendre ?

Alors, chaque soir, à son retour du labeur, il s'asseyait à côté d'elle, ouvrait un livre de Paul, du temps où il était encore maître d'école, et la leçon commençait.

— Si j'avais pensé qu'un jour je serais instituteur ! s'esclaffait Eugène, qui n'en revenait pas lui-même.

Mais, un soir, la classe de lecture ne put avoir lieu.

— Je suis malade ! clama Jasmine sitôt qu'Eugène poussa la porte d'entrée.

— Tu es malade, ma mie ?

Elle était si pâle ! Ses traits tirés, qu'aucun sourire n'égayait plus, disaient assez son désarroi sans qu'il fût nécessaire qu'elle en rajoutât. A côté d'elle, posée sur la table, la chandelle qui grésillait dessinait des ombres sinistres sur la peau de son visage.

— Je vomis depuis ce matin, se plaignit-elle encore. J'essaie de manger, mais je ne garde rien. C'est comme si le tuyau s'était bouché. A moins que je...

— Sabre de bois ! Que me dis-tu là ? fit Eugène sans attendre la fin des explications.

Illico, il décida de s'en aller quérir sa sœur. Savine serait de toute façon de bon conseil. Et puis, entre femmes, sans doute se comprendraient-elles.

— Que tu es niais, mon petit frère ! s'esclaffa Savine. Fais donc un peu marcher ta cervelle de moineau !

— Quoi ? rugit Eugène. Je viens t'annoncer que Jasmine est malade, et c'est tout ce que tu trouves à me répondre ?

— Mon Dieu, qu'il est bête !

— Ne t'en fais donc pas pour ça, mon petit Eugène, voulut le rassurer Paul Thévenet. Quand Savine m'annonça qu'elle attendait Bleuette, moi non plus je n'avais pas compris. A bien y réfléchir aujourd'hui, je crois que les femmes sont plus fines et plus intelligentes que nous, les hommes, avec nos gros sabots.

— Puisque c'est vous qui le dites, mon cher Paul !

Mais il fut temps pour Eugène de se préparer au conseil de révision, qui jugerait s'il était capable ou non d'effectuer son service militaire. Ils étaient trente-sept conscrits à se présenter ce matin-là à la mairie de Saint-Germain. Des petits, des grands, des gros, des maigres, des beaux, des pas beaux, des velus, des imberbes. Du village de Piquebourre l'accompagnèrent Maurice Gandelon et Baptiste Meunier, qui avaient été ses camarades de classe, à l'époque où Paul Thévenet était le maître d'école.

Il fallut se déshabiller. D'aucuns, qui jouaient les farauds, se trouvèrent un peu bêtes quand ils furent, aux yeux de tous, en tenue d'Adam. Alors, benoîtement, certains levaient les yeux au plafond dans l'espoir, sans doute, de débusquer quelque araignée ; d'autres, pudibonds, plaquaient leurs mains sur le devant de leur sexe tout en feignant l'indifférence ou en sifflotant des airs d'eux seuls connus.

En rang d'oignons, les futurs soldats passèrent sur la balance, puis sous la toise, avant de se présenter au capitaine-major, un gros bonhomme au regard d'acier, lui-même assisté d'un sous-officier, un échalas assis derrière une table trop basse que ses genoux cagneux tutoyaient.

— Courtine Eugène, né à Piquebourre le…

S'ensuivit une longue énumération des ascendants de l'appelé. A l'issue de laquelle le médecin militaire, d'une petite voix flûtée peu en harmonie avec son embonpoint, questionna Eugène.

— Y a-t-il des points particuliers sur ta santé que tu voudrais nous signaler, jeune homme ?

— Comment ?

— On dit : Comment, mon capitaine ?

— Euh, je ne sais pas, mon capitaine.

— As-tu été malade ?

— Comme tout le monde, mon capitaine.

— Bien, je vois. Es-tu prêt à servir ton pays sous les drapeaux ?

— C'est que…

— C'est que ?

— Ben, je vais être père de famille, mon capitaine.

— Tu vas l'être, mais tu ne l'es pas encore. Bon, adjudant, notez que le citoyen Courtine Eugène, ici présent, est apte à effectuer son service militaire. Signe au bas de cette feuille, garçon. Si tu ne sais pas, trace une croix.

— Je sais lire et écrire, mon capitaine !

De retour à Piquebourre en compagnie de Maurice Gandelon et de Baptiste Meunier, eux aussi jugés dignes de porter l'uniforme, Eugène pestait intérieurement.

« J'aurais dû leur dire que j'avais été agressé et que j'avais frôlé la mort en restant dans le coma plusieurs jours. Et aussi que je boitais. Peut-être que ça m'aurait permis d'être réformé, qui sait ? »

Mais il était trop tard à présent et il avait été déclaré bon pour le service. Tant pis ! Il lui faudrait partir pour de longs mois et prendre son mal en patience. Verrait-il la naissance de son enfant ?

Quand il arriva en vue de Piquebourre, un pressentiment soudain lui fit accélérer le pas.

— Oh, l'Eugène, t'es pressé de rentrer à l'écurie ? railla Maurice Gandelon. Tu viens pas boire un coup chez l'Arsène Gouttepiffre avec nous ?

— Pas le temps !

Sous le regard médusé des deux conscrits, il se mit à courir puis traversa le bourg comme une flèche et poussa la porte de sa maison. Savine s'y trouvait, ainsi que la vieille Euphrasie Gouttebel, la sage-femme.

— Ta belle vient de faire une fausse couche, déclara la matrone. Y avait rien à faire, le bébé était mal accroché.

Eugène se rua dans la chambre de Jasmine.

23

Vouziers (Ardennes), mars 1882

Le printemps ne voulait pas s'installer. De longues croûtes de neige sale demeuraient dans des creux que jamais le soleil n'effleurait. Sur les hauteurs, la couche avait fondu par endroits ; à d'autres, le vent lui avait sculpté des reliefs de tôle ondulée. Il faisait très froid, la bise était coupante comme une serpe, transportant de grands arrois de nuages gris et boursouflés qui s'en allaient sur les rives de l'Aisne, du côté du levant.

Ce ciel si bas qu'on le sentait peser de tout son poids sur les épaules, Eugène le subissait depuis quatre mois à présent. Quatre mois à regretter son Auvergne natale. A se dire que, là-bas, au pays, la vie continuait sans lui. Que Jasmine se remettait peu à peu de son déboire de n'avoir pu enfanter.

Elle lui avait écrit récemment. C'était une petite écriture incertaine, avec des pâtés d'encre sur le pourtour de la feuille. Eugène l'imaginait, penchée sur sa table de travail, avec Paul à son côté, qui l'aidait à bien former ses lettres.

Ici, à la caserne militaire de Vouziers, les heures s'étiraient dans une morne langueur. Il en était presque à regretter les premières semaines où il lui avait fallu, en compagnie des autres appelés du contingent, faire ses classes.

Maniement du fusil, démontage et remontage des pièces, exercices de tir – debout, couché, un genou à terre –, apprentissage de la marche au pas cadencé, course à pied, parcours du combattant : autant d'instructions et de manœuvres idoines à former des soldats aguerris pour, un jour prochain, reprendre l'Alsace et la Lorraine à l'ennemi teuton.

Le sergent instructeur était bête à manger du foin et méchant comme un rhinocéros. Il s'appelait Pommier, avait une face de chacal qui devenait soudain toute violette lors de ses montées d'adrénaline.

« Bande d'abrutis ! aboyait-il la plupart du temps. Qui est-ce qui m'a fichu des recrues pareilles ? Ah ! Elle est belle, l'armée française ! Avec ces empotés de première classe, c'est pas encore qu'on va défiler dans Strasbourg ! »

Ou bien encore :

« Non mais, vous vous êtes vus, pauvres minables ? Je vais vous apprendre à marcher au pas, moi ! C'est du pied gauche qu'il faut démarrer, et non du droit ! Le pied gauche, saperlipopette ! Celui avec lequel je m'en vais vous botter le cul ! »

Le sergent Pommier avait pris Eugène en grippe.

« Tu boites quand ça t'arrange, grand feignant ! Mais on ne me la fait pas, à moi, et je ne suis pas né de la dernière pluie, figure-toi ! »

Eugène serrait les poings et les mâchoires, rongeait son frein, s'efforçant de juguler cette envie forte qu'il avait de casser la figure à ce persécuteur. Et puis un jour, sans que rien l'eût laissé pressentir, l'attitude du gradé changea.

« Je viens d'apprendre que tu es auvergnat ! Maquarelle ! Tu pouvais pas le dire plus tôt, non ? »

Pommier en était tout ému de savoir que dans sa troupe se trouvait un « pays ».

« D'où que tu es ? lui demanda-t-il.

— Piquebourre, sergent. Un village au-dessus d'Issoire.

— Connais pas. Moi, mon gars, j'suis du Cantal. Laroquebrou, ça te dit quelque chose ? »

Non, ça ne disait rien à Eugène. Qui se trouva pourtant fort aise que ce Pommier compatriote ne lui bloquât plus des bâtons dans les roues.

Il se remit à neiger sur le massif des Ardennes. La tourmente se leva dès la pique du jour et poussa devant elle des nuages pulvérulents. Ils déversèrent tout d'abord des duvets légers qui papillonnèrent. Puis le ciel, drapé de lueurs blanches, s'assombrit brusquement sous son couvercle de bronze. Tourbillonnèrent alors, ainsi que dans un immense sulfure, des flocons plus drus qui formèrent bientôt une tenture d'aurore boréale. C'était une évidence : l'hiver ne voulait pas desserrer sa poigne de fer.

Arriva la première « perm » accordée à Eugène depuis qu'il était sous les drapeaux. Trois jours à voir se traîner le temps et tomber la neige. Dans un cas comme dans l'autre, l'ennui le plus absolu.

« J'en profiterai pour écrire à Jasmine, décréta-t-il soudain. Ça me ravigotera de penser à elle et de me souvenir du pays et des amis. »

Il sortit de la caserne après avoir présenté ses papiers en règle à la sentinelle de service, qui se morfondait et se gelait dans sa guérite ouverte à tous les vents. Aussitôt il se dirigea vers l'estaminet le plus proche, situé derrière l'église, dont il admira, sans savoir qu'ils dataient de la Renaissance, les grands portails ouvragés.

— Sabre de bois ! Qu'il fait froid !

Il s'engouffra dans l'auberge. Un feu ardent crépitait dans la cheminée près de laquelle étaient suspendues des casseroles en cuivre. Les vitres dépolies par les pluies laissaient filtrer un maigre jour. Sur le rebord de l'une d'elles, un chat grassouillet, arrondissant le dos, se léchait consciencieusement les coussinets. Le matou s'interrompit un instant pour suivre de ses yeux de topaze Eugène, qui s'installa sur une chaise à la paille effilochée.

Il demanda qu'on lui serve une soupe aux choux.

— Vous faites bien, lui dit le patron en prenant sa commande. Il n'y a qu'une bonne soupe pour se réchauffer par un temps pareil.

Alors qu'il avalait son bouillon, deux hommes entrèrent puis se dirigèrent vers l'âtre en tapant dans leurs mains que le froid avait rougies.

— Norbert, deux vins chauds, s'il te plaît, fit le plus âgé.

— Avec de la cannelle, si c'est pas trop vous demander, ajouta l'autre, un jeunot aux cheveux couleur de paille.

Ils allèrent s'installer à une table voisine de celle d'Eugène, sous une hure de sanglier que le premier des gaziers sembla admirer particulièrement.

— Ah ! Notre sanglier des Ardennes ! clama-t-il d'importance.

Se tournant vers Eugène :

— Est-ce que tu sais, mon p'tit gars, que cet animal est l'emblème de notre chère province ? Vois-tu, je te pose la question car je me doute bien que tu n'es pas d'ici. Rien qu'à voir ta mine chiffonnée et tes yeux de chien battu, je me dis que tu dois être un bidasse de la caserne d'à côté. Je me trompe ?

— Non, vous avez raison, m'sieur, convint Eugène, qui s'efforça de sourire.

Le quidam but une gorgée de vin chaud et soupira d'aise. Il arborait une moustache épaisse qui semblait en genêt sec. Son front dégarni, à la peau tannée, se plissait de rides. Elles se creusaient davantage quand il tenait discours, ce qui semblait chez lui monnaie courante. Il se leva, déplia ses longues jambes en essieux de tombereau et s'approcha d'Eugène.

— La vie de pioupiou te pèse, hein, camarade ? fit-il en clignant de l'œil. Mais, que veux-tu, c'est le lot de chacun.

D'ailleurs, mon neveu que voici, ajouta-t-il en montrant du doigt le blondinet, va bientôt faire ses classes lui aussi. Ah ! Dame, faut bien que les nouvelles générations accomplissent leur devoir elles aussi. Pour ma part, j'étais à Reichshoffen, p'tit gars, et je peux te dire que ça a bardé contre les Bavarois.

L'homme ferma les yeux, revoyant sans doute en pensée la fameuse charge des cuirassiers au milieu des vignobles alsaciens. Quand il les rouvrit, ce fut pour s'adresser au tenancier.

— Norbert, sers-nous donc une autre tournée de vin chaud. Tu mettras un verre à ce jeune homme afin qu'il laisse de côté sa triste figure de Pierrot de la lune. Allez, à la tienne, garçon ! Trinquons au retour prochain de l'Alsace et de la Lorraine dans le giron de notre beau pays. Et n'oublions pas de trinquer aussi au sanglier des Ardennes.

En levant son godet, Eugène se disait qu'il n'était pas forcément prêt à sacrifier sa vie pour les habitants des deux provinces devenues allemandes. Il pensait toujours à l'Auvergne. Au Filon de l'Ecureuil. A la belle améthyste qu'on exploitait sans lui. A Jasmine, sa bien-aimée. A l'enfant qu'il lui ferait un jour.

Ce fut trois jours plus tard qu'il reçut une lettre de Jasmine. Elle lui annonçait le décès, à Royat, de sa mère.

« Elle est partie durant son sommeil, écrivait-elle. Mon cher Eugène, j'ai beaucoup de peine, le sais-tu ? Je t'embrasse très fort. Ta Jasmine qui pense à toi. »

Le sergent Pommier décréta soudain que sa troupe irait crapahuter sur les collines de l'Argonne. Pour Eugène, pas le temps, dans l'immédiat, de faire réponse à sa belle.

— Nos anciens se sont battus par là-haut contre les Prussiens, jeunes gens, leur dit-il. A Valmy, ils ont remporté une fameuse victoire[1]. On va aller marcher sur leurs pas pour se rappeler que notre belle patrie mérite qu'on se sacrifie pour elle.

Quelques grognements se firent entendre parmi les hommes. Cela eut pour résultat d'empourprer la figure pourtant naturellement rosée du gradé, qui se mit illico à agonir ce tas de fainéants, ces femmelettes qui ne pensaient qu'à rester au chaud et à bâfrer aux frais de la princesse.

Vaille que vaille, de force plutôt que de gré, il fallut partir dans le froid et sous la neige qui continuait à tomber. Eugène serrait les dents, mécontent de n'avoir pu rendre réponse au courrier de Jasmine. Depuis ce matin, une sorte d'étau lui étreignait le haut de la tête. Souvent, depuis son agression, il devait supporter de violentes migraines. Ce jour, pourtant, le mal paraissait s'être bien établi. Et ce fichu sergent qui les envoyait en manœuvres !

Ses godillots s'enfonçant dans l'épaisse couche de neige, le cou rentré dans sa capote de grosse toile, il avançait en essayant de ne point trop réfléchir. De pleine face arrivaient des flocons par centaines. La bise était aveuglante, lançait des lanières mordantes comme des coups de faux. Au ciel, elle rabotait des nuées basses qui s'en venaient lécher la herse des sapins.

Deux heures. Cela faisait deux heures qu'ils marchaient. Ce satané sergent ne devait pas savoir ce que le mot « fatigue » signifiait. Il allait, tel un taureau, droit devant lui, dans l'ignorance la plus totale des conditions climatiques et faisant fi de la lassitude de ses hommes.

— Oh, sergent ! intervint un soldat. Je vois une cabane de berger sur notre droite. Ne pourrait-on pas s'y reposer un instant ?

— Pas question, on continue.

Les yeux de Pommier s'arrêtèrent sur Eugène.

---

1. La bataille de Valmy (20 septembre 1792), victoire de Dumouriez et Kellermann sur les Prussiens.

— Prenez exemple sur votre camarade. Il ne se plaint pas, lui ! En digne Auvergnat qu'il est, il est opiniâtre et ne cherche pas à se débiner comme certains.

A vrai dire, Eugène suivait ainsi qu'un automate le compère qui le précédait immédiatement. Mettant ses pas dans les siens, il avait cessé de se poser des questions qu'il estimait ne pas avoir lieu d'être. Sa tête était pourtant de plus en plus lourde, des étoiles voltigeaient dans ses yeux et tout un essaim d'abeilles animait un concert bourdonnant dans ses oreilles.

— N'est-ce pas, Eugène, qu'on est les plus costauds en Auvergne ?

Le sergent Pommier croyait bon d'affirmer devant tout le monde la supériorité de la race arverne. Mais ce fut le moment que choisit ledit Eugène pour s'écrouler, face première, dans la neige.

— Oh ! Eugène ! Maquarelle, qu'est-ce qui t'arrive ? Mais réponds donc, nom d'une pipe !

— Il est peut-être mort, sergent...

Non, Eugène n'était pas mort. Mal en point, mais pas encore trépassé. Inconscient, il fut ramené à la caserne. Le médecin militaire l'examina.

— Il est en hypothermie, le bougre, constata-t-il. Et dans ses bronches, ça gargouille fort. Va falloir le garder au chaud quelque temps si vous ne voulez pas l'expédier chez lui dans une caisse.

Mais le plus inquiétant se situait au niveau de la tête. Qu'est-ce qui pouvait expliquer que le troufion eût soudain perdu connaissance ?

— Le grand mal[1], sans doute, diagnostiqua le major. Si cela se vérifie, il faudra le réformer et le renvoyer dare-dare dans ses foyers.

1. L'épilepsie.

A l'infirmerie, Eugène se remit lentement. Le sergent Pommier s'en venait tous les deux ou trois jours s'enquérir de sa santé.

— Je te croyais plus solide que ça ! lui dit-il, quelque peu dépité. Maquarelle ! Un Auvergnat, ça tombe pourtant pas dans les pommes comme une demoiselle effarouchée !

— Je suis désolé, sergent. Depuis que j'ai été attaqué par un bandit de grands chemins et laissé pour mort sur le carreau, je n'ai plus la grosse santé que j'avais avant, et souvent la tête me tourne.

Eugène resta deux semaines alité. Une toux rauque, caverneuse, le secouait parfois, symptôme d'une pleurésie que les personnels soignants eurent beaucoup de mal à juguler. Au bout de ce temps-là, il finit par poser un pied par terre puis par faire quelques pas hésitants dans la chambrée. Il en profita aussi pour envoyer une missive à Jasmine et l'informer de ses déboires.

« Je n'ai pas pu répondre à ta lettre avant ce jour, écrivit-il. Sache que j'ai été malade. Mais ça va mieux à présent. J'ai eu beaucoup de peine d'apprendre que ta chère maman était décédée. J'aurais voulu être auprès de toi pour t'apporter tout mon soutien et te dire tout mon amour. Alors que nous étions en manœuvres, sous la neige, dans les collines de l'Argonne, j'ai été… »

Il expliqua à son aimée, en long, en large et en travers, l'expédition menée sous la houlette du sergent Pommier puis acheva sa lettre en dessinant un cœur au bas de la feuille.

« Ton Eugène qui pense sans cesse à toi et espère te revoir bien vite. »

D'autres jours coulèrent, lents comme un cortège de limaces. Enfin, un matin, le major pénétra dans le dortoir. Il était accompagné de tout un aréopage d'officiers à la mine sévère et au maintien dédaigneux.

— Vous avez face à vous, leur dit-il doctement, un cas assez inhabituel de comitialité, autrement appelée épilepsie ponctuelle, qui s'est manifestée chez ce patient au cours d'un exercice physique dans des conditions particulièrement rudes. Il y a eu chute et, sans doute, convulsions, quoique je n'aie pu, de visu, les constater.

— Cas majeur de réforme ? questionna un officier portant monocle et brandissant une houssine dont il se cinglait les bottes nerveusement.

— Affirmatif, mon colonel.

— Alors, il n'y a pas à hésiter. Retour à la vie civile. Le plus tôt sera le mieux.

Le 23 avril, Eugène délaissa ses affûtiaux militaires et quitta la caserne de Vouziers.

— Dis bonjour de ma part à ma très chère Auvergne, lui glissa dans l'oreille le sergent Pommier avant de s'en retourner assurer l'éducation virile des nouvelles recrues, arrivées la veille au soir.

« Bon courage à eux ! » pensa Eugène.

— Maquarelle et sabre de bois ! jura-t-il. Ça fait plaisir de rentrer chez soi !

24

Piquebourre, mai-juin 1882

Mai. Joli mois de mai. Mois de Marie.

Eugène avait regagné ses pénates. Décharné, affaibli, il ne s'était certes pas montré sous son meilleur jour. Sa sœur Savine ainsi que Jasmine poussèrent les hauts cris lorsqu'elles le virent descendre de la carriole d'Evariste Laplume qui était allé le quérir à Clermont pour le ramener à son domicile de Piquebourre.

— Mon Dieu, que tu es maigre ! s'exclama Savine. Mon pauvre frère, tu n'as plus que la peau sur les os !

Ses beaux yeux de jais riboulant du bonheur des retrouvailles, Jasmine se précipita dans ses bras. Deux larmes perlèrent sous ses paupières, qu'elle essaya tant bien que mal de dissimuler en enfouissant son visage contre la poitrine d'Eugène.

En l'honneur de ce retour, le couple Thévenet organisa un repas. Auquel furent conviés Augustin Chambon et Firmin Pétillon qui, avec Hyacinthe Vernet et Saturnin Malgat, avaient naguère constitué l'équipe de départ au Filon de l'Ecureuil. A l'heure présente, pour actes séditieux contre la République, Hyacinthe avait été envoyé au bagne ; et Saturnin était mort pour avoir trop tété la chopine. Paul avait aussi invité Elisée Courchinoux, le maire, ainsi que le curé Cacheux.

— Je lève mon verre au prompt rétablissement du soldat Eugène Courtine, déclama le premier édile de la commune en caressant son crâne chauve qui brillait sous le soleil ainsi qu'une bille en verre.

— Que Dieu te protège, mon garçon, se contenta de dire le prêtre, dont la haute stature parut un instant écraser l'assemblée des convives.

Eugène, qui avait un appétit de moineau, ne fit guère honneur aux mets préparés par sa sœur et par Jasmine. A la dérobée, celle-ci lui jetait parfois des regards inquiets, auxquels il répondait par un sourire se voulant rassurant. Il entendit toutefois avec plaisir les dernières nouvelles du filon, dont Augustin Chambon et Firmin Pétillon, que Paul avait nommés contremaîtres, se firent l'écho.

— On est descendus à trente-cinq mètres, précisa Firmin dont le nez en bec de cigogne sembla soudain se rallonger tant il paraissait fier de ce qu'il devait considérer comme une prouesse.

— Et la veine s'en va à présent en pente douce, poursuivit Augustin en vissant sur sa tête sa casquette toute difforme et décolorée qui était pour lui une seconde nature.

— Presque à l'horizontale, tu devrais dire ! l'interrompit Firmin.

— Si tu veux. Enfin, bref, les conditions d'exploitation seront sans doute plus faciles désormais.

— Le temps me tarde de retourner là-haut, fit Eugène.

Cette perspective sembla l'animer quelque peu. Des couleurs se plaquèrent de nouveau sur ses joues, ses yeux brillèrent d'une lueur fugace, il serra plus fort Jasmine contre lui.

— Je suis heureux d'être de retour parmi vous, réussit-il à avouer, la gorge un peu serrée.

— Et nous, nous sommes contents que tu sois là ! conclut Paul Thévenet en rajustant ses lunettes qu'avait soudain envahies une brume d'automne.

Le petit Ennemond, aussi brun que son oncle Eugène et myope comme son géniteur, fit soudain irruption par-dessous la table. Certains se mirent à glousser à lui voir la figure barbouillée de crème.

— Mon Dieu ! Le dessert ! cria Savine. Ce vilain s'est servi avant tout le monde !

L'on finit par rire de bon cœur devant la mine effarouchée du gamin et la vue du gâteau à la crème, qu'il avait très légèrement entamé.

Eugène se laissa gagner par la belle humeur ambiante. Il se sentait si bien au milieu de tous les siens. Et il fut aux anges quand Ennemond sauta sur ses genoux pour se protéger des foudres maternelles. Le retour au bercail avait du bon.

En ce mois de mai 1882, vingt-sept personnes, Paul Thévenet compris, œuvraient au Filon de l'Ecureuil. Les commandes affluaient, si bien que la Taillerie de Royat n'avait jamais connu une activité aussi intense. Sous la responsabilité de Firmin Pétillon, les portages en carriole depuis Pégu étaient désormais hebdomadaires.

En gestionnaire pointilleux, Paul s'occupait de tout, depuis l'extraction proprement dite jusqu'au tri des déchets, en passant par le classement des échantillons selon leur taille ou qualité et la tenue des cahiers de comptes. Vaste programme, en vérité, qui lui laissait peu de temps pour s'occuper vraiment de sa famille.

A la maison, Savine avait toute liberté pour gérer son ménage. Secondée par Bonnette, forte comme un homme, elle ne ménageait pas sa peine pour que Paul, lorsqu'il rentrait le soir, très souvent harassé par sa journée de labeur, trouvât tout en ordre. Elle s'attachait aussi – elle le savait gourmand – à lui concocter quelque douceur, pompe aux pommes ou flan pâtissier, dont il raffolait.

Leur amour était vivace comme aux premiers temps. Souvent, elle se remémorait le début de leur histoire et se disait que si Eugène n'avait pas fait l'école buissonnière, en cet automne d'il y avait bientôt dix ans, jamais elle n'aurait rencontré celui qui, à l'époque, était l'instituteur de Piquebourre. Fallait-il que le destin fût étrange pour transformer ainsi, du jour au lendemain, la vie des gens !

Aurait-elle imaginé, à l'époque, devenir une dame et qu'on la saluerait avec considération dans la rue de son propre village ? Madame Thévenet ! La fille de Jean et Antoinette Courtine, paysans besogneux qui avaient tiré si souvent le diable par la queue, aurait-elle pu rêver pareille ascension sociale ?

Et tout cela grâce à Paul. Ce cher Paul qu'elle aimait tant !

Mais d'autres fois elle se disait que la chance pouvait tourner, que rien n'était jamais acquis, que sa bonne fortune risquait de changer de camp et d'aller voir ailleurs sur des terrains plus fertiles.

Ses deux enfants étaient pour Savine une source d'attentions continuelles. Bleuette, qui venait d'avoir huit ans, ressemblait à une petite femme dont la principale occupation était d'aider sa mère aux travaux domestiques. La fillette, blonde comme un champ de blé, avait les beaux yeux bleus de son père. Sans être, cependant, affectée par sa myopie, ce qui pouvait être considéré comme une grâce divine.

Ce n'était pas le cas d'Ennemond, son jeune frère. Bigleux comme une taupe, il avait quelques difficultés à distinguer des objets plus loin que le bout de son nez. Sauf, bien sûr, quand il y avait de bonnes choses à manger – que, du reste, il devait sentir plus qu'il ne les voyait. Agé de cinq ans et demi, le gamin était un vrai diablotin, accumulant bêtise sur bêtise au grand dam de Savine, qui ne savait plus à quel saint se vouer.

« Mais de qui tient-il ce caractère ? » se demandait-elle parfois.

Invariablement, elle évoquait alors Eugène, dont l'enfance avait été particulièrement turbulente.

« Oui, c'est cela, concluait-elle. Il ressemble à son oncle Eugène quand il était gamin. Il n'y a pas à en douter, c'est son portrait tout craché. »

D'ailleurs, le petit Ennemond recherchait la compagnie d'Eugène et ne le quittait pas d'une semelle quand le « tonton » se trouvait à la maison, ce qui arrivait au moins deux fois par jour.

« Mais laisse donc ton oncle tranquille ! Tu le fatigues ! le sermonnait Savine.

— Mais non, ma sœur, répondait Eugène, il est tellement gentil. Il ne fait pas de mal. »

Début juin, le soldat réformé reprit ses activités au Filon de l'Ecureuil. Paul voulut toutefois le ménager et, dans un premier temps du moins, ne lui confia que des tâches administratives, avec interdiction formelle de descendre dans la galerie.

— On verra dans quelques semaines, quand tu auras recouvré des forces, ordonna le patron, qui ne voulait surtout prendre aucun risque concernant la santé de son beau-frère que les autorités militaires avaient présenté comme « un être vulnérable, susceptible d'être affligé de crises ponctuelles d'épilepsie ».

Eugène fut bien forcé de s'accommoder de la chose. Du reste, il lui eût été difficile de faire autrement car des douleurs à la tête s'en venaient régulièrement l'assaillir. Dans ces circonstances, il n'avait d'autre ressource que de s'allonger quelques instants dans le noir et attendre ainsi la fin de la crise.

Jasmine s'en était inquiétée auprès de Savine.

— Crois-tu qu'il souffrira de ces migraines tout au long de sa vie ? lui demanda-t-elle.

— Je ne sais pas, ma pauvre. Il faut souhaiter que non et que le mal finira par disparaître avec le temps.

— Avec le temps, oui…

Jasmine avait perdu ce beau rire primesautier qui avait tellement enchanté Eugène lors de leurs rencontres à Royat. Finie, oubliée, l'époque de la jeunesse insouciante. Pierrette Blondel, sa mère, était morte et, à présent, l'armée française lui rendait un mari alangui qui n'était plus que l'ombre de lui-même.

Grâce aux leçons que Paul lui avait prodiguées, elle savait à présent lire, écrire et quelque peu compter. Il lui avait aussi prêté des livres. De tous, celui qu'elle préférait était *Sans famille*, d'Hector Malot[1]. Les aventures de Rémi, petit orphelin, recueilli par le vieux Vitalis qui, sur les routes de France, promène sa ménagerie, le singe Joli-Cœur et les chiens Capi et Zerbino, la passionnaient, à tel point qu'elle en faisait souvent la lecture à Eugène après sa journée de travail. Elle aimait aussi les histoires de Gavroche et celles de Cosette extraites des *Misérables*, du grand Victor Hugo, ainsi que les romans de cape et d'épée d'Alexandre Dumas.

Un soir de la fin du mois de juin, alors que le soleil paressait indolemment avant de se décider à disparaître derrière la ligne de crête, elle sortit sur son devant de porte, prête à accueillir Eugène, qui serait bientôt sur le chemin du retour.

Elle s'assit sur une chaise paillée et attendit. La chaleur de la journée continuait de couler, épaisse comme un limon, engluée dans les premières ombres du soir. Plus bas, vers la mare, les gosiers des rainettes laissèrent fuser leurs coassements amoureux. Tout près d'elle, une piéride à ailes jaunâtres s'était posée sur une fleur de coquelicot qu'elle butinait avec ardeur. Jasmine approcha son visage

1. Roman paru en 1878.

et put distinguer la trompe du papillon, qui s'enfonçait comme une lame dans la corolle.

— Que la nature est belle ! soupira-t-elle. Et comme mon petit...

Mais elle s'interrompit. Le lépidoptère venait de s'envoler et se trouvait à présent à hauteur de la toiture. Elle le suivit un instant du regard. Très haut, un essaim d'hirondelles était en chasse. Elles partaient dans toutes les directions et changeaient de cap comme si elles avaient été mues par un ressort.

La jeune femme eut soudain un hoquet et crut qu'une nouvelle vague de nausée survenait. Mais non, c'était le matin que généralement les malaises la surprenaient.

— C'est Eugène qui va être bien étonné...

Elle ne put s'empêcher de rire.

Oui, sans doute cette fois comprendrait-il qu'il allait être père. Et elle comptait bien mener jusqu'à son terme cette nouvelle grossesse. Ce coup-ci, ce serait la bonne !

Quand Eugène déboucha au coin de la ruelle, de nouveau son rire éclata comme une joie trop mûre.

Hélas ! Si elle avait su...

25

Piquebourre, juin 1885

En ce dimanche matin, Paul Thévenet lisait son journal, assis sur le banc de pierre devant sa maison. La première page était entièrement consacrée aux funérailles nationales de Victor Hugo, mort le 22 mai, il y avait dix jours. A Paris, de l'Arc de triomphe au Panthéon, une foule nombreuse avait accompagné sa dépouille. La France portait le deuil de son écrivain célèbre.

— Le plus grand génie de notre siècle vient de disparaître, fit Paul, sans se rendre compte qu'il avait pensé tout haut.

— Tu parles de qui, papa ?

Paul tourna la tête en direction de la maison. Son fils Ennemond se tenait dans l'entrée et dardait vers lui son regard malicieux.

— Dis, papa, c'est qui, cette Eugénie ?

— Pas Eugénie, fiston. Je parlais de Victor Hugo, qui est mort. Il a été un génie. Un grand homme, si tu préfères.

— Grand comme monsieur le curé Cacheux ?

— Hum... Oui, si tu veux... Mais plus grand encore. Pas en taille, mais en intelligence.

— Monsieur le curé est moins intelligent que ton Victor Rugot ?

Paul éclata de rire.

— Ne va surtout pas lui répéter cela, mon fils ! Ce serait pour le coup qu'il m'en voudrait le restant de ses jours. Non, monsieur le curé est très intelligent. Mais Victor Hugo l'était encore plus. Immensément plus.

— Intelligent comme toi, alors ?

Paul ne savait plus que dire. La logique des enfants dépassait les mots du langage courant. Il était si difficile de se faire comprendre.

— Et le petit Elie, dis, papa, est-ce qu'il est intelligent ?

Paul se replongea dans la lecture de son journal. Sans doute y avait-il des questions auxquelles on ne pouvait répondre.

C'est en février 1883 qu'Elie, le fils d'Eugène et de Jasmine, avait vu le jour. Tout de suite, Euphrasie Gouttebel, la sage-femme, avait compris que le nourrisson aurait des difficultés à vivre. Son petit crâne en obus, plissé comme celui d'un vieillard, était tout cyanosé. La bouche entrouverte laissait passer des piaulements de poussin, des sons rauques à peine audibles.

On dut appeler le docteur Ollier, qui s'engagea sur la route de Saint-Germain par un temps de neige épaisse. Il arriva fort tard au village de Piquebourre. A la vue du bébé il fit la moue. La carnation violette des lèvres laissait présager des difficultés cardiaques ou respiratoires. Plus sûrement les deux à la fois.

— Je ne veux pas vous bercer d'illusions, dit-il tout de go aux parents. Votre fils a peu de chances de survivre.

— Il vivra ! hurla Jasmine en se redressant, tout ébouriffée, sur son lit.

Et, de fait, Elie survécut. Mais c'était un enfant chétif. A vingt-huit mois, en ce début de juin 1885, il ne marchait encore qu'à quatre pattes et se contentait d'émettre des borborygmes étranges qui laissaient couler à ses commissures de longs filets de bave blanche. Son regard éteint, que des paupières turgides rendaient quelque peu bovin, se promenait sur les choses et les êtres sans que jamais aucune lueur ne vînt l'éclairer. A la vue de sa mère, toutefois, ses petites mains violacées s'agitaient ; on aurait pu croire qu'il était content. Alors, Jasmine le soulevait dans ses bras, le serrait fort contre sa poitrine et fredonnait pour lui une comptine.

Bonjour, bonjour, bel endormi.
Mettez le nez à la fenêtre,
Vous entendrez parler de vous.
C'est votre papa,
C'est votre maman
Qui parlent de vous marier.

Jasmine laissait fuser un rire bien trop sonore pour être vrai, sa vue s'embuait et, tout soudainement, deux larmes roulaient sur ses joues.

« Mon pauvre Eugène, disait-elle parfois, qu'avons-nous fait au bon Dieu ? Crois-tu qu'il ait voulu nous punir ?

— Et nous punir de quoi ? Laisse donc le bon Dieu là où il est, si tant est qu'il soit seulement quelque part !

— Eugène ! Ne dis pas des choses comme cela ! Ça pourrait se retourner contre nous et... »

Mais, ne voulant pas entendre la suite, il sortait précipitamment en serrant les poings et les mâchoires. Il avait tellement envie de crier sa révolte à la face du ciel !

Ses maux de tête semblaient pourtant moins vifs. En tout cas, les crises s'étaient espacées, lui laissant davantage de répit. Mais également plus de temps pour penser à ses malheurs.

Quand il rentrait du travail, il allait directement à la chambre d'Elie. Jasmine s'y trouvait aussi. Et tous deux, penchés sur leur enfant, se serraient l'un contre l'autre.

Et parfois pleuraient.

Mais la jeune femme se retrouva enceinte.

« Mon Dieu, faites que cette fois tout se passe bien », priait-elle plus de dix fois par jour.

Profitant de la belle saison, elle se rendait régulièrement chez Savine, sa belle-sœur. Bleuette et Ennemond s'occupaient du petit Elie. Ils le faisaient jouer et, chacun le tenant par une main, s'efforçaient de lui apprendre à marcher. Le gosse tombait, n'avait pas le réflexe de se retenir. Il se mettait alors à couiner tout doucettement, des petits cris de souris qui fluaient de ses lèvres violacées.

D'autres fois, il se barbouillait la figure de terre et, assis sur le sol, voulait manger des cailloux. Il en avala un qui faillit l'étouffer et il fallut que Savine, la plus prompte à réagir, lui tapât fort dans le dos pour l'aider à expulser l'intrus.

La plupart du temps, le garçonnet paraissait absent. Comme si elles avaient pesé des tonnes, ses paupières enflées se refermaient d'elles-mêmes sur un regard inexpressif qui ne voulait s'intéresser à rien. La bave continuait à dégouliner sur son menton et de la morve coulait sans arrêt de ses narines.

« Mon pauvre enfant ! » se lamentait Jasmine.

Sa nouvelle grossesse était moins éprouvante que les précédentes et elle se disait que c'était peut-être là un signe du bon Dieu qui, après avoir voulu l'éprouver par deux fois, lui accordait enfin sa grâce et permettrait sans doute que sa future progéniture fût normalement constituée.

Pour se rassurer, elle harcelait Savine de questions.

— Ne crois-tu pas que si Elie est comme il est, tout est entièrement de ma faute ? C'est peut-être moi qui suis la cause de son état. Sûrement qu'on aurait été plus sages de ne pas vouloir un autre petit.

— Arrête donc avec tes sornettes. Sors-toi une bonne fois pour toutes ces sottes idées de ta tête !

Mais les sermons de Savine n'y faisaient rien et la drôlesse repartait à l'assaut de plus belle.

— Mais si, malgré tout, c'était dans mon sang que...

— Qu'est-ce que tu dis ?

— Oui, peut-être que mon sang ne s'accorde pas avec celui d'Eugène et...

— Tu m'exaspères !

Savine était obligée de hausser le ton afin que Jasmine s'efforçât de réagir et abandonnât ses idées moroses. Mais au fond d'elle-même elle était bien obligée d'admettre que sa belle-sœur pouvait être dans le vrai. Souvent, elle en discutait avec Paul. Celui-ci jugeait que le jeune couple s'était montré quelque peu imprudent – sinon imprévoyant – en la matière. Surtout après une expérience aussi calamiteuse, qui avait engendré ce pauvre Elie. Enfin, l'avenir dirait s'ils avaient eu raison ou bien tort.

L'être humain pouvait-il lutter contre son propre destin ?

A la fin du mois de juin surgirent des orages comme on en avait rarement vu dans la contrée. Le temps, tout par un coup, avait commencé à se salir au-dessus des collines du sud. Le vent hurlait sa rage derrière de gros nuages bedonnants et soulevait le ciel comme une houle. Il plongeait dans les creux, s'élançait telle une furie le long des sentes en tordant des tresses de poussières, puis écrasait les bois qu'il prenait en enfilade avant de dévaler, plus libre, vers des espaces ouverts.

— C'est le vent qui rend fou, diagnostiqua Jules Sauvadet, bougon comme à son habitude.

Il avait tendance à penser que, hormis lui-même qui était lucide, le monde courait à la folie et à sa perte.

— Toujours en train d'en avoir contre la terre entière, ce pèlerin ! grogna Arsène Gouttepiffre.

Mais l'aubergiste en voulait personnellement au garde champêtre qui, jamais une seule fois, ne s'arrêtait chez lui afin de se rincer le gosier et déblatérait, seul, dans la rue, comme une vieille baderne qu'il était.

Après trois jours de grand vent s'imposa une suffocante chaleur. De longues haleinées tiédasses se déversaient ainsi qu'un mal implacable. Puis de grosses gouttes, assourdissantes telle une nuée de frelons, tombèrent en rafale sur la terre assoiffée qui s'effritait comme du sable.

Le 23, un peu avant midi, le ciel s'assombrit tout soudain. L'on aurait presque cru la nuit en plein jour. Frangée de noir, une chevauchée de nuages bondit du bout de l'horizon, gonflant le dos comme des chats en colère et avalant sans difficulté les quelques coins de bleu qui restaient encore.

Des gifles d'air chaud secouèrent les branches des grands arbres. Puis l'on entendit le beuglement d'un taureau isolé, dans une pâture. La bête itérait des appels qui devenaient de plus en plus rauques.

L'orage approchait, roulant des nuées d'encre. Des éclairs sentant le soufre zébraient un plafond sans cesse mouvant. Petit à petit, des nuages changèrent de teinte. Un blanc étincelant, annonciateur de grêle, enroba leurs épaules sombres.

Quelque chose, dans l'air, laissait présager qu'un drame se préparait inexorablement. Que nul ne pourrait l'empêcher. Qu'il était vain de vouloir agir contre.

Et le drame survint...

26

— Ennemond ! Vas-tu bientôt cesser de faire le polisson !

Les bras tendus à l'horizontale, courant à en perdre haleine et émettant un bruit de locomotive à vapeur, le garçon pourchassait un troupeau de poules sur toute la largeur de l'enclos où elles étaient enfermées. Avec de bruyants caquètements, les gallinacés s'ensauvaient en tortillant leur croupion d'une manière comique.

— Ce gamin me rendra folle ! rugit encore Savine. On dirait vraiment qu'il a le diable au corps.

Elle réfléchit un instant.

— Il doit sentir l'orage, finit-elle par dire. C'est pour cela qu'il est énervé.

Dans les lointains grondait le tonnerre. De façon diffuse, comme un ventre malade, des gargouillis étaient colportés d'un bord à l'autre de l'horizon. Espacés, des éclairs s'évanouissaient derrière les versants de la montagne du Livradois. Il faisait très chaud.

Tout penaud, le chenapan revint vers sa mère.

— Puisque tu n'es pas sage, tu resteras à la maison avec Bonnette pendant que j'irai avec ta sœur jusqu'au filon pour porter leur déjeuner à papa et à tonton Eugène. Voilà, ça sera ta punition.

En signe de mécontentement, Ennemond tapa du pied mais se garda bien de répondre. Il savait trop, pour l'avoir éprouvée certaines fois, que la main maternelle pouvait être leste sur sa figure ou ses fesses.

— Et surtout, ne t'avise pas de désobéir à Bonnette, continua Savine. Tu sais très bien qu'elle me le répéterait si tel était le cas. Interdiction formelle de sortir de la cuisine.

— Mais m'man, je...

— Tais-toi ! Tu n'avais qu'à rester tranquille.

Son panier à provisions à la saignée du coude et Bleuette lui donnant sagement la main, Savine quitta le domicile vers onze heures. Le nez collé à la vitre, l'air buté, Ennemond regardait partir sa sœur et sa mère. Jusqu'au dernier moment celle-ci s'était demandé si elle ne devait pas lever la punition à l'encontre de son garnement. Un moment, elle faillit céder. Et puis, réflexion faite, elle s'était dit qu'il lui fallait se montrer ferme, sinon elle n'arriverait jamais à rien avec lui.

Les deux marcheuses sortirent du bourg et s'engagèrent dans le sentier qui, sur la droite de la colline où se dressait le calvaire, conduisait à Pégu. De lourds effluves montaient du sol, odeurs d'humus et de mousse mêlées, senteurs fongiques des sous-bois. Plus haut, les versants dévalaient en longues éminences recouvertes de genêts et de bosquets d'églantiers, que prolongeait parfois le pelage sombre des sapins.

Arrivée à mi-pente, Savine décida de faire une pause à l'ombre d'un vieux fayard à la ramure énorme. Le front en sueur, elle posa à terre son panier puis observa la fillette qui se hissait près d'elle.

— Qu'est-ce qu'il fait chaud ! soupira Bleuette.

Les roulements du tonnerre se rapprochaient. Peu à peu le ciel s'habillait de tonalités grises tandis qu'au loin arrivaient à toute allure des nuages noirs, marbrés d'éclairs.

— Ma petite fille, il va falloir qu'on accélère l'allure si on veut arriver au filon avant l'orage, dit Savine en saisissant son cabas de victuailles.

Elle se redressa.

— Allons, en route, ma mignonne.

La touffeur était à son comble alors que la clarté diminuait à vue d'œil.

— Maman, fit la gamine, on dirait qu'il va bientôt faire nuit.

La petite frissonna.

— J'ai peur ! murmura-t-elle.

— Voyons ! Un peu de cran, mon enfant. Dans un quart d'heure nous serons rendues auprès de ton père. Essayons de marcher plus vite, si tu le peux.

Le plafond du ciel s'était encore affaissé et se tenait, à présent immobile, comme suspendu sur les crêtes des arbres. Les roulements de tambour du tonnerre, bondissant d'un bord à l'autre de la vallée, résonnaient d'une façon sinistre. Un éclair traça une balafre dorée qui se perdit à la corne du bois. Quasi instantanément, le coup de fouet de la foudre arracha un cri à Savine. Des gouttes énormes, comme si elles avaient attendu ce signal, se déversèrent alors en une pluie ininterrompue.

— Courons, ma fille ! Nous ne sommes plus très loin du filon.

Des trombes d'eau s'abattirent sur elles. Puis elles traversèrent une châtaigneraie qui les mit provisoirement à l'abri.

— Ne restons pas sous les arbres, décréta subitement Savine. C'est trop dangereux à cause de la foudre.

Elles repartirent, longèrent une allée de vergnes bordant un méandre du ruisseau de Pégu. La petite haletait, avait peine à suivre la marche accélérée de sa mère qui l'exhortait sans cesse à aller plus vite.

— Courage, Bleuette ! Nous serons bientôt rendues.

— Je ne peux plus respirer, maman !

Savine s'arrêta, serra contre elle sa fille. Délaissant le panier de provisions, elle la souleva, la plaqua contre sa poitrine et reprit sa marche en avant. Comme des poignées de limaille, les gouttes en rafales lui cinglaient la figure. A ses oreilles, de plus en plus fort, grondait le tonnerre.

Soudain, en face d'elles, tout au bout de la sente, parut la haute silhouette de Paul. Il portait une longue houppelande dont le capuchon lui cachait en partie la figure.

— Je savais que je vous trouverais, fit-il en saisissant Bleuette et la recouvrant avec les plis dégoulinants de son manteau. Courons nous mettre à couvert au filon, ça n'est plus qu'à trois portées de fusil.

Il étreignit sa fille et se mit à galoper. Persuadé que Savine suivait sa trace, il ne se retournait pas et allait droit devant. Un éclair et sa détonation immédiate faillirent le projeter à terre. Il s'arc-bouta de toutes ses forces, poursuivit sa course et pénétra en trombe dans le premier cabanon du Filon de l'Ecureuil, où s'étaient déjà acagnardés cinq ouvriers dans l'attente d'une accalmie.

C'est à ce moment-là qu'il prit conscience que sa femme ne l'avait pas suivi.

— Savine ! hurla-t-il en se précipitant dehors.

Le corps de la jeune mère gisait, recroquevillé, à quelques dizaines de mètres de l'abri. La foudre l'avait épargné, lui, Paul Thévenet. Avait été inexorable envers Savine dont le visage noirci était méconnaissable.

— Savine ! proféra-t-il encore en soulevant sa dépouille dans ses bras.

Mais seul un grondement de tonnerre lui fit écho.

Que le monde était mal fait !

Pourquoi ?

Pourquoi Savine était-elle morte, foudroyée, à quelques encablures seulement d'un cabanon où elle aurait pu se protéger de l'orage ?

Pourquoi ? Pourquoi ?

Paul Thévenet ne se remettait pas du décès tragique de sa bien-aimée. Cependant, la vie continuait et il fallait bien qu'il se rendît chaque jour au Filon de l'Ecureuil. Les commandes affluaient, l'améthyste connaissait toujours un bon succès de vente. Eugène, lui aussi très affecté par la disparition de son aînée, s'efforçait de décharger Paul de ses tâches les plus rebutantes. Il n'avait pourtant aucun pouvoir sur l'état de langueur permanente dont le pauvre homme semblait à présent affligé.

A la maison, la petite Bleuette restait prostrée la plupart du temps. Le moindre bruit la faisait sursauter et elle regardait partout autour d'elle, apeurée, telle une bête aux abois. Des cauchemars nocturnes la réveillaient ; elle gémissait, sanglotait et parfois criait. C'étaient de longs feulements, des ululements plutôt. Paul se précipitait auprès d'elle, restait des heures à son chevet sans qu'elle pût réussir à se rendormir pour autant.

Les pleurs de sa sœur finissaient par tirer Ennemond de son sommeil, si bien qu'à son tour il se mettait à vagir et à réclamer sa mère, dont il ne comprenait pas qu'elle ne fût plus là pour s'occuper de lui.

— Il y a trop de souvenirs liés à Savine dans cette maison, confia Paul à Eugène. Pour les enfants, je crois qu'il serait préférable qu'ils changent d'horizon.

— Comment, Paul ? Vous voudriez partir ? Laisser à d'autres l'exploitation de votre chère améthyste ?

— Garçon, il faut parfois savoir faire des choix dans la vie. Je n'ai rien décidé encore. Pour l'heure, je me contente de poser un certain nombre de questions.

— Et vous iriez où ?

— Laisse-moi le temps de réfléchir sereinement, mon cher Eugène.

En dépit de la contrainte que représentait la santé d'Elie, Jasmine avait accepté sans barguigner, en sus de sa nouvelle grossesse, de consacrer une partie de son temps à sa nièce Bleuette et à son neveu Ennemond. C'est la servante Bonnette qui les lui amenait à domicile alors qu'Eugène était déjà parti au filon pour sa journée de travail. Cette charge nouvelle avait au moins l'avantage de lui enlever toutes ces idées noires qui lui trottaient par la tête depuis ces derniers mois.

Quant à Elie, il semblait réellement content de la compagnie de ses cousins. Ennemond, surtout, l'avait entièrement apprivoisé ; il buvait littéralement ses paroles, ne le lâchait pas un instant des yeux. Un rictus humide, qu'on pouvait prendre pour un sourire, se dessinait alors sur ses lèvres lie-de-vin et il se mettait à éructer des sons insolites, tenant à la fois du gloussement de la poule et du piaulis de ses poussins.

Pendant ce temps-là, l'esprit ailleurs, Bleuette restait assise, le regard rivé sur un point qu'elle seule sans doute pouvait voir. Puis elle aidait Jasmine à préparer le repas de midi, écoutait sagement ses leçons de cuisine, épluchait les légumes, allait puiser de l'eau. Ces tâches accomplies, elle s'installait de nouveau sur sa chaise, regardait sans les voir son frère et son cousin qui jouaient ensemble, et retournait à ses pensées.

Vers la fin du mois d'août, un dimanche, Paul Thévenet s'en fut à la maison d'Eugène et de Jasmine. Après les orages de la fin juin et de début juillet, le temps s'était remis au beau. Un soleil ardent épandait sa chaleur sur les champs et les prés.

Tout en marchant, Paul se disait que la vie aurait été bien belle avec Savine à son côté. Ennemond, toujours à courir en tous sens, avait entrepris de gravir quatre à quatre les marches de l'église puis de sauter à pieds joints sur une étroite plateforme, là où mère Françoise, la vieille religieuse, avait aligné des pots de géranium. Bleuette, quant à elle, tenait sagement la main paternelle. Le regard lointain, inexpressif, elle semblait vivre dans son monde, en dehors de la réalité.

Près de la mare, le bec sous une aile, un canard dormait. Ennemond lui lança un caillou qui, sans l'atteindre, le réveilla en sursaut.

— Vilain garçon ! tonna son père. Veux-tu laisser ce pauvre animal tranquille !

La disparition tragique de sa mère n'avait pas assagi le diablotin qui, sauf lorsqu'il était en présence de son cousin Elie, continuait à n'en faire qu'à sa guise et ne ratait pas une occasion de commettre une fredaine.

Paul et ses enfants se présentèrent devant la demeure d'Eugène. Gras comme un boudin, un chat au pelage tigré fila entre leurs jambes et Ennemond, une fois de plus, eut envie de le prendre à la course. Mais le regard appuyé de Paul sembla l'en dissuader, si bien qu'il se tint coi auprès de son père et de sa sœur.

Eugène les attendait sur le seuil de sa maison.

— Soyez les bienvenus chez nous, dit-il, alors qu'Ennemond venait de lui sauter au cou et l'avait enserré de ses petits bras.

Mais Paul avait la mine grave. Eugène crut distinguer deux ou trois nouvelles ridules qui, de part et d'autre des yeux, entaillaient son visage émacié. Les lunettes aux verres grossissants ne faisaient du reste qu'accentuer ces striures et rendaient pathétique son regard un peu perdu.

Paul s'était pourtant mis sur son trente et un en ce dimanche matin. Veston d'alpaga et canotier de paille à ruban gris lui donnaient fière allure.

— J'ai deux grandes nouvelles à vous annoncer, fit-il en enlevant son couvre-chef.

Il prit le temps d'éponger avec son mouchoir la sueur qui perlait à son front, salua Jasmine en lui plaquant deux poutous sonores sur les joues, inspira une grande bolée d'air, se décida enfin.

— Oui, deux grandes nouvelles. La première te concerne directement, mon cher et fidèle Eugène.

Le jeune homme se fit plus attentif.

— J'ai décidé, vois-tu, de te confier dès le mois prochain la responsabilité entière du Filon de l'Ecureuil.

— Mais vous...

— Attends ! Tu seras donc le nouveau patron de l'exploitation, car j'estime que tu as toutes les compétences pour assumer cette nouvelle charge. Quant à moi, deuxième nouvelle, je vais partir.

— Vous allez nous quitter, Paul ?

— Oui, comme je te l'ai déjà dit, trop de souvenirs douloureux me hantent et j'ai besoin de prendre un peu de recul par rapport à tout cela. En outre, Bleuette m'inquiète. Il est temps pour elle de découvrir d'autres cieux.

— Mais qu'allez-vous devenir ? s'inquiéta Eugène.

— Il y a quelque temps déjà que j'y pense. Ce cher Evariste Laplume, avec qui, tu le sais, je suis associé, commence à vouloir prendre du champ par rapport à la Taillerie de Royat. Il sera toujours là, note bien ; mais je me rangerai auprès de lui pour développer toute la branche commerciale et envisager les améliorations à apporter au système. Donc, tu le vois, je pars mais je resterai toujours un peu avec vous par la pensée.

— 'Ton Paul... Plus là...

Chacun se retourna vers Elie qui, vautré par terre, suçait son pouce avec délectation.

— Il parle ! s'écria Jasmine. Mon Dieu ! Grâce à vous, Paul, mon fils vient de dire ses premiers mots !

Le soleil brilla soudain plus fort aux abords de la maison d'Eugène.

27

Royat, décembre 1887

Le jour tardait à venir. Dans les lointains, sur les hauteurs de Pierre-sur-Haute, au pays du Forez, montait une lueur ténue qui effleurait une ligne de crête à la frange éthérée. Plus bas, encore plongée dans le noir, la ville de Clermont laissait deviner des contours trapus d'où s'échappaient, altières, les flèches de la cathédrale.

Il faisait froid. Très froid. Le vent avait couru de bise toute la nuit, acculant les feuilles mortes sur le revers des murets. Au matin, il sifflait encore, comme un vieil animal moribond qui ne s'avoue pas vaincu et pourrait encore mordre.

Peu à peu la ville s'éveillait. Le clair-obscur matinal délimitait la découpe des arbres sur la toile phosphorescente du ciel. Dans un bac, de l'eau s'était figée en pampilles de givre. Le pas des premiers travailleurs sonnait clair sur les pavés un peu glissants. Au firmament s'éteignaient les étoiles, s'éclipsait la Voie lactée ; puis monta un croissant de lune à son dernier quartier.

Paul Thévenet ouvrit ses volets, huma l'air glacial du dehors et, alors qu'une grande bordée s'engouffrait dans la pièce, il frissonna et referma les battants de la fenêtre.

— Vertudieu ! Il fait un temps à ne pas mettre un orteil dehors ! grogna-t-il.

En chemise de nuit, les paupières bouffies de sommeil, apparut Bleuette.

— Bonjour, mon papa, fit-elle en déposant un baiser sur sa joue mal rasée.

A treize ans, elle était devenue une petite bonne femme, blonde comme l'était sa mère et aussi vive qu'un écureuil. Avec les mois, l'état de langueur qui l'avait tourmentée à la suite de la mort de Savine, tuée par la foudre quasiment sous ses yeux, s'était estompé et c'était elle, très souvent, qui tenait le rôle de maîtresse de maison. Il le fallait, du reste, car Paul passait plus de temps à la taillerie que dans son propre foyer. Elle avait pris aussi l'ascendant sur Ennemond. A onze ans, le petit frère ne connaissait toujours pas l'âge de raison, ce qui obligeait à le surveiller comme l'huile sur le feu.

Elle dressa la table du petit déjeuner, disposant trois bols et les couverts, puis, tandis que Paul faisait chauffer le lait dans une casserole, elle remonta à la chambre réveiller Ennemond afin qu'il se préparât pour l'école.

Le gamin arriva en se frottant les yeux, qu'il ne parvenait pas à maintenir ouverts.

— J'ai pas envie d'aller en classe, ronchonna-t-il. Il fait trop froid et le maître est méchant, il me punit tout le temps.

— Il ferait beau voir que tu n'y ailles pas ! gronda Paul.

Il s'enroba de son air le plus sévère. Quelle attitude devait-il adopter vis-à-vis de son fils qui, lui aussi, tout comme sa sœur, souffrait de l'absence de Savine à la maison ? Il était si difficile d'élever des enfants ! Et, quand on était seul pour cela, la tâche paraissait d'autant plus ingrate.

— Tu dois aller à l'école, insista Paul. Tu sais que c'est une obligation pour tous les garçons et toutes les filles de France. Que tu le veuilles ou non, c'est comme cela. Prends exemple sur Bleuette et efforce-toi, comme elle, d'obtenir bientôt ton certificat d'études.

Bleuette sentit le rouge lui monter aux joues sous le compliment paternel. Oui, elle avait réussi en juin dernier cet examen et elle en avait été très honorée. Pour elle, bien sûr ; mais surtout pour son père qui s'en était fait une gloire.

Depuis, elle avait délaissé les bancs de la communale, se contentant de lire quelques-uns des ouvrages de la bibliothèque paternelle quand les travaux à la maison lui en laissaient le loisir. Elle avait ainsi dévoré *Le Petit Chose* et les *Lettres de mon moulin*, d'Alphonse Daudet ; de même qu'elle s'était plongée, sans forcément tout comprendre, dans la poésie quelque peu sulfureuse des *Fleurs du mal*, de Baudelaire. Parfois, lorsqu'elle était seule de préférence, elle s'en récitait de longs passages.

Homme libre, toujours tu chériras la mer !
La mer est ton miroir ; tu contemples ton âme
Dans le déroulement infini de sa lame,
Et ton esprit n'est pas un gouffre moins amer[1].

Elle imaginait alors des étendues océanes. Elle qui n'avait jamais vu la mer et ne la verrait sans doute jamais se prenait à rêver et, tel l'albatros de ce même recueil, elle suivait, *« indolent compagnon de voyage, un navire glissant sur des gouffres amers*[2] *»*.

— Les enfants, je vous quitte. Un énorme travail m'attend à la taillerie. Je vous reverrai ce soir.

Paul se leva, posa son bol en bout de table, enfila un gros manteau de laine et, avant de sortir, s'adressant à son fils :

— Quant à toi, garçon, tâche de bien te tenir à l'école, recommanda-t-il. Et ne te fais pas punir, surtout !

1. « L'Homme et la Mer » (*Les Fleurs du mal*, de Charles Baudelaire).
2. D'après « L'Albatros » (*Les Fleurs du mal*).

L'air était vif et coupait comme du verre. Le jour s'était enfin levé et avait surpris une chouette enjuchée sur une basse branche de frêne. De ses immenses yeux ronds, l'oiseau suivit Paul qui avançait à pas accélérés pour se réchauffer, en laissant dans son sillage d'éphémères nuages de vapeur.

Il entendit bientôt sur sa droite le son clairet de la Tiretaine. Le ruisseau s'était frangé de glace, une fine pellicule qui dessinait comme une frontière jusque sur la terre ferme. Plus bas, il perçut la rumeur caractéristique de la première cascatelle, juste avant qu'elle ne longe le bâtiment de la taillerie.

Tout en longueur, l'ancien moulin devenu atelier de bijoux en pierres fines dressait ses trois niveaux de briques orangées. Le bureau de Paul était situé au premier étage, en plein milieu de la façade, et donnait sur une grande terrasse à baldaquin où il aimait, à la belle saison, après sa journée de travail, venir déguster un verre de verveine du Velay, son péché mignon depuis qu'il avait quitté Piquebourre et confié la gestion du Filon de l'Ecureuil à Eugène.

Un plein soleil se hissait au loin sur les crêtes du Forez, répandant des lueurs mauves dans le ciel. Paul pénétra dans la cour de l'usine, salua un groupe d'ouvriers qui fumaient une cigarette avant de prendre leur poste et poussa le battant d'une lourde porte donnant accès aux locaux administratifs.

— Le bonjour à vous, Suzanne, fit-il à une dame entre deux âges, qui rangeait des dossiers dans des casiers.

— Bonjour, monsieur Thévenet.

C'était une femme un peu boulotte, portant son embonpoint ainsi qu'une nourrice, et dont les joues rose dragée semblaient pouvoir virer facilement à l'incarnat à la moindre émotion. Une tête de grosse mésange, sans cesse en mouvement, comme si tout repos lui eût été interdit.

Sur sa robe noire d'une austérité monacale pendait, à une chaîne dorée, une minuscule médaille de la Vierge Marie dont elle s'assurait, à intervalles réguliers, qu'elle y était toujours accrochée.

— Vous êtes bien matinale aujourd'hui, ma chère Suzanne.

L'employée rosit légèrement, la peau de son visage apparut veloutée comme une pêche de vigne.

— C'est qu'il y a tant à faire, monsieur Thévenet, répondit-elle en affrontant le regard de son patron. Je vous rappelle que nous devons assurer ce jour trois expéditions de bijoux pour Londres et une pour Anvers.

— Oui, c'est vrai, ce sont des commandes d'importance. Et surtout, c'est le renom de notre maison qui est en jeu.

Depuis tous ces mois qu'il avait pris son poste, Paul n'avait pas vu le temps passer. Diminué par une attaque cérébrale qui l'avait foudroyé au retour d'une de ses tournées commerciales, Evariste Laplume lui avait laissé la mainmise sur l'entreprise et c'est tout juste si l'ancien gérant revenait à l'occasion, arc-bouté sur ses béquilles, pour saluer les personnels qu'il avait parfois beaucoup de mal à rcconnaître.

« Pauvre monsieur Laplume ! se lamentait René Batifaud, surnommé "le Néné". Quel malheur de voir cette déchéance ! Lui qui était si fier de sa taillerie ! »

Le géant blond avait toute la confiance de Paul Thévenet. Celui-ci en avait d'ailleurs fait son collaborateur direct, et la responsabilité de tous les envois un peu lointains, comme ceux de ce jour pour l'Angleterre et la Belgique, lui incombait entièrement.

Il était de notoriété publique que Suzanne et le Néné filaient le parfait amour. Tout le monde ici le savait ; nul n'en parlait. Ils avaient bien le droit, du reste, l'un comme l'autre étaient célibataires et ils organisaient leur vie ainsi qu'ils l'entendaient.

— René Batifaud doit-il bientôt venir vérifier les bons de commande ? s'inquiéta Paul en feuilletant une liasse de papiers où étaient inscrits à l'encre violette des tarifs à l'unité et les quantités à expédier.

Suzanne baissa les yeux et s'empourpra comme une braise.

— D'après ce que je sais, il montera vous voir avant dix heures, lorsque les dernières broches seront serties, fit-elle en tripotant nerveusement sa médaille miraculeuse.

— Donc, il ne tardera guère, s'assura Paul après avoir consulté sa montre de gousset.

De fait, le Néné se présenta dans la pièce alors que sonnait le dernier coup de dix heures à la petite pendule du couloir. Il eut un regard en coin du côté de Suzanne qui, assise, ne détourna pas la tête et resta plongée dans la lecture de ses documents.

— Sommes-nous prêts pour les envois, mon cher René ? s'enquit Paul après qu'il eut ôté ses lunettes et se fut frotté les yeux.

— Nous le sommes, monsieur Thévenet.

— Très bien. Mais cette fois, il ne s'agira pas de manquer les marchés comme nous avons manqué voilà peu celui de Munich.

— Si je puis me permettre, monsieur, Munich est en Bavière. Et la Bavière, c'est l'Allemagne. Vous connaissez comme moi les relations tendues qui existent entre nos deux pays, et je...

— Je sais tout cela, mon bon René. Il n'empêche que nous devons nous montrer plus vigilants encore pour les marchés à venir.

Paul replaça ses lunettes sur son nez. Ses yeux d'un bleu d'aigue-marine, grossis par les verres épais, parurent encore plus pénétrants. Il se leva, tira sur les pans de son veston, rajusta son gilet et mit en branle sa longue carcasse, sèche comme un fruit en hiver.

— René, vous allez m'accompagner dans les ateliers. J'ai besoin de voir au plus près comment travaillent nos gens.

Se tournant vers Suzanne :

— A tout à l'heure, lui dit-il. Préparez-moi les factures pour mon retour.

Suivi du Néné, il sortit et ne put s'empêcher de sourire en apercevant le petit signe de la main que son collaborateur et Suzanne s'adressèrent en douce.

Myope, mais pas aveugle !

28

Une tribu de fourmis empressées à leurs œufs...

Dès la première salle, Paul Thévenet éprouva cette étrange sensation de pénétrer dans un antre où frénésie rimait avec application. Il connaissait pourtant bien les lieux et savait le rôle imparti à chacune et à chacun de ses employés. Mais cette impression de fourmilière – ou de ruche bourdonnante – le surprenait toujours. Il s'en ouvrit à René Batifaud.

— Quelle animation là-dedans ! cria-t-il pour se faire entendre. On se croirait dans un capharnaüm.

Mais le Néné ignorait la signification du mot.

— Oh non, monsieur Thévenet ! C'est simplement l'atelier de polissage et nos gens sont occupés à œuvrer le plus vite possible pour la livraison d'aujourd'hui.

— Je sais tout cela, mon ami. Aussi leur suis-je reconnaissant de travailler avec autant de zèle.

Paul s'approcha d'un ouvrier couché sur le ventre, les jambes semi-allongées et les genoux reposant sur le sol. Face à lui, légèrement plus basse que sa tête, une grosse meule, arrosée en permanence d'un filet d'eau, laissait entendre une sorte de grognement qui, à chaque tour, s'interrompait d'un couic grinçant. L'homme avait retroussé jusqu'aux coudes les manches de sa chemise et serrait dans ses mains épaisses comme des souches un bloc d'améthyste prisonnier de sa gaine sombre. Son corps entier était secoué de soubresauts dus au frottement de la roche sur la masse circulaire en mouvement.

— Alors, Séraphin ? Pas trop dur, ce matin ? fit le Néné Batifaud pour dire quelque chose.

L'autre ne prit même pas la peine de tourner vers lui sa figure aux joues pleines, violacées de barbe drue.

— Mon pauvre Néné, dit-il, c'est comme ça tous les jours. Il n'y a pas que ce matin que c'est dur, et tu le sais bien.

D'autres compagnons, dans une posture identique, s'activaient de même. Derrière eux, au four et au moulin, des arpètes réceptionnaient les pierres polies et les acheminaient dans un caisson à destination de la chaîne de fabrication suivante.

— Poursuivons notre tournée, se détermina soudain Paul Thévenet, qui donna l'ordre d'aller voir dans un autre atelier où en étaient les conditions de travail.

René Batifaud déploya sa haute carcasse pour précéder son patron dans un local éclairé par de grandes verrières. Alignées en rang d'oignons, tout un groupe de femmes, têtes penchées sur l'ouvrage, très attentives à ce qu'elles avaient à faire, s'activaient derrière des établis. Pas une ne braqua son regard du côté des deux arrivants. Elles étaient dans leur monde et Paul admira leur extraordinaire capacité de concentration.

Il savait que là était l'un des postes les plus ingrats de la taillerie, c'est-à-dire l'endroit où s'effectuaient le perçage et le polissage des améthystes, des rubis, des saphirs et autres émeraudes. Une atmosphère de quasi-recueillement y régnait. A l'opposé, en tout cas, de l'agitation du premier atelier.

— Ceux qui prétendent que les dames sont plus bavardes que les hommes feraient bien de venir par ici, observa Paul sans trop oser élever la voix.

— Oui, vous avez raison, approuva le Néné. Elles sont muettes comme des carpes.

Il voulut en rire.

— Elles se rattrapent peut-être à la maison, notez bien !

— René, voyons !

Paul eut envie de lui demander si tel était le cas de Suzanne, mais il se contint devant les rougeurs subites qui apparurent sur la figure poupine du grand blond.

— Ne les dérangeons pas davantage, fit Paul, toujours à voix feutrée.

Les deux hommes s'esquivèrent par une porte latérale. Un couloir étroit les conduisit dans une autre salle où des femmes étaient assises derrière des tables à compartiments. A l'arrière-plan, cinq ouvriers s'affairaient avec ardeur face à des appareils dont on pouvait apercevoir tout un système de roulements qui avait mis en branle des courroies de cuir montées sur poulies.

— Vous pensez avoir fini avant midi ? leur demanda René Batifaud, apparemment inquiet.

— Te tracasse donc pas comme ça, Néné, fit l'un d'eux. Est-ce qu'on t'a déjà rendu du travail en retard ? Fais-nous un peu confiance !

— C'est que ça presse, les amis ! La commande doit impérativement partir aujourd'hui.

— On le sait bien, pauvre ! Si on t'a dit midi, eh ben, c'est que ça s'ra midi. Il n'est pas encore onze heures, que diable ! Laisse-nous le temps de fignoler l'ouvrage et continue ta ronde avec monsieur Paul.

L'homme qui venait d'apostropher ainsi le bras droit du patron était de stature aussi imposante que lui. Des biceps de bûcheron, des épaules de lutteur de foire et un cou de taureau forçaient le respect. Bien téméraire eût été celui qui s'y serait frotté.

— Ne t'énerve pas, Anatole, voulut l'apaiser René Batifaud. Sûr qu'on connaît votre vaillance à tous, monsieur Thévenet et moi. Mais comprends qu'on veuille aussi s'assurer que tout fonctionne pour le mieux et qu'il n'y a pas d'ennui de dernière minute.

— Viens pas nous porter la poisse ! On t'a dit que tout allait bien, nom de gu ! Tu as la comprenote difficile à ce qu'on dirait !

Le contremaître courba l'échine.

— Allons voir la suite des opérations, décida Paul tout soudain, afin de ne pas accentuer le malaise qu'il avait perçu dans cet atelier où, visiblement, le gars Anatole, à cause de sa carrure et de ses réparties, faisait la pluie et aussi le beau temps.

Les deux hommes sortirent et avancèrent de quelques pas dans un autre corridor qui les mena à un local où des ouvriers des deux sexes œuvraient à des tables basses avec une foultitude d'instruments étalés devant eux.

— Voici enfin l'atelier de montage et de bijouterie, soupira René Batifaud. Peut-être qu'ici nous serons moins mal accueillis.

Les lapidaires, ainsi qu'on les appelait, étaient entièrement absorbés par leurs travaux de précision, et c'est tout juste s'ils levèrent la tête lors de l'entrée dans la salle de Paul et de René. Le premier vouait une admiration sans bornes à cette corporation dont il considérait les membres comme de véritables artistes, capables de donner vie à la pierre en sachant la marier au métal qui la sertissait.

Il s'approcha d'une des tables. Une femme blonde d'une trentaine d'années, une échoppe[1] serrée dans la main droite, ajustait un lapis-lazuli au bleu d'azur accordé à ses yeux. Un temps, Paul en fut troublé avant de se remémorer le regard d'émeraude de sa chère et douce Savine qu'il regrettait tant.

— Ce bijou sera bien beau, fit-il en plissant les paupières pour accoutumer sa vision à l'objet minuscule.

— Merci, monsieur. C'est vrai que la pierre est superbe, répondit la dame, dont le sourire découvrit une dentition impeccable sous le carmin naturel des lèvres.

Paul se ressaisit et se dirigea vers un autre poste de travail où il s'attarda. Une employée, l'œil rivé à une loupe,

1. Burin des ciseleurs, graveurs, orfèvres, joailliers.

examinait une tourmaline rose qu'elle tournait et retournait dans tous les sens.

— Borosilicate d'aluminium, s'exclama-t-il avant de se rendre compte qu'il avait parlé tout haut et fait étalage de son érudition en la matière.

Parfois, c'était plus fort que lui, Paul se sentait propulsé par une sorte de force extérieure qu'il ne pouvait maîtriser. Cela devait le faire passer pour un pédant de la pire espèce.

— Veuillez m'excuser, murmura-t-il à la femme qui avait dû penser qu'il s'exprimait en latin – en une langue en tout cas totalement méconnue d'elle-même.

A l'arrière-plan de l'atelier, dans des vitrines fermant à clé, s'alignaient des casiers de pierres fines sur le devant desquels on pouvait lire : *Aventurine des Indes*, *Malachite de Russie*, *Kunzite*, *Béryl rose*, *Béryl vert*, *Quartz rose du Brésil*, *Lapis-lazuli d'Afghanistan*. A l'écart, occupant une devanture entière, étaient exposés les spécimens d'améthyste de Piquebourre, issus du Filon de l'Ecureuil.

Durant quelques secondes, Paul contempla les échantillons qui se trouvaient là. Son esprit s'évada et se reporta une quinzaine d'années en arrière, à l'époque où il n'était encore qu'un modeste maître d'école dans cette petite commune de la montagne livradoise. Le gamin Eugène, en ce mois d'octobre 1872, avait découvert par hasard une veine d'améthyste. C'est grâce à lui que l'exploitation avait pu voir le jour. Il repensa aussi à Savine. Elle avait été sa femme bien-aimée. Sans elle, aurait-il pu mener à bien ses projets ? Si elle n'était pas morte, foudroyée sous l'orage, ne serait-il pas demeuré là-haut, au gisement, alors qu'il lui fallait aujourd'hui gérer l'administration de la Taillerie de Royat, tâche tellement moins exaltante ?

Paul soupira. A ses côtés, René Batifaud avait engagé la conversation avec un ouvrier.

— Non, mon grand Néné, disait celui-ci. Tu ne peux pas nous demander d'augmenter les cadences. Si tu veux que nous produisions plus, alors il va falloir embaucher des personnels supplémentaires.

Mais la discussion s'interrompit quand Paul s'approcha d'eux. Il était le patron et, à ce titre, en imposait. Même si, la plupart du temps, il se montrait plutôt bienveillant et prêtait une oreille attentive aux revendications des uns et des autres. On lui reprochait cependant, mais sans le lui dire vraiment, de ne pas connaître suffisamment ses employés et de trop rester dans la tour d'ivoire de son bureau. Raison pour laquelle il avait décidé ce matin de circuler dans les ateliers afin de descendre de son piédestal.

— Embaucher d'autres personnels ? fit-il à l'adresse de l'ouvrier. Et pourquoi pas, après tout ? Il faudra que j'en parle à Evariste.

Il réfléchit un instant.

— Oui, finalement, enchaîna-t-il, ce pourrait être une solution dès lors que notre production s'est ouverte à certains produits européens. Il faudrait étudier le coût de l'opération. Mais je vous promets d'y penser sérieusement.

Il était huit heures passées lorsque Paul ferma à clé son bureau. Sa journée avait été bien remplie. Comme toujours, d'ailleurs. Très souvent il déplorait de ne plus pouvoir, faute de temps, s'adonner à sa passion de la minéralogie. Mais, n'est-ce pas, l'on ne pouvait courir deux lièvres à la fois.

Il s'engouffra par la porte de sortie, salua le gardien de nuit, se retrouva dehors. Le froid lui parut moins vif que ce matin. Des flocons, légers comme de la gaze, voltigeaient à la lueur des réverbères.

— Demain, ce sera blanc, pensa-t-il tout haut.

Il longea un instant la Tiretaine dont il entendait les remous sur sa gauche, puis il obliqua à droite, arpenta une rue tout en longueur avant de tourner de nouveau et de se retrouver au portail de son domicile. La neige tombait plus serrée quand il pénétra chez lui.

Bleuette avait dressé la table et préparait le repas. Ce soir, ce serait bouillon de légumes et omelette aux lardons. Quant à Ennemond, la tête renfrognée des mauvais jours, il attendait son père afin que celui-ci, à la demande du maître d'école, signât un papier l'informant que son fils, de plus en plus indiscipliné, avait vidé le contenu d'un encrier dans la poche d'un de ses camarades.

— Bonsoir, les enfants, clama Paul en accrochant son manteau de laine à la patère du vestibule.

Seule Bleuette lui répondit, à qui il déposa un baiser sur le front.

— Et toi, Ennemond, tu ne me dis rien ?

Le gamin, cabochard, gardait les yeux rivés sur son assiette vide près de laquelle il avait posé le fameux document que devrait orner la signature paternelle, obligatoire le lendemain avant qu'il se présentât en classe.

— J'ai été puni par le maître, ronchonna le garçon sans oser lever les yeux vers son père.

— Qu'as-tu donc fait encore pour mériter cette sanction ?

Ennemond tendit la feuille à Paul.

— C'est écrit là-dessus. Les autres, ils sont aussi polissons que moi, mais c'est toujours moi qui prends tout.

— Ça suffit ! Arrête de jouer les martyrs. Tu me fais honte avec toutes tes âneries. Si ta pauvre mère te voyait, elle...

Brusquement, la figure du gosse sembla vouloir exploser. Ses joues gonflèrent, devinrent rouges comme cerises, deux grosses larmes grossirent au coin des paupières et il se mit à pleurer.

— Maman ! vagit-il. Maman ! Ma maman ! Je veux ma maman !

Alors tous trois, le père et ses enfants, sans aucune retenue, laissèrent s'épancher leur chagrin. Dieu ! Que Savine eût été utile à la maison en cette circonstance !

Dans son lit trop grand pour lui tout seul, Paul était à l'écoute des bruits de la nuit. La bise poussait des mugissements d'animal en colère et propulsait des paquets de neige contre les volets clos de la chambre. Son haleine glaciale sonnait comme autant de coups de faux sur la maison. Entre deux bourrasques, il pouvait entendre le ploc régulier d'une gouttière tombant d'un chéneau dans un bassin. Puis reprenait bien vite le sanglot du vent aigre, que scandèrent soudain les gifles d'une porte mal cadenassée contre un mur.

Les enfants avaient fini par s'endormir. Cela n'était pas allé sans mal. Ennemond, surtout, avait paru inconsolable. Paul lui avait fait promettre de se montrer sage à l'école désormais car sa maman, là où elle était, devait être triste de le voir accumuler les bêtises et les punitions. Cet argument sembla avoir de l'effet sur le gamin qui, bientôt, s'assoupit. Ce fut très long également pour Bleuette. La grande sœur ne pouvait tarir ce flot de larmes qui était en elle et qu'elle déversait sans un cri sur son oreiller.

Les douze coups de minuit, portés par la bise, retentirent au clocher de l'église Saint-Léger. Les yeux grands ouverts, Paul se disait que le sommeil, pour lui, ne viendrait décidément pas. Comme Savine lui manquait ! Que son absence était dure à supporter ! Et combien ses enfants pâtissaient de cette épreuve !

Ses enfants...

Bien sûr, une mère était irremplaçable et Savine ne serait jamais remplacée dans leurs cœurs. Il n'empêche, une présence féminine à la maison ne comblerait-elle pas en partie ce vide immense ?

Paul finit par fermer les yeux. Lui apparurent alors la toison blonde, le regard lazulite, les belles dents blanches et les lèvres couleur groseille de la dame qui œuvrait à l'atelier des lapidaires.

Il se tourna une autre fois sur sa couche.

Le sommeil n'était toujours pas au rendez-vous.

29

Piquebourre, mars 1888

C'était dimanche. Eugène et Jasmine avaient décidé de fêter l'anniversaire de leur fils Antoine. Deux ans. Oui, le garçon avait déjà deux ans. Comme le temps avait passé vite !

Insidieusement, presque en rampant, le printemps tout neuf achevait de rogner l'hiver. Dans les champs, les labours avaient commencé, les paysans semaient les pommes de terre au creux des sillons tracés par le soc des charrues. La nature entière pétillait lorsque le soleil, enfin généreux, séchait la rosée matinale de sa main chaude. Tendres et fragiles comme des hosties, les premières feuilles se déployaient. Grossies par la fonte des neiges, les eaux dégringolaient des hauteurs et, tel le ruisseau de Pégu, débordaient de leur lit. Sur la place du village, le vieux bac de pierre laissait entendre la chanson continue de sa goulotte. Il fallait alors ouvrir en grand les fenêtres, aérer les intérieurs des maisons. Respirer !

Eugène s'était levé de bonne heure. Paul lui avait promis d'arriver à Piquebourre en milieu de matinée. Selon ses dires, Bleuette et Ennemond étaient ravis de revenir au village où ils avaient passé leurs premières années. En retour, le petit Elie bavait de contentement à l'idée de retrouver ses cousins.

Elie...

Il avait cinq ans à présent. Il exprimait des mots confus. Ceux-ci avaient peine à sortir de sa bouche humide qu'un vilain rictus entrouvrait en permanence. A l'arrivée dans la famille de son frère Antoine, ses yeux glauques s'étaient soudain mis à briller comme des vers luisants durant les nuits d'été. Penché sur le berceau, il pouvait rester des heures à contempler le nourrisson qui, de son côté, lui prodiguait des risettes à n'en plus finir.

« Toineu... 'tit frère Toineu... »

Il répétait à l'envi ces deux syllabes et sautait de joie quand Antoine laissait fuser un son de gorge ou un éclat de rire.

Tout à ces pensées, Eugène buvait un bol de lait dans lequel il trempait une tartine beurrée lorsque Jasmine sortit à son tour de la chambre. Elle était en chemise de nuit, ses petits seins se devinaient sous le tissu et laissèrent pointer leurs tétons tandis qu'elle se penchait pour embrasser son mari. Celui-ci se sentit rempli d'une ardeur soudaine et la plaqua contre lui.

— Voyons, tu n'y songes pas ! gloussa-t-elle. Nous avons tellement à faire aujourd'hui !

Un peu désappointé, il desserra son étreinte. Mais déjà Bonnette présentait sa face ingrate dans l'entrebâillement de la porte. Au départ de Paul Thévenet, qu'elle avait continué de servir après le décès de Savine, le couple l'avait engagée. Solide comme un roc, dure au mal, elle s'acquittait de ses différentes tâches avec ardeur et célérité et s'occupait à merveille d'Elie depuis que, à la venue d'Antoine, Jasmine avait dû consacrer moins de temps à son fils aîné.

— Bonjour tout le monde ! fit la servante, qui finissait de regrouper ses cheveux filasse sous le gros fichu de chanvre filé qui lui était une seconde peau.

Elle arborait cet air hommasse qui faisait qu'on était obligé de la regarder à deux fois avant de s'apercevoir qu'elle appartenait à la gent féminine. Quelques poils drus qui lui poussaient en virgule au menton laissaient aussi planer le doute sur son appartenance au sexe dit « faible ». Avec cela, douce comme un agneau envers les enfants. Plus particulièrement à l'égard du petit Elie qu'elle avait pris sous sa coupe et qui, à sa manière, lui rendait toute son affection.

— Il y aura de l'ouvrage aujourd'hui, ma chère Bonnette, voulut la prévenir d'emblée Jasmine.

— Pardi, comme si je ne le savais point ! Mais aussi, c'est pas tous les jours qu'on fête l'anniversaire de ce chérubin. Alors, n'est-ce pas, va falloir tout préparer pour le petit prince Antoine. Mais, pour sûr, je suis prête. Ça, vous pouvez me faire confiance.

C'est tout juste si Bonnette ne cracha pas dans ses paumes, calleuses comme mains de scieur de long, afin de montrer qu'elle était parée, dès cet instant, pour toute besogne qu'on voudrait bien lui confier.

Paul Thévenet et ses enfants étaient partis dès potron-jacquet. Les paupières empescaillées de sommeil, Ennemond avait grimpé sur la carriole où, quasi instantanément, il s'était rendormi, la tête posée au creux de l'épaule de sa sœur Bleuette.

Mort de vieillesse, l'alezan pommelé d'Evariste Laplume avait été remplacé par une jument baie qui avait l'avantage d'être très vigoureuse et, surtout, infatigable sur les longues distances. A neuf heures, l'équipage avait dépassé la ville d'Issoire. A onze heures, les premières maisons de Piquebourre se profilaient sous un ciel clair et un soleil vaillant.

Bleuette ouvrait de grands yeux en reconnaissant les paysages qui avaient bercé sa petite enfance. Quant à Ennemond, qui s'était réveillé, il ne se lassait pas d'admirer les muscles puissants et le poil brillant de la jument en train d'accomplir un ultime effort dans la rampe d'accès, avant la demeure d'Eugène.

Particulièrement ému lui aussi, Paul Thévenet se souvenait des plus belles années de sa vie, passées ici à Piquebourre. Au passage devant l'école, il tira sur les rênes, arrêta la jument. Le bâtiment était bien toujours le même, rien ne semblait avoir changé. Peut-être les deux tilleuls de la cour avaient-ils pris plus d'ampleur ; un épicéa avait été planté tout près du bac à sable. A part cela, tout le reste était conforme à l'image qu'il avait conservée dans sa mémoire.

Il se surprit à sourire en se remémorant ce jour d'octobre d'il y avait quinze ans passés, quand Eugène, après une matinée entière d'école buissonnière, s'était présenté au portail en brandissant d'une main la vipère qu'il venait de tuer et tenant de l'autre une pierre d'améthyste. C'est à partir de cet épisode que tout avait commencé et que son existence s'était engagée dans une autre direction. Un cap qu'il avait maintenu d'un poignet ferme et qui l'avait conduit là où il était aujourd'hui.

— P'pa ! Regarde la vieille dame qui traverse la rue. On dirait une sorcière.

La sorcière en question était mère Françoise, la religieuse qui, la messe dominicale achevée et l'église remise en ordre comme il se devait, regagnait ses pénates dans le petit cagibi qui lui servait de résidence.

— Ennemond ! clama Bleuette. Veux-tu bien te taire ! Si mère Françoise t'entendait ! Elle n'est pas une créature du diable mais une servante du bon Dieu.

Un peu plus loin, sortant de l'auberge d'Arsène Gouttepiffre, apparut la silhouette quelque peu titubante de Prosper Leroux. L'instituteur portait son éternelle vareuse de ratine à la couleur indéfinissable. Il franchit, tête baissée, le portail de l'école, traversa la cour, eut du mal à introduire la clé dans le trou de serrure, finit par y parvenir, puis poussa la porte, derrière laquelle il disparut.

« Quelle tristesse de voir cela ! Ce pauvre Prosper lutte à sa façon contre la solitude, mais quel désastre pour lui ! » songea Paul.

Celui-ci fit claquer son fouet, et la jument repartit pour un dernier coup de collier avant de rejoindre la maison d'Eugène. Debout près de sa sœur qui le serrait à la taille pour qu'il ne chutât point, Ennemond jouait le fanfaron. Fier comme un paon, il toisait la valetaille qui avançait pedibus dans la rue de Piquebourre en jetant des regards envieux à l'équipage.

« C'est monsieur Thévenet qui est revenu ! » entendait-on.

Ou bien encore :

« Ses enfants ont bien grandi. Mon Dieu ! Comme ils sont beaux ! La petite, c'est le portrait tout craché de sa mère, cette pauvre Savine. »

« Et le garçon, il a l'air si vaillant. »

Mais l'on arriva enfin devant chez Eugène et Jasmine.

Le petit Elie faisait le guet dans la courette. En apercevant l'équipage, le gamin poussa des gloussements haut perchés.

— 'Ton Paul ! Rev'nu, 'ton Paul !

En claudiquant, aussi vite qu'il le pouvait, il alla au-devant de la carriole et, inconscient du danger, se planta carrément devant la jument. Paul, tirant sur les rênes, eut bien du mal à arrêter la bête dans son élan.

— Que tu m'as fait peur, mon enfant !

Le conducteur sauta à terre et souleva le garçon dans ses bras. Témoin de la scène, Eugène se précipita à son tour vers son fils. Blanc comme un linge, il parvint difficilement à articuler :

— Sabre de bois, Paul ! Si vous n'aviez pas eu le bon réflexe, ce pauvre Elie allait être piétiné par votre canasson.

— Grâce à Dieu, nous avons pu nous immobiliser à temps. Mais il s'en est failli de peu !

Les deux hommes se serrèrent la main tandis qu'Elie, bavant de contentement d'avoir retrouvé ses cousins, s'était immiscé entre eux et les dévorait du regard à tour de rôle.

— Que ce pauvre petit nous cause du souci, se plaignit Eugène. Il faut sans cesse être à le surveiller. Heureusement que Bonnette a l'œil. Sans cela, allez donc savoir ce qu'il serait capable de faire. Mais je vais cesser là mes jérémiades. Ne pensons plus qu'à la fête de ce jour.

L'on se dirigea vers la maison d'habitation. La table, recouverte d'une nappe juponnée, était dressée dans le centre de la pièce. A chaque extrémité, deux chandeliers en argent épandaient des lueurs douces sur les verres en cristal et les assiettes en porcelaine de Limoges.

— Comme vous êtes bien installés à présent, remarqua Paul en embrassant Jasmine sur les deux joues.

La jeune femme rosit de plaisir sous le compliment.

— Oui, et tout cela grâce à vous, Paul. Nous ne l'oublierons jamais, soyez-en sûr.

— Allons, allons, ne dis donc pas ces choses. Si j'ai confié la responsabilité du Filon de l'Ecureuil à Eugène, c'est que j'étais sûr qu'il s'en montrerait digne. Mon ancien élève de l'école de Piquebourre ne pouvait pas me décevoir. N'est-ce pas, Eugène ?

Au repas, Paul eut droit à la place d'honneur, en bout de table. Jasmine à sa gauche, Eugène à sa droite, il admira le bon goût dont avait fait preuve sa jeune belle-sœur pour ce qui était de la décoration intérieure de la salle à manger. Les rideaux damassés, retenus par des embrasses dorées, apportaient une note chaleureuse à la pièce, où des reproductions de tableaux de maîtres, appendues sur les murs, conféraient un caractère distingué. Un seul meuble dans la pièce : c'était une commode basse en bois de noyer, surmontée d'une plaque de marbre pie sur laquelle la maîtresse de maison avait disposé dans un vase un bouquet de jonquilles au jaune éclatant.

— On se sent bien chez vous, dit soudain Paul Thévenet. C'est un bonheur d'être là. Comme Savine eût été heureuse de se trouver avec nous en ce jour d'anniversaire !

Il sentit une onde de tristesse l'envahir, contre laquelle il voulut lutter.

— Allons, fit-il, le passé est le passé. Regardons plutôt vers l'avenir. Raconte-moi, mon cher Eugène, comment se déroulent tes journées au filon.

Au cours du repas, la conversation porta sur les quantités d'améthyste qu'on extrayait chaque jour. Eugène expliqua qu'il avait fait ouvrir une veine annexe, perpendiculaire à l'axe principal, et qui descendait du côté du ruisseau de Pégu. Certes, l'on ne trouverait plus des géodes énormes comme celles découvertes au tout début de l'exploitation. Mais les réserves semblaient importantes encore et l'on pouvait nourrir un optimisme de bon aloi.

— Et ta santé, mon cher Eugène ? Comment va ta santé ?

— Ça va.

— Tes migraines te font-elles toujours des misères ?

— Cela dépend des jours. Il y a les jours avec et il y a les jours sans. J'ai appris que dans la vie il faut savoir composer avec ses propres souffrances, qu'elles soient morales ou physiques.

Paul appuya son regard sur Eugène. Qu'il semblait loin, le petit élève de l'école de Piquebourre, celui que tout le monde appelait « la Fouine » et qui ne se trouvait heureux que dans la nature, à traquer les vipères et autres sauvagines ! L'existence – et en particulier ses responsabilités de père d'enfant handicapé – lui avait appris que rien n'était simple, que tout devait se bâtir, jour après jour, patiemment. Mais que tout pouvait être détruit aussi en moins d'une seconde.

— Je vous apporte le fromage.

De sa démarche de soldat de la Garde impériale, Bonnette pénétra dans la salle et déposa sur la table un plateau où se côtoyaient une fourme d'Ambert, un saint-nectaire et deux ou trois chèvretons.

Au moment du dessert – la traditionnelle pompe aux pommes qu'on avait mise à cuire dans le four communal situé dans un angle de la grande place du village –, Paul se tourna vers sa fille.

— Bleuette, ma grande, va me chercher ma besace, qui est pendue dans l'entrée.

Il ajouta, dans un large sourire :

— Car le moment est venu de distribuer les cadeaux, n'est-il pas vrai ?

A Jasmine fut offert un miroir avec incrustations d'améthyste ; Eugène eut droit à une liqueur à la gentiane d'Auvergne ; le petit Antoine, dont c'était l'anniversaire, se trouva doté d'un ours en peluche.

— Et moi, 'ton Paul ? Et moi ? hoquetait Elie, vautré sur la table.

— Voilà pour toi, mon garçon, dit Paul qui sortit de son sac une locomotive en bois, qu'il lui tendit.

— Tchouk ! Tchouk ! fit le gamin en laissant fuser un jet de salive.

— Paul, vous nous avez trop gâtés ! intervint Jasmine.

— Sache, ma mie, qu'on ne gâte jamais trop les êtres qu'on aime.

Il fouilla encore dans sa besace.

— Il me semble que nous avons oublié quelqu'un... Bonnette, viens par ici, s'il te plaît. Voilà pour la gourmande que je crois savoir que tu es.

Interloquée, la servante s'approcha. C'était bien la première fois de sa vie que quelqu'un lui offrait un présent.

— Oh, ben ça alors ! Oh, ben ça alors ! ne faisait-elle que répéter en contemplant la belle bonbonnière blanche dont le couvercle était adorné d'une fine pierre d'améthyste.

— Tu n'auras plus qu'à la remplir de bonbons, ironisa Eugène. Mais pour ça, on peut te faire confiance !

Le lendemain matin, Eugène vint aider Paul pour les préparatifs du départ. La belle jument baie encensait, comme si elle avait voulu montrer son empressement à se dégourdir les pattes au plus tôt et libérer son énergie. Les poils noirs de sa crinière luisaient sous le soleil levant, on aurait pu croire qu'elle avait été lustrée tout exprès.

Après avoir fixé la sous-ventrière puis le collier du harnais, Paul fit une pause et balaya de son regard de myope les lieux qui lui avaient été si familiers pendant tant d'années. Tout près, des taillis arboraient les verdoisons plus claires d'un nouveau printemps. Un rouge-gorge se posa sur une branche ; des gouttes de rosée en suspension churent sur le sol en reflets argentés. Dans un bouleau, une colonie de mésanges se mit à zinzinuler plus fort, poussant de petits cris enjoués et légers.

— La nature est bien belle, fit Paul. Cela donnerait presque l'envie de chanter.

Eugène sourit.

— Je vois, monsieur mon ancien maître, qu'après les épreuves la vie a repris le dessus, et c'est tant mieux pour vous.

— Que veux-tu que je te dise, mon ami ? La terre continue de tourner et elle continuera quand nous ne serons plus là. Je n'ai pas oublié ma chère Savine, bien sûr, mais je voudrais...

Paul hésita un instant. Il desserra le mors dans la bouche de la jument et relâcha la bride de la muserolle.

— Oui, je... Enfin, voilà... Bleuette et Ennemond ressentent cruellement l'absence de leur maman. Cette gentille Bleuette fait bien tout ce qu'elle peut pour tenir la maison. Mais elle n'est qu'une enfant et je...

Il soupira.

— Bon, je vais te dire directement la chose : j'ai rencontré quelqu'un. Une femme sérieuse et travailleuse. J'ai pu m'en rendre compte à la taillerie où elle est employée comme lapidaire. Elle est blonde comme Savine et elle est seule dans la vie. Enfin, voilà... Je... Comment te dire ? Qu'en penses-tu, mon bon Eugène ?

— Les enfants sont-ils d'accord, Paul ? s'enquit celui-ci d'un air grave.

— Pour le moment ils ne la connaissent pas. Je voulais t'en parler auparavant, te demander ton avis. Savoir si cela ne t'offusquait pas.

— Elle s'appelle comment ?

— Son prénom est Rose. Je suis sûr que Bleuette et Ennemond l'adoreront.

— Cela me paraît indispensable, en effet.

Un pli barra le front d'Eugène. Il souleva les brancards de la carriole et commença de les introduire dans leur bracelet, à hauteur du garrot de la jument.

Il se retourna soudain.

— Paul, promettez-moi de leur demander leur avis avant de vous engager. C'est trop important pour eux, comprenez-vous ?

Dans le ciel devenu gris, des nuages s'amoncelèrent. Il était temps de prendre la route. De retourner à Royat. De retrouver la taillerie et la routine des tâches quotidiennes.

Une ride nouvelle se dessina aussi sur le front de Paul Thévenet.

— Je te le promets, dit-il, en réponse à l'interrogation d'Eugène.

30

Rose

Elle était née le 18 août 1859 à Aubière, tout près de Clermont. Son père, négociant en vins, ne se contentait pas de les vendre ; il les consommait aussi, partant du principe que l'on n'est jamais mieux servi que par soi-même. Aussi les affaires du sieur Chautard se mirent-elles à péricliter durement. A cause, entre autres, de cette ponction personnelle et régulière sur ses réserves.

A la maison, quand il avait un coup dans le nez – ainsi que le disait Vitaline, sa femme, obligée de se résigner à son sort –, il pouvait être violent. Cela commençait par la vaisselle, se poursuivait par le mobilier, qu'il brisait dans des accès de rage, et se terminait généralement par son épouse bréhaigne, qu'il accusait de ne pouvoir lui donner un héritier mâle.

Alors, la pauvre Vitaline courbait le dos et recevait une volée de bois vert qu'agrémentaient des noms d'oiseaux. « Sale femelle », « vieille grognasse » ou « mal fendue » étaient habituellement les mots employés. Et cela se passait souvent sous les yeux de la petite Rose, qui se rencognait là où elle pouvait en attendant que l'orage s'apaise.

Rose avait vu le jour après trois mauvaises grossesses que Vitaline n'avait pu mener à terme. Et, depuis, le moule était cassé, comme elle osait l'avouer parfois lorsque, le visage tuméfié et des ecchymoses sur la peau, elle épanchait ses tourments auprès de quelque voisine compatissante.

Mais sans doute la justice divine veillait-elle, qui ne pouvait laisser impunies ces violences au quotidien. Un soir de cuite monstrueuse, alors que Chautard, à quatre pattes, essayait de traverser la rue pour rentrer chez lui, une patache roulant à vive allure lui passa sur le corps. Par saint Verny[1] ! Le bougre était mort !

Alors il fallut céder ce qui restait du négoce. Rose avait douze ans, un âge où elle pouvait travailler. Elle partit s'embaucher auprès d'une maraîchère du marché Saint-Pierre à Clermont, qui la payait un franc cinquante la journée après avoir déduit son repas de midi. Chaque soir, s'en retournant chez elle, la petite s'accaparait quelque rogaton de chou ou de salade, deux oignons, une gousse d'ail, un poireau, trois carottes, que sa patronne lui laissait prendre quand ils lui restaient sur les bras et qu'elle savait qu'elle ne pourrait les vendre.

Rose habitait à présent avec sa mère une mansarde près de l'église de Notre-Dame-du-Port. Il y faisait très froid en hiver et très chaud en été. Madame Chautard avait tout juste de quoi payer son loyer avec les ménages et de petits travaux qu'elle effectuait de-ci de-là. Les sous que récoltait sa fille permettaient de ne pas mourir de faim.

La petite, toute blonde, commençait à prendre des formes et devenait plutôt gironde. Quelques vieux beaux, sur le marché Saint-Pierre, saisissant son menton, lui octroyaient au passage des regards lubriques et des poses languissantes.

« Te laisse pas berner par ces boucs ! la mettait en garde sa patronne. Ils n'en veulent qu'à ta vertu, et après ça,

---

1. Patron des vignerons. Werner, dit Verny, né en 1272 sur les bords du Rhin d'un père vigneron et assassiné à l'âge de quatorze ans, fut canonisé en 1431.

adieu la compagnie ! Un marmouset dans le placard et courage, fuyons ! »

Rose ne comprenait pas tout à ces admonitions quasi maternelles. Elle continuait de sourire à ses clients, qui semblaient lui sourire de même.

Elle venait d'atteindre ses seize ans quand sa mère tomba malade. Fluxion de poitrine, diagnostiqua l'officier de santé du secteur de la rue du Port. On n'était pourtant qu'en septembre, mais une soudaine vague de froid, mêlée de pluie, avait envahi le pays. Madame Chautard se trouvait victime des intempéries. Elle resta alitée huit jours pleins. Au bout de cette période, elle voulut se lever.

Mal lui en prit. La pauvre femme, au soir de sa reprise du travail, toussait tant et plus et grelottait tellement qu'elle fut obligée de se coucher au plus vite. La fièvre avait investi son corps, qui était chaud comme un tison. Elle se mit à vomir et ne fut pas loin de s'étouffer. En rentrant du marché Saint-Pierre, Rose la trouva alanguie. C'est tout juste si elle entrouvrit les paupières lorsqu'elle sentit sa fille tout près d'elle.

— Je crois que je vais mourir, ma Rose, articula-t-elle faiblement. Mon Dieu ! Que vas-tu devenir ?

Elle passa dans la nuit. L'adolescente, qui s'était assoupie à son chevet, se réveilla brusquement, mue par une sorte d'appel venu de nulle part. Voilà, c'était fini, Rose n'avait plus que ses yeux pour pleurer.

Madame Dumond, la maraîchère du marché Saint-Pierre, accepta de l'héberger.

— Je te donne le gîte et le couvert, mais je ne te paierai plus que quatre-vingts centimes la journée. Cela te va-t-il ainsi ?

Après une brève cérémonie religieuse et l'inhumation dans la fosse commune du cimetière des Carmes, Rose, désormais seule, fut bien contrainte d'accepter les conditions de sa patronne.

Elle logeait au-dessus de l'échoppe dans un galetas sous les toits où la lumière du jour ne pénétrait que par un petit fenestron ovale. Posé à même le sol, un matelas en feuilles de hêtre et, tout à côté, une chaise et une table de nuit constituaient le maigre mobilier de la pièce.

Levée à quatre heures du matin, couchée rarement avant dix heures du soir, Rose trimait durement sous le regard austère de madame Dumond. Il n'y avait bien que le dimanche après-midi que la jeune fille réussissait à se libérer. Ce jour-là, elle grimpait à pied la butte de la cathédrale, contemplait au loin le puy de Dôme qui ressemblait à un gros monstre engourdi faisant le dos rond au-dessus de la ligne des autres volcans, ses congénères. Puis elle redescendait en direction de Montferrand et s'arrêtait au cimetière des Carmes auprès de la fosse des indigents, où reposait sa mère.

Les saisons passaient. Hiver, été. Jours de soleil et jours de pluie. Une année chassant l'autre, elle atteignit ses vingt printemps. Elle était à présent une jeune personne qu'on aimait à regarder marcher le long des rues. La taille bien prise, les formes pleines, elle attirait l'attention, les œillades des jeunes mâles et les jalousies de certaines dames que la nature avait moins bien loties.

Le hasard faisant tant de choses, il se trouva qu'un dimanche de décembre, tandis qu'une fine pellicule de verglas recouvrait les trottoirs de la ville, elle glissa malencontreusement et se tordit une cheville. Alors qu'elle avait peine à se relever, un jeune homme accourut et se porta de bon secours.

— Vous vous êtes blessée, mademoiselle ? Appuyez-vous sur moi, je vais vous aider.

Malgré la douleur qui la tenaillait et la faisait grimacer, elle se dit qu'il s'agissait là d'un de ces gandins cherchant la bonne fortune et elle voulut ignorer l'importun. Force lui fut pourtant de constater qu'elle ne pouvait se remettre debout toute seule. Aussi tendit-elle la main à celui qui lui offrait la sienne.

— Vous êtes toute pâle, lui dit-il. Vous n'allez pas vous trouver mal, au moins ?

— Je crois que je vais avoir des difficultés à marcher sans appui, dut-elle convenir.

— Qu'à cela ne tienne, je suis là pour vous servir !

Clopin-clopant, ils redescendirent la rue de la cathédrale. Sans doute le jeune homme la serrait-il plus qu'il n'aurait dû ; mais enfin, l'on n'était jamais trop attentionné envers les personnes blessées.

— Vous reverrai-je ? osa-t-il demander à Rose en la laissant aux bons soins de madame Dumond qui les zieutait depuis un moment derrière les vitres de son échoppe.

— Je ne sais. Pour l'instant, j'ai trop mal à la cheville. Laissez-moi, je vous prie.

Avec l'aide de sa patronne, elle monta les marches jusqu'à son gourbi et s'allongea sur sa couche.

— Une entorse au pied n'empêche pas de travailler, ma fille, gronda la logeuse. Comme d'habitude, je t'attends demain matin à la même heure, n'est-ce pas ? Et puis, je n'aime pas que tu attires les garçons à la maison. Je ne le répéterai pas, sois-en sûre.

— Mais madame, je...

— Tais-toi ! Comme je suis bonne poire, je t'apporterai ta soupe ce soir. Mais demain, au boulot ! Et pas de retard !

Des larmes au bord des yeux, Rose serra les dents. De toute façon, elle n'avait pas le choix. La mère Dumond lui avait suffisamment dit déjà qu'elle n'acceptait pas les tire-au-flanc – elle avait même employé le mot « tire-au-cul », car elle ne craignait pas les excès de langage.

Vaille que vaille, sa cheville désenfla et Rose put de nouveau marcher sans béquiller. Elle ne revit pas le jeune homme de quelque temps. A vrai dire, elle ne savait pas si elle aurait pu le reconnaître en le croisant dans une rue. Le jour de leur rencontre, elle souffrait tellement ! Elle se rappelait seulement qu'il était grand, portait des cheveux blonds et bouclés et qu'il avait des yeux couleur de mer.

Et puis, un dimanche de la fin février, alors qu'elle traversait la place Delille pour se rendre au cimetière des Carmes, quelqu'un la héla.

— Mademoiselle ! Mademoiselle !

Elle se retourna vivement, étonnée que l'on pût s'adresser à elle qui ne fréquentait jamais personne.

— Vous ne me remettez pas ? fit le blondin qui accourait vers elle en arborant un large sourire où luisaient deux rangées de dents blanches comme neige.

— Bonjour, monsieur.

— Je vois que votre pied va mieux et que vous ne boitez plus, reprit-il. J'en suis fort aise.

— Oui, tout s'est rétabli. En tout cas, merci pour votre aide. Sans vous, j'aurais eu bien du mal à rentrer chez moi.

— Ce fut un vrai plaisir de pouvoir vous être utile.

Les deux jeunes gens échangèrent ainsi des mignardises du même acabit. Jusqu'à ce que le damoiseau se décidât à s'enhardir quelque peu.

— Depuis ce jour de décembre où je vous ai raccompagnée, je pense sans arrêt à vous, lui avoua-t-il. Mademoiselle, vous me plaisez beaucoup et je ne sais même pas votre prénom.

— Je m'appelle Rose, dit-elle en rougissant.

— Comme c'est joli ! Moi, c'est Fernand.

D'un commun accord, ils convinrent de se revoir le dimanche suivant. Et, de fil en aiguille, ils se retrouvèrent chaque semaine sur le trajet de la place Delille jusqu'au cimetière des Carmes, aller et retour.

Tout comme Rose, Fernand était orphelin de père et de mère. Celle-ci était morte peu de temps après sa naissance et son père il y avait tout juste trois ans. Il travaillait chez un cordonnier de la rue du Port, ce qui lui permettait de payer son loyer et de subvenir à ses besoins de nourriture et d'habillement.

— Vous comme moi sommes seuls dans la vie, finit-il par dire. Vous comme moi n'avons de comptes à rendre à personne.

Il hésita un moment, et puis :

— Pourquoi n'unirions-nous pas nos destinées ? souffla-t-il.

La chose fut malaisée à annoncer à la mère Dumond. Comment ? Cette gourgandine de Rose avait fait la connaissance d'un garçon sans jamais rien lui dire ! C'était fort, nom d'un rutabaga ! Et elle voulait se marier à présent !

— Ah çà, ma fille ! Il faudra que tu choisisses. Ou bien rester avec moi, ou suivre ton chéri. Je sais trop où ça mène, le mariage. La femme couve cinq ou six gamins en autant d'années. Après, le travail est toujours là et il faut le faire à la place de la pondeuse. Non, vois-tu, très peu pour moi.

Lorsque Rose répéta ces mots à Fernand, il entra dans une colère noire.

— Je vais aller lui dire ma façon de penser, moi, à ta grognasse ! Sûr qu'elle va m'entendre !

— Ne fais pas cela, je t'en prie, elle me mettrait tout de suite à la porte avant notre mariage.

Celui-ci fut fixé au dernier samedi de juillet. Il faisait un temps radieux. Sur un fond de ciel résolument bleu se gonflaient les voiles de gros nuages, d'une blancheur presque irréelle. Depuis le matin, la chaleur fluait, épaisse et lourde, qu'entretenaient les longues haleinées d'un vent du sud. L'air semblait flamber en colonnes de feu. On se disait que si l'orage devait éclater il montrerait ses crocs.

Mais il partit vers d'autres contrées et le soleil brilla plus fort encore. A quatre heures de l'après-midi, Fernand et Rose étaient devenus, devant les hommes d'abord, et devant Dieu ensuite, mari et femme. Ils s'en allèrent fêter leur union dans une guinguette du bas de la ville. Et le soir, fourbus mais contents, ils regagnèrent le petit garni qu'occupait Fernand, puisque Rose avait dû laisser sa mansarde ainsi que son emploi du marché Saint-Pierre.

Sa nuit de noces, Rose s'en souvint ainsi que d'une longue brûlure qui avait irradié dans son ventre. Allongée à côté de son époux qui déjà ronflait comme un sonneur après avoir pris son plaisir en elle, la jeune mariée gardait les yeux ouverts dans le noir et n'osait plus bouger. A un moment, sans même qu'elle s'en fût rendu compte, les larmes avaient fusé et elle s'était mise à pleurer en silence.

Il lui fallut bientôt s'en aller à la recherche d'un nouvel emploi. Elle le trouva chez un émouleur dont l'atelier était situé sur une hauteur de Clermont, en remontant vers Chamalières et Royat. Là, elle apprit à se servir d'une meule et à affûter les lames des couteaux, des faux et des faucilles. Elle s'occupait aussi du ménage car la femme du patron, souvent malade – ou persuadée qu'elle l'était –, passait des après-midi entières dans son lit, à geindre ou à dormir.

Chaque jour, Rose avait une bonne demi-lieue à accomplir à pied pour se rendre à son travail. Quel que fût le temps, elle marchait d'un bon pas, traversait une partie de la ville qui tardait à s'éveiller et dont la plupart des boutiques étaient encore fermées à cette heure matutinale. Avec un peu de regret, elle passait devant l'échoppe de la mère Dumond qui avait de nouveau embauché quelqu'un. Certes, si Rose était restée chez la maraîchère, elle aurait pu économiser ses jambes et ses souliers. Mais à rien ne servait de vouloir réécrire l'histoire.

— On va changer de logement, lui dit un soir Fernand. Cela te fatigue de faire tous les jours cette route à pied. Il faut absolument que tu sois plus près de ton atelier.

Il était prévenant, Fernand, à cette époque…

Ils trouvèrent une demeure aux portes de Chamalières, petite cahute avec un jardinet, que Fernand décida de défricher pour y faire pousser quelques poireaux, patates, oignons et choux divers.

Il allait y avoir deux ans qu'ils étaient mariés. Et toujours pas d'héritier à l'horizon. Fernand se disait pourtant que ça n'était pas faute d'essayer. Le bougre remplissait son devoir conjugal avec toute l'ardeur dont il était capable. Et Dieu sait qu'il en avait à revendre, de la vigueur ! Et même souvent, au gré de Rose, plus qu'il n'était nécessaire qu'il en eût !

— C'est quand que tu vas me le faire, ce minot ?

A force, il finit par s'impatienter. Son caractère se mit à s'aigrir et il rentra plus tard le soir, délaissant son jardin et sa femme. Rose le vit plus d'une fois franchir le seuil de la maison en titubant.

« Mon Dieu ! se dit-elle. Faites qu'il n'agisse pas comme mon père et qu'il ne lui prenne pas l'idée de me battre. Mon Dieu ! Je vous en prie ! »

Mais Fernand, contrairement au père Chautard, n'avait pas le vin trop mauvais. Lui, quand il avait bu un coup de trop, il se dirigeait directement vers la chambre où il se couchait tout habillé avant de ronfler dans la minute qui suivait.

« Tout est de ma faute, s'accusait Rose. Il ne se soûlerait pas si mon ventre avait pu lui donner un fils. Je suis une incapable. »

Elle se morigénait ainsi, s'imputant tous les défauts de la Création et se traitant de mauvaise épouse.

La figure de Fernand s'empâta, ses joues se couvrirent d'une résille de couperose, son menton s'alourdit et sa taille s'épaissit. Bien sûr, au lit aussi il fut moins vaillant. Bref, ça n'était plus le même homme. Quiconque l'eût connu auparavant, du temps de son célibat, eût pensé qu'un mauvais génie avait dû passer par là pour le changer à ce point. Et Rose se souvenait de leurs premières rencontres, lorsqu'il l'accompagnait dans sa promenade dominicale jusqu'au cimetière des Carmes. C'est alors qu'elle se mettait à pleurer en se disant que, si elle avait su, jamais elle ne se serait mariée.

Le temps coulait, rivière instable, avec ses crues et ses étiages. Une fois pour toutes, Rose avait admis qu'elle ne porterait jamais d'enfant dans son sein. Pour tout dire, elle s'en était fait une raison. De toute manière, qu'aurait-elle pu faire d'autre que de subir le bon vouloir du destin ?

Le destin...

De nouveau, il allait lui jouer un tour à sa façon, le destin.

On était en novembre. Mois des brumes, des frimas, des journées de plus en plus courtes et des soirées frileuses au coin du feu, alors que dehors soufflait la méchante bise.

Après sa journée de travail à l'atelier de l'émouleur et au service de son épouse hypocondriaque, Rose rentrait chez elle de bonne heure. Elle en profitait pour faire son ménage, lavage, repassage, et même tricotage quand elle en avait le temps.

C'était un samedi soir. La semaine avait été usante. Le repos dominical serait le bienvenu. Du moins permettrait-il de se refaire une santé en récupérant quelques heures de sommeil.

Rose jeta un œil à la pendule de la cuisine. Il était huit heures passées, Fernand n'était pas rentré. Certes, il était coutumier de ces retours tardifs. Quand il revenait, généralement éméché, elle avait avalé sa soupe et grignoté un morceau de fromage sur un croûton de pain. Huit heures et demie. Neuf heures. Dix heures. Elle décida d'aller se coucher. Un peu inquiète, tout de même, de ce retard inaccoutumé.

A minuit, elle ne dormait toujours pas. Guettant le plus léger bruit de la rue, elle s'efforçait de faire taire ses angoisses, se disait que son homme devait cuver son vin dans un coin et que le jour le reconduirait immanquablement au bercail.

Elle avait fini par s'assoupir quand des coups redoublés sur le bois de la porte la firent se lever en catastrophe.

— Ouvrez ! Ouvrez vite, on vous ramène votre mari. Il est mal en point.

Deux hommes déposèrent Fernand sur son lit tandis qu'un autre s'attachait à expliquer à Rose ce qui s'était réellement passé.

— Il était tellement soûl qu'il cherchait querelle à tout le monde. C'était pas son habitude, pourtant ! A un moment, il s'en est pris à un péquin qui ne demandait rien à personne et sirotait tranquillement sa chopine à une table. Fernand l'a cramponné par le collet. L'autre a voulu se dégager et l'a repoussé un peu rudement. Sa tête a heurté le mur. Et voilà, depuis, il n'a pas repris connaissance. Heureusement que je savais qu'il habitait ici, ma pauvre dame. Alors, n'est-ce pas, on vous le ramène. Peut-être qu'avec vous il retrouvera ses esprits.

Il n'en fut rien. Le médecin, appelé au matin, diagnostiqua une fracture du crâne.

— Je ne peux plus faire grand-chose, déclara l'homme de l'art. A mon avis, il ne passera pas la journée. Ce genre de blessure est généralement fatal.

Il le fut. Après avoir été doublement orpheline, voilà que Rose se retrouvait veuve. Quelle destinée ! Et tout cela en si peu d'années ! Comme la vie était faite, pauvre dame !

C'est quelque temps plus tard qu'elle rencontra Angèle. C'était un dimanche après-midi de la fin janvier. L'air avait ce jour-là des relents de printemps. Rose en profita pour partir en balade. Des chatons pendaient aux branches des noisetiers, les oiseaux modulaient un nouveau répertoire, le soleil illuminait un ciel d'azur.

Elle traversa un parc et s'assit sur un banc. Une jeune femme qui donnait la main à un petit garçon de quatre ou cinq ans vint s'installer près d'elle. Comme Rose, elle était vêtue de noir. Elle portait aussi une voilette qui lui cachait les traits du visage.

Ce fut Rose qui entama la conversation.

— Votre fils m'a l'air bien sage. Ce doit être un bonheur d'avoir un enfant comme lui.

— Oui, c'est vrai, dit la dame. Rémy est pour moi une vraie consolation. Il est ma raison d'exister. C'est mon prince et mon astre lumineux. Mon Dieu, si je ne l'avais pas, je...

Elle étouffa un sanglot, plaqua un fin mouchoir de batiste contre sa bouche et renifla avant de confesser :

— J'ai perdu mon mari la semaine dernière. Nous travaillions tous deux à la taillerie de pierres fines de Royat. La maladie l'a emporté. Voilà, je suis seule à présent avec mon petit Rémy.

Elle redressa la tête, se tourna vers Rose dont la figure exprimait une grande compassion.

— Pardonnez-moi. Vous-même semblez aussi porter le deuil.

— Oui, répondit Rose. Mon mari est mort en novembre. Nous n'avions pas d'enfants.

Une confidence en entraînant une autre, les deux jeunes femmes finirent par sympathiser et convinrent de se retrouver chaque dimanche après-midi au même endroit.

Le petit Rémy semblait avoir lui aussi adopté Rose, si bien que les liens se firent plus étroits encore. Les jours rallongeant, elles allèrent l'une chez l'autre, parlèrent de tout, de rien, mais essentiellement de leurs métiers respectifs.

Un soir, les pommettes roses d'excitation, Angèle se présenta à la maisonnette de son amie.

— Rose ! Ma Rose ! lui dit-elle. Sais-tu qu'ils cherchent une ouvrière lapidaire à la Taillerie de Royat ?

— Une ouvrière lapidaire ?

— Oui, quelqu'un pour tailler et polir les pierres fines.

— Pourquoi me dis-tu cela ?

— Dans ton métier d'émouleuse, tu utilises bien une meule, non ?

— Oui, mais je ne vois pas en quoi...

— Ecoute ! Les lapidaires travaillent aussi sur des meules. Si tu étais embauchée, tu ne serais pas dépaysée. Et puis, ça nous permettrait de nous voir plus souvent.

Rose se laissa convaincre. Elle fut reçue pour un entretien par René Batifaud, « le Néné », qui se montra d'abord sceptique quant aux capacités d'une femme d'occuper cet emploi. Mais enfin, puisqu'elle avait déjà quelques notions en la matière, pourquoi pas ?

Le surlendemain, Evariste Laplume, le patron, lui confirma qu'elle ferait partie des personnels dès le mois suivant, qui se trouvait être le joli mois de mai. Le temps qu'elle donne son congé à ses anciens employeurs, et Rose devint lapidaire – un mot et un métier qu'elle avait ignorés jusqu'alors.

Oh, oui ! Le premier jour, elle fut un peu désemparée face au discours du Néné qui, avec force détails, lui expliqua les différentes tâches qui allaient lui incomber.

— Voici le tour où vous devrez désormais travailler, lui dit-il. C'est un tour réservé à la taille des pierres de couleur : l'améthyste, bien sûr, mais aussi les deux autres pierres auvergnates, saphir et rubis, que l'on trouve dans la région du Puy-en-Velay et qu'on appelle des corindons[1].

Rose s'approcha et posa une main sur l'établi en bois qui allait désormais constituer son univers familier. Sur la gauche du plateau de travail était calée une roue à aube que devait sans doute actionner l'eau vive de la Tiretaine, ce ruisseau qui descendait en cascatelles du puy de Dôme. Par un système de courroies en cuir, une manivelle reliait cet ensemble à une meule à gros grain.

— Vous devrez tout d'abord tailler approximativement et grossièrement la pierre, continua le Néné. Mais puisque

1. Oxyde d'aluminium, minéral le plus dur après le diamant, aussi bien sur l'échelle de Mohs que sur l'échelle de Rosewal.

vous avez été émouleuse, cela ne devrait pas représenter pour vous une grosse difficulté. Voyez-vous, il vous faudra obtenir en premier lieu une forme de cabochon[1] comme celui-ci.

Il prit une pierre entre ses gros doigts boudinés et la souleva à la lumière.

— Cela représente la forme primitive avant de procéder à ce que nous appelons le facettage. Vous me suivez toujours ?

Timidement, Rose opina du chef. Pourtant, tout cela lui paraissait tellement compliqué.

Voyant sans doute son trouble, le contremaître se voulut rassurant.

— Vous vous y ferez vite, vous verrez. Et puis, les collègues sont là, qui pourront vous aider dans les débuts. Ce sera une habitude à prendre. Ayez confiance en vous. Je ne connais personne qui, au bout d'un certain temps, n'y soit pas arrivé.

Puis il lui montra des bâtonnets en bois sur lesquels des ouvriers s'appliquaient à coller des pierres fines.

— On appelle cela des éventions. Chacune est maintenue à la main grâce à une plaquette, en bois elle aussi, qui est percée, ainsi que vous pouvez le voir, puis montée perpendiculairement à la meule. On dit alors que le lapidaire taille à l'évention.

Rose observa un ouvrier en train d'actionner une manivelle de la main gauche. Cela faisait tourner une roue qui, par l'intermédiaire d'une courroie, mettait en branle la meule. Avec sa dextre, il présenta une améthyste fixée au bout de la tige.

— Comprenez-vous ce que réalise le collègue ? questionna le Néné.

Rose approcha son visage, s'efforça d'être attentive.

---

1. Pierre fine, arrondie et polie, non encore taillée à facettes.

— Il a disposé le cul de bâton – pardonnez l'expression ! – dans la banane. Eh oui, cette plaquette à trous, perpendiculaire à la meule horizontale, est une banane. Voyez-vous ce curseur ? Il permet d'obtenir une précision d'angle remarquable pour la taille de la pierre.

A un moment, Rose eut l'impression qu'elle n'arriverait jamais à maîtriser toutes ces techniques que René Batifaud, avec sa bonhomie coutumière, s'efforçait de lui inculquer. Elle soupira, ferma un instant les yeux. Ce que voyant, le Néné tâcha d'apaiser ses craintes.

— Allez, la leçon a assez duré pour aujourd'hui. Sachez que les premiers temps vous n'aurez pas à faire ces travaux de précision, bien sûr. Ouf ! Vous voilà rassurée ! Les collègues qui sertissent ont des années d'expérience derrière eux. Non, ce que vous aurez à faire, vous, c'est la taille approximative des cabochons. Vous verrez, ça n'est vraiment pas sorcier. Et puis, plus tard, quand vous serez suffisamment aguerrie, on vous confiera d'autres tâches, qui demandent du soin et de la méticulosité.

Le géant blond se planta carrément devant elle et, arborant un large sourire :

— Alors, vous êtes prête, ma petite dame ? clama-t-il.

— Je suis prête, monsieur.

— Appelez-moi Néné, comme tout le monde ici.

Petit à petit, un jour s'inscrivant à la suite de l'autre, Rose acquit un certain savoir-faire. René Batifaud ne manquait jamais de se rendre derrière son établi afin de lui prodiguer des conseils.

« Il t'a à la bonne, le Néné », ricanait parfois un ouvrier en se jugeant sans doute très malin.

Un autre enchaînait :

« Gare à lui si sa Suzanne s'en vient à l'apprendre ! »

Mais Rose laissait dire. Du reste, ses collègues de travail se montraient plutôt gentils envers elle. Dans son atelier, ils étaient quatre hommes et deux femmes. A la pause de midi, Angèle, qui œuvrait dans un autre local, venait la retrouver et les deux amies mangeaient leur repas frugal sur un coin de table.

A un poste voisin de celui de Rose travaillait un dénommé Pétrus Gendraud. Son âge déjà avancé avait buriné ses traits de tout un treillis de rides et ridules. Il semblait avoir pris la jeune femme sous sa coupe et, tout en actionnant sa meule, il lui parlait du métier.

— Petite, est-ce que tu sais pourquoi les lapidaires ont de la corne au bout des doigts ?

En même temps, il montra les extrémités de ses phalanges à lui, toutes grillées et jaunies, à l'apparence dure comme du bois.

— Eh bien, vois-tu, c'est à cause de la cire que l'on colle sur les éventions. On utilise de la gomme-laque chauffée à la lampe à pétrole jusqu'à une température de quatre-vingts degrés. Mais, à force, on ne sent plus la chaleur. C'est la corne qui nous protège.

— Vaut mieux avoir des cornes au bout des doigts que sur la tête ! fit l'autre voisin de Rose dont la voix de stentor éclata sous la verrière.

Celui-là s'appelait Prosper et ne ratait jamais une occasion de se moquer du monde. Mais le vieux Pétrus, haussant les épaules, poursuivit :

— Ne t'en fais pas, ma Rosette, le collage sur éventions n'est pas du travail pour les dames et tu garderas intactes tes jolies petites menottes.

Au bout de six mois, l'ouvrière lapidaire avait fini par s'aguerrir. Les relations avec ses collègues étaient plutôt bonnes. Une fois, pourtant, Rose avait dû remettre à sa place le gars Prosper qui aurait bien pris qu'elle fît un détour jusqu'à sa garçonnière avant qu'elle rentrât chez elle. Depuis, il ne s'y était plus risqué et il lui fichait la paix.

Et puis arriva la nouvelle que le patron, Evariste Laplume, avait été terrassé par une attaque cérébrale. Certes, il avait échappé à la mort. Mais dans quel état il se trouvait à présent !

Alors, pour le remplacer, le sieur Laplume avait appelé son collaborateur, responsable d'un gisement d'améthyste, là-haut, dans la montagne. Paul Thévenet prit l'initiative de réunir tous les personnels de la taillerie. Rose lui trouva un abord sympathique. Ses grosses lunettes à verres épais lui conféraient toutefois un air un peu godiche. Mais elle aima son regard, qui semblait planer au-dessus des êtres et des choses.

Un matin de décembre, visitant les ateliers en compagnie de René Batifaud, le nouveau patron s'était arrêté devant l'établi de Rose.

— Ce bijou sera bien beau, la complimenta-t-il en plissant ses yeux de myope sur l'ouvrage de l'employée.

Elle ne se souvenait pas de la réponse qu'elle avait faite. La voix bien timbrée de Paul Thévenet continua pourtant de sonner à ses oreilles.

« Rose ! C'est monsieur Thévenet et pas n'importe qui, tout de même ! se chapitra-t-elle. Que vas-tu t'imaginer, pauvre folle que tu es ? »

Mais, ce jour-là, sans doute, elle avait la folle envie d'être folle…

31

Paul ne savait plus comment faire. Devait-il avouer à ses enfants qu'il avait rencontré une dame, que celle-ci était gentille et qu'elle saurait bien s'occuper d'eux ? Ou bien fallait-il qu'il attendît encore et qu'il fût certain de ses propres sentiments à lui, ainsi que de ceux de Rose ?

Dans sa tête résonnait encore la voix d'Eugène, là-haut, à Piquebourre.

« Paul, promettez-moi de demander l'avis de Bleuette et d'Ennemond avant de vous engager », avait-il dit.

Même si le reproche n'avait pas été directement formulé par son jeune beau-frère, ces paroles avaient pris l'accent d'une semonce. Elles étaient en tout cas le reflet d'une inquiétude sourde qui ne voulait pas révéler son nom. Mais qui s'en revenait sans cesse, comme le ressac sur la grève. Comme le balancier d'une horloge. Ou le lent égouttis d'une branche après l'averse.

Ce matin-là, une semaine après le retour de Piquebourre, où l'on avait fêté dignement l'anniversaire du petit Antoine, le temps ne se décidait pas à se mettre réellement au beau. C'était un printemps hésitant, oscillant sans cesse entre éclaircies et giboulées de neige fondue. En somme, un temps à l'image de l'état d'esprit de Paul, incapable pour l'instant d'orienter sa vie dans un sens ou dans l'autre.

Il se rappelait ce soir de janvier où, resté à son bureau plus tard que d'habitude, il avait en partant croisé Rose qui sortait de son atelier.

« Eh bien, dites-moi, vous n'êtes pas avare de vos heures ! avait-il plaisanté. Vos collègues sont partis depuis longtemps, quant à eux. »

Rose avait bafouillé :

« C'est que, monsieur, savez-vous, je... »

Bref, elle avait tâché d'expliquer qu'elle avait pris du retard sur le meulage des cabochons et elle avait voulu à tout prix le rattraper ce soir pour ne pas entraver la chaîne de production du lendemain.

« Laissez-moi vous dire, madame, que vous possédez une conscience professionnelle rare, et je vous en félicite.

— Merci, monsieur », avait-elle répondu, toute rougissante, en baissant les yeux.

Ensuite, ils avaient fait un bout de route ensemble. Paul avait parlé de sa femme Savine, qu'il avait perdue de façon tragique. Puis évoqué ses enfants, à qui elle manquait terriblement. Rose demeurait silencieuse, compatissant de tout son cœur aux malheurs de la famille Thévenet.

« J'ai appris que vous aussi connaissiez la tristesse du veuvage, continua-t-il alors que leurs chemins respectifs allaient se séparer. »

Elle essuya une larme furtive, consciente qu'elle pleurait davantage sur sa propre solitude que sur Fernand, son ivrogne de mari, mort de tant de soûleries accumulées au cours de ces années.

Depuis lors, Rose s'arrangeait toujours pour sortir la dernière de son atelier. Et, comme un fait exprès, Paul se trouvait dans les parages afin d'accomplir avec elle quelques pas dans la rue. Ils délaissèrent le « monsieur » et le « madame » et s'appelèrent par leurs prénoms. Le retour dans leurs foyers semblait ainsi être devenu un rite, comme une horloge bien réglée, un rouage bien huilé.

Un soir, il s'enhardit et, au moment de lui dire au revoir, il l'enserra dans ses bras et chercha sa bouche. Elle répondit au baiser, ils se trouvèrent l'un et l'autre tout quinauds de leur hardiesse.

« Rose, susurra-t-il.

— Paul », chuchota-t-elle.

Alors, il s'ensauva jusque chez lui. Bleuette s'affairait dans la cuisine tandis qu'Ennemond faisait ses devoirs d'écolier. Il eut l'impression que l'un et l'autre le regardaient d'un drôle d'air et il se frotta les lèvres car elles avaient gardé un peu de la senteur de Rose.

Il ne dormit pas de la nuit, sa conscience était malmenée, secouée, ballottée par tous ses scrupules de père de famille. Que devait-il faire ? Ou surtout ne pas faire ? Et certes, ça n'était pas Eugène qui lui donnerait un consentement sans condition. Il avait d'ailleurs pu s'en apercevoir, l'autre jour, à Piquebourre.

Dieu ! Que la vie était alambiquée !

Eugène gérait pour le mieux le Filon de l'Ecureuil. Augustin Chambon et Firmin Pétillon, les vieux de la vieille, le secondaient avec toute l'ardeur déployée depuis les premiers jours de l'exploitation. Les extractions d'améthyste, toujours régulières, semblaient montrer que la veine était loin d'être tarie. Sans doute y aurait-il encore quelques belles années à venir.

Pourtant, Eugène était inquiet, mais son désarroi n'était pas forcément lié à ses fonctions de responsable du site minier. Non, son tourment était d'un autre ordre. A vrai dire, c'est Paul qui était l'objet de ses préoccupations. Paul et ses confidences, le jour de l'anniversaire du petit Antoine. Paul et ses envies de refaire sa vie avec une autre femme. Pouvait-il, lui, Eugène, lui jeter la pierre ? Qu'aurait-il fait à sa place ?

Oui mais, il y avait les enfants. Bleuette et Ennemond n'allaient-ils pas souffrir que quelqu'un d'autre, une étrangère, prît la place de leur mère sans qu'on leur eût demandé leur avis ? N'était-ce pas aller un peu vite en besogne ?

Eugène se réveillait la nuit et, les yeux grands ouverts, scrutait les ténèbres, à la recherche d'une réponse, qui jamais ne venait.

Jasmine le sermonnait parfois.

— A quoi te sert-il de te faire autant de tracas ? Ce n'est pas en te rongeant les sangs que tu changeras le sens des choses, mon pauvre mari !

— Il s'agit de mon neveu et de ma nièce, tout de même ! répondait-il en haussant la voix. Tu voudrais que je me soucie d'eux comme de colin-tampon, c'est cela ?

— Je ne te dis pas de t'en moquer. Pense tout de même que Paul est suffisamment responsable et qu'il n'est pas homme à s'engager à la légère.

— Va donc savoir... Tu sais, lorsqu'un homme est amoureux, il peut faire n'importe quoi.

Jasmine se serra contre lui et minauda :

— Et mon petit mari, il est toujours amoureux, lui ?

Comme presque chaque fois, la discussion allait s'interrompre pour eux dans les draps chauds de la nuit.

La nuit de mars qui fluait comme une rivière un peu torrentueuse.

La nuit de mars où, même après l'acte d'amour, Eugène ne pouvait toujours pas trouver le sommeil.

En mai, agis comme il te plaît.

Pour sûr, les jours étaient tellement beaux en ce début du mois de Marie que tout être normalement constitué avait envie de se rouler dans l'herbe et de se livrer à toutes les facéties : de vivre, enfin.

Cette nuit, dans sa maison de Royat, Paul Thévenet avait entendu les trilles du rossignol. Il était trois heures du matin ; l'oiseau semblait s'évertuer à moduler sa gamme de notes haut perchées, qui étaient comme un hymne à l'épanouissement de la nature, à la poussée de la sève montante, à l'éclosion des forces vives.

Il se leva, ouvrit en grand la fenêtre de sa chambre et respira l'air chargé des senteurs vanillées des nouvelles pousses de l'année. Sous la patène argentée de la lune se détachaient les feuillages mouvants des bouleaux, agités par une brise tiède. Au loin jappait une hulotte. Chant d'amour ou ritournelle de départ pour la chasse : à vrai dire, Paul ne le savait mais il pencha pour la première conjecture, qui lui sembla plus proche de ses propres aspirations.

Quatre heures. Cinq heures. Six heures. Il ne pourrait décidément pas se rendormir. Alors, il sortit du lit, s'habilla et descendit à la cuisine où il avala un grand bol de lait.

C'était aujourd'hui qu'il lui faudrait franchir le pas. Oui, il s'était enfin décidé. Ce jour, il annoncerait aux enfants son intention de recommencer sa vie avec Rose. Il n'était plus temps de reculer, il avait assez tergiversé.

Il sortit dans le jardin. A son approche, deux merles s'envolèrent en jasant haut et fort. Au loin, une lueur rubescente éclairait les hauteurs du Livradois ; Paul pensa que la journée serait belle.

— Bonjour, mon papa.

Il se retourna. En se frottant les yeux, Ennemond avançait à sa rencontre. Les cheveux ébouriffés, des striures sur le visage, le petit garçon ne paraissait pas réveillé tout à fait.

— Bonjour, mon enfant, répondit Paul. Je te trouve bien matinal. Que t'arrive-t-il ? Tu n'as donc plus sommeil ?

— J'ai fait un rêve, souffla Ennemond, prêt à pleurer.

— Un cauchemar ?

Le gamin frissonna, se blottit dans les bras paternels.

— C'était une vilaine sorcière. Elle voulait t'emmener avec elle, loin de notre maison. Alors, tu t'en allais et tu nous laissais tout seuls, Bleuette et moi.

Paul ébouriffa les cheveux de son fils, le serra plus fort contre lui.

— Voyons, mon grand ! Tu sais bien que jamais votre papa ne pourrait vous abandonner ! C'était un mauvais rêve, il faut vite l'oublier.

Mais Ennemond pleurait à présent à chaudes larmes et semblait inconsolable.

— Elle ressemblait à une méchante sorcière, elle était pourtant très jolie, avec des cheveux tout blonds et des yeux bleus.

— Allons, c'est fini maintenant. Les sorcières, ça n'existe pas, sauf dans les contes de Perrault. Tu le sais bien.

— Si ! Elle, elle existe ! Je l'ai vue !

Alors, à cet instant, Paul Thévenet comprit que jamais il ne pourrait refaire sa vie. Rose n'était pas une méchante sorcière et il avait même cru qu'elle aurait pu être sa bonne fée. Mais son petit garçon venait de lui montrer qu'il ne fallait pas croire aux fées. Du moins pas à celle-là.

Il tourna son regard du côté du levant. Le disque solaire, grosse orange irradiante, s'élevait sur les crêtes en leur découpant des contours sombres.

Une journée radieuse s'annonçait au beau mois de Marie. Paul essayait de consoler son fils.

Et tâchait de se consoler lui-même.

Au sommet d'un toit, une tourterelle poussait une roucoulade enrouée.

32

Rose avait rangé sa peine dans un tiroir. L'avait enfouie sous les tonnes d'arguties que Paul avait avancées pour lui annoncer que tout était fini entre eux. Il ne souhaitait pas que leur liaison allât plus avant ; ses enfants primaient sur toute autre considération.

— La vie est ainsi faite, lui dit Angèle, son amie de la Taillerie de Royat. L'amour s'en va, notre amitié reste.

— Merci, lui répondit simplement Rose.

Elle s'efforçait d'accomplir son travail pour le mieux, comme si rien dans le courant de ses jours n'avait changé. De bonne heure le matin elle s'en allait à pied à la taillerie. Certaines femmes la regardaient d'un air ironique, comme pour lui dire :

« Ah ! Tu as voulu jouer les aguicheuses avec le patron. Dame ! Voilà ce que c'est de vouloir péter plus haut que son cul ! Tu es bien avancée à présent. »

Les mégères attendaient qu'elle eût tourné le dos et s'esclaffaient bruyamment en se gaussant d'elle.

Pétrus Gendraud, son voisin d'atelier, s'efforçait de lui changer les idées. A la pause de midi, il avait toujours quelque histoire à lui conter. Ainsi lui dit-il un jour :

— Petite, sais-tu quelle est l'origine du mot « carat » ? C'est les Arabes qui utilisaient autrefois le carat, graine du caroubier, pour peser les pierres. Comme cette graine possède un poids invariable et de densité constante, ils étaient sûrs de leurs mesures. Ainsi, cinq carats font un gramme. As-tu compris, ma belle ?

Elle comprenait, bien sûr, et faisait semblant de s'intéresser aux discours de Pétrus. Une autre fois, il lui parla d'un arbre africain, le *sala*, dont la résine, ajoutée à de l'huile d'olive ou d'arachide ainsi qu'à de l'argile, permettait de fabriquer la gomme-laque qui assurait le collage des pierres sur les éventions.

— Selon le mélange, précisait le vieil homme, tu obtiens des capacités d'adhérence plus ou moins fortes.

Rose hochait la tête, mais Pétrus n'était pas dupe.

— Tu fais semblant d'écouter attentivement tout ce que je t'explique, lui dit-il un jour. Mais je sais bien que tu as la tête ailleurs. Allons, petite, accroche-toi. Les chagrins d'amour, tu sais, ça ne dure pas toute la vie. Tu es jeune, tous les espoirs te sont permis.

Son autre voisin d'atelier, ce Prosper que Rose avait déjà éconduit, fielleux comme nul autre, ne manquait pas de faire assaut de persiflage, ne ratant pas une occasion de lui adresser des calembours d'un goût douteux.

« Alors, ma chérie, on rêve à son prince charmant à lunettes ? »

Ou bien encore :

« Mademoiselle Rose avait des épines, notre patron s'y est piqué, c'est pourquoi il l'a délaissée. »

Elle haussait les épaules. Qu'y avait-il à répondre à tant de méchanceté gratuite et de rancœur ?

Un dimanche matin, son amie Angèle vint l'inviter chez elle.

— C'est l'anniversaire de mon fils Rémy, lui dit-elle. Cela me ferait plaisir que tu sois avec nous quand il soufflera les bougies de son gâteau.

Rose accepta et s'en fut avec elle. Le petit Rémy était un garçonnet sage, très proche de sa mère à qui il ressemblait beaucoup, d'apparence et surtout de caractère. Rose s'était prise d'affection pour lui ; sans doute représentait-il dans son esprit l'enfant qu'elle n'avait pu avoir de son mariage avec Fernand.

A la suite d'Angèle, elle grimpa les marches d'un escalier en colimaçon et pénétra dans la pièce. Une suspension à pétrole en cuivre sous sa coupole de porcelaine blanche délivrait une pâle lumière qui lui permit tout de même d'apercevoir, tout près de Rémy, la silhouette d'un homme.

— Je te présente Edouard, mon frère, fit Angèle. Il est le parrain de mon fils.

Deux beaux yeux de lavande s'allumèrent d'une lueur fugitive au moment où il serra la main de Rose.

— Enchanté, madame, dit-il dans un large sourire qui ensoleilla l'atmosphère en découvrant des dents blanches et rutilantes comme neige fraîche au soleil.

Il portait un gilet en soie qui enserrait sa taille fine et mettait en avant un torse puissant. Sa chevelure châtain clair gominée lui conférait un air distingué. Il effleura les cornes pointues de sa moustache puis cala les pouces dans ses poches de gousset.

— Ma sœur m'a beaucoup parlé de vous ces derniers temps, continua-t-il. Elle ne m'avait pas menti, vous êtes ravissante.

Rose se sentit rougir et se trouva bête de ne savoir quoi répondre.

Un piège ! Elle venait de tomber dans un piège ! Et c'était Angèle qui le lui avait tendu ! En tout cas, il était hors de question qu'elle se précipitât dans les bras de ce gandin, tout frère de son amie qu'il fût !

Le repas d'anniversaire du petit Rémy se déroula pourtant pour le mieux. Rose but un peu de vin d'Auvergne dont Edouard avait apporté une bouteille et elle se rappela que son père, négociant en spiritueux à Aubière, était mort pour en avoir trop consommé. De même que Fernand, son mari, qui avait connu à peu près le même destin. Puis les deux femmes parlèrent de leur travail à la Taillerie de

Royat. En s'attachant, toutefois, à ne jamais prononcer le nom du patron, souvenir encore trop douloureux dans le cerveau de Rose.

Quand vint le moment du gâteau, elle avait la tête qui lui tournait un peu. Rémy souffla les bougies et elle l'applaudit de les avoir éteintes en une seule fois. Edouard, dont les yeux bleus ne l'avaient pas quittée du repas, s'extasia sur sa bonne mine.

— Vous êtes tellement plus jolie quand vous souriez, lui dit-il à mi-voix en profitant qu'Angèle était allée quérir un couteau pour découper les parts.

En fin d'après-midi, il se proposa de la raccompagner chez elle, mais elle déclina l'offre. Ce qu'elle ignorait encore, c'est qu'il était tenace et s'accrochait comme le lierre sur un tronc d'arbre. Ainsi plusieurs soirs de suite vint-il au-devant d'elle à la sortie de la taillerie.

— Vous ne travaillez donc jamais, monsieur Edouard ? lui dit-elle.

Il lui apprit alors qu'il exerçait le métier de journaliste et était fort libre de son emploi du temps, qu'il pouvait aménager à sa guise.

— Mon frère est tombé fou amoureux de toi, lui confia Angèle. Je ne l'ai encore jamais vu dans cet état.

— Mais nous nous connaissons à peine ! se rebiffa-t-elle. Je t'assure que je n'ai rien fait pour provoquer cela.

— Je le sais bien, ma pauvre. Mais, que veux-tu, les élans du cœur, ça ne se commande pas.

Et puis, un après-midi de dimanche où elle était allée se recueillir au cimetière des Carmes sur la tombe de sa mère et où son sentiment de solitude devait lui peser plus particulièrement, elle accepta qu'il fît quelques pas avec elle. Alors, devisant, ils se retrouvèrent devant chez elle.

La suite…

Mais peut-on changer le cours de son propre chemin de vie ?

Paul s'était résigné à ne plus rencontrer Rose. Il évitait surtout de croiser son chemin dans l'enceinte de la taillerie, se rendant le moins souvent possible à l'atelier où elle travaillait. Il écrivit aussi à Eugène pour l'informer de sa décision :

Tu seras sans doute rassuré, mon cher beau-frère. Je me suis résolu à privilégier le bonheur de mes enfants avant de penser à moi. Je n'étais qu'un vieil égoïste et tu as eu raison de m'ouvrir les yeux avant que je ne commette un acte insensé. Et puis – dois-je te l'avouer ? –, notre regrettée Savine reste très présente en mon cœur. Pas un jour – que dis-je ? pas une heure ! – que je ne songe à elle. Elle me manque tant !

Quant à toi, prends bien soin de ta chère épouse ainsi que de tes deux anges. Tu as la chance d'avoir auprès de toi ton petit monde, les trois êtres que tu chéris le plus.

Bon courage pour le chantier de Pégu. Ménage-toi. Je vous embrasse tous les quatre.

Paul Thévenet

Il travailla avec plus d'ardeur encore. Levé à l'aurore, couché longtemps après le soleil, il semblait s'enivrer de labeur. Au bout d'un mois de ce régime, sa fille Bleuette, toute chagrine, lui dit :

— Mon cher père, on ne te voit plus à la maison. La vie est triste sans toi.

— Oui, tu nous manques, papa, enchaîna Ennemond.

Il serra ses enfants dans ses bras et, l'émotion lui embuant ses verres de lunettes, il leur promit d'être désormais plus souvent présent à leurs côtés.

Le temps passait. Il apprit que Rose allait se marier avec un certain Edouard Durif, qui était le frère d'une dénommée Angèle, employée à la taillerie. S'il fut un peu dépité à cette annonce, son ressentiment tomba vite lorsqu'il sut que la belle, ne voulant plus se consacrer qu'à son époux, avait démissionné de son poste. Ainsi, il n'aurait plus à la croiser au hasard des ateliers, et c'était bien la meilleure chose qui fût pour tout le monde.

Bleuette venait d'avoir seize ans. Ennemond en aurait bientôt quatorze. Souvent, à la veillée, il regardait ses enfants et, pensant à sa chère Savine, il se disait qu'elle aurait été tellement heureuse dans ce cercle familial, entourée de tous les siens.

Savine... Dans son lit, parfois, il en aurait crié de ne plus la sentir à son côté. Dehors soufflait la bise ; il frissonnait tandis que la charpente craquait de tous ses chevrons. Entre deux bourrasques ricanait une hulotte, glapissait une sauvagine. L'absente ne reviendrait pas.

En mars de cette année-là, Evariste Laplume tira sa révérence. La mort le surprit dans son sommeil une nuit de pleine lune. Le jour de l'enterrement, on ferma boutique à la Taillerie de Royat afin de lui rendre hommage. Il était celui qui avait permis que l'entreprise prît son rythme de croisière en montant et taillant les améthystes du Filon de l'Ecureuil, à Piquebourre. Une plaque en pierre de Volvic fut apposée à l'entrée des locaux, tout près du bureau de Paul Thévenet, désormais seul maître à bord. On pouvait y lire :

A Evariste Laplume,
qui, plus que tout autre,
sut apprécier la finesse des minéraux.
Les personnels reconnaissants
à leur patron vénéré.

Les commandes de pierres, ciselées et montées, continuaient à bonne cadence. La mine de Pégu semblait toutefois montrer quelques signes de faiblesse. Eugène s'en ouvrit à Paul.

— Je crois que le filon a donné tout ce qu'il pouvait, lui dit-il un jour d'automne où il était venu à Royat. A moins que nous trouvions d'autres veines, je crains fort que l'épuisement soit proche.

— Qu'en pensent les hommes ? demanda Paul.

— Ils sont bien conscients que cela ne pourra durer éternellement. Augustin Chambon et Firmin Pétillon les ont avertis que la fin était imminente.

Paul Thévenet songea in petto qu'il s'était montré bien inspiré la fois où il avait, en accord avec Evariste Laplume, ouvert la taillerie à d'autres pierres que l'améthyste. Pourtant son cœur se serra en se souvenant de ses débuts au Filon de l'Ecureuil. C'était il y avait tellement d'années. Le temps était impitoyable. Et plus les mois passaient, plus ils couraient vite.

Quant à lui, il se tassait chaque jour davantage...

33

Royat, octobre 1902

Le temps avait encore accéléré sa course folle. Voilà que le monde venait d'aborder aux rives du XXe siècle. De quelle manière cela avait-il été possible ? Comment les années avaient-elles pu couler aussi vite ? Une vie... Qu'était-ce qu'une vie dans le plan général d'évolution de la planète Terre ?

Paul Thévenet en était là de ses réflexions durant cette belle soirée d'automne. La nuit arrivait peu à peu et, de la terrasse de sa maison, il observait la lente dégradation des couleurs. Déjà la ville de Clermont, à ses pieds, était plongée dans une semi-obscurité. Au loin, vers l'est, les montagnes bleues du Forez et du Livradois captaient les derniers rayons du soleil avant qu'il ne plongeât, à l'opposé, derrière la ligne crénelée des volcans en une apothéose de lueurs sanguinolentes.

La fraîcheur tombait. Paul frissonna tout à coup avant d'ajuster sur son cou le haut de son chandail. Il n'avait pourtant pas envie de rentrer au salon. Il était si bien dehors.

Au ciel apparut l'étoile du Berger. La belle Vénus brasillait de tous ses feux. Les yeux fixés sur elle, Paul tâchait d'imaginer à quoi pouvait ressembler la surface de la planète, qu'il savait entourée d'une épaisse atmosphère de gaz carbonique.

« Un jour, peut-être, se dit-il, les hommes iront à la découverte des astres du système solaire. Et, qui le sait, s'aventureront-ils par la suite dans d'autres galaxies. »

Une coulée de brise souleva les feuilles déjà tombées du tilleul qu'il avait planté là voilà une décennie.

Soixante ans ! Il venait d'avoir soixante ans ! Sa vie, certes, avait été bien remplie, et il pouvait se montrer fier de ses réalisations, aussi bien au gisement de Pégu qu'à la Taillerie de Royat. L'un et l'autre lui avaient procuré beaucoup de satisfactions ; sa passion de toujours pour la minéralogie avait trouvé sur chacun de ces sites de quoi s'assouvir pleinement.

Alors, qu'est-ce qui faisait que ce soir une onde d'amertume, insidieusement, entrait en lui et envahissait son être tout entier ?

Il ferma les yeux puis les rouvrit sur les ténèbres qui gagnaient leur combat quotidien contre le jour. Vers le sud monta une demi-lune qui sema des paillettes de lumière. Bientôt se détachèrent à leur tour les étoiles. D'abord à peine esquissé, le dessin de la Grande Ourse finit par s'imposer au firmament.

— Nous sommes si peu de choses face à cette immensité sidérale.

Paul venait de parler tout haut. Sa voix le surprit, comme si elle avait été extérieure à lui et qu'un autre que lui-même eût proféré ces paroles qu'il n'avait pu maîtriser.

Une fatigue sourde l'envahit. A présent, il avait un peu froid. Cela n'était vraiment pas raisonnable, à son âge, de rester ainsi exposé à la fraîcheur de cette soirée d'octobre.

Les mâchoires d'un étau lui comprimèrent soudain la poitrine. Il ouvrit la bouche pour mieux aspirer un air qui semblait lui manquer. Puis il s'affala sur sa chaise.

La nuit était à présent entièrement tombée. Un peu plus brillante que les étoiles, Vénus descendait inexorablement vers la ligne d'horizon. D'ici une heure elle aurait disparu derrière les collines.

Piquebourre, octobre 1902

Eugène Courtine sauta du rebord du talus puis se rééquilibra, pieds joints, sur le terrain en pente douce qui donnait accès au site de l'ancien filon. Il avait voulu, ce matin, suivre le même parcours lui ayant permis, trente ans auparavant, de découvrir, cachée sous un roncier, la galerie jadis exploitée par les Espagnols. Il n'avait que neuf ans à l'époque mais, en dépit de la crainte d'être puni, il n'avait pas hésité un instant à faire l'école buissonnière.

Tout était parti de ce jour d'octobre 1872. Les premiers échantillons d'améthyste. La visite du maître à la ferme de Pégu, chez ses parents. Le mariage de sa grande sœur Savine avec Paul. Et puis l'exploitation de la belle pierre d'évêque, la superbe géode qu'il y avait trouvée, l'extension du site. Jusqu'à ce que...

Cela allait faire dix ans bientôt que le Filon de l'Ecureuil avait cessé toute activité. Plus jamais l'on n'extrairait la gemme violette qui avait donné du travail à des dizaines d'hommes des environs. Fini. C'était fini. Et déjà la végétation avait envahi les entrées des excavations. La nature reprenait ses droits. Implacablement. Définitivement. Avec la force suprême qu'elle seule pouvait avoir.

Continuant d'avancer, Eugène se retrouva face à l'encorbellement de rochers sur lequel il avait autrefois surpris une vipère aspic en train de se chauffer au soleil. Mais, ce jour, point de serpent à l'horizon. Peut-être l'espèce avait-elle commencé son hibernation et se terrait-elle dans quelque anfractuosité en attendant des jours meilleurs.

Il s'adossa à un bloc de granit, allongea les jambes et sombra dans ses pensées. Depuis qu'il était devenu maire de Piquebourre, ça n'était pas l'occupation qui lui manquait. En outre, avoir restauré la ferme de Pégu où avaient travaillé ses parents n'était pas non plus une sinécure. Mais, n'est-ce pas, il fallait bien gagner quelque argent puisque l'activité avait cessé au filon, faute de matière première.

Il sortit son oignon du gousset de son gilet. Il était neuf heures. Allons, fini de rêvasser, il lui fallait se mettre au travail et couper du bois dans les taillis alentour en prévision de l'hiver. Elie et Antoine, ses deux garçons, viendraient lui prêter main-forte. Antoine, le cadet, serait bien sûr plus efficace qu'Elie. Celui-ci, à dix-neuf ans, avait un si lourd handicap qu'il serait hors de question de lui mettre une hache dans les mains. Non, il se contenterait d'empiler des fagots de branches mortes et cela, sans doute, suffirait à son bonheur.

Eugène poussa la porte de la cabane du Filon de l'Ecureuil où, pendant des années, il avait eu son bureau. C'était aujourd'hui une remise où il entreposait du vieux matériel et deux ou trois collets à lièvre cachés sous des toiles usagées et des chiffons – car, fallait-il l'avouer ? monsieur le maire de Piquebourre ne dédaignait pas, à l'occasion, de braconner quelque gibier, ainsi qu'il l'avait fait déjà dans son enfance un peu sauvage.

Il entreposa ses outils sur le haut du glacis où avaient déjà été entassées des ramées de fayard, puis il planta la cognée dans le bois dur du billot et cracha dans ses mains. Un merle, qu'il devait déranger, se mit à piailler dans le dais des feuillages roussis, au-dessus de lui.

— Désolé de t'effaroucher, compère ! lui dit-il en le suivant des yeux alors que l'oiseau s'était réfugié dans un roncier tout proche où des mûres étaient entrées en décomposition.

Sortant alors d'un chemin de terre qui débouchait au bout de l'espace, apparut soudain Antoine, tout essoufflé.

— Père ! C'est l'oncle Paul, il…

L'adolescent accomplit en courant les derniers mètres avant de se dresser, jambes écartées, devant Eugène.

— Que dis-tu, mon fils ?

— L'oncle Paul a fait une attaque cardiaque. C'est le cousin Ennemond qui est venu nous prévenir ce matin avant de retourner à Royat presque aussitôt car il était très inquiet.

Eugène décida de partir sur-le-champ. Le pauvre Paul et ses enfants avaient besoin de son aide. Si tant est qu'il ne soit pas déjà trop tard.

Pour être plus vite rendu, Eugène laissa sa carriole et son cheval aux bons soins d'un aubergiste qu'il connaissait à Issoire ; et de là il prit le train, qui le conduisit à Clermont. La grosse locomotive à vapeur, halant cinq ou six wagons, suivit les méandres de l'Allier jusqu'au village de Coudes. Puis la vallée allait s'élargissant à partir de la butte de Montpeyroux dominant la rivière, et il put voir défiler des paysages faits de vallonnements et de plateaux volcaniques, comme ceux de Corent, de Monton et de Gergovie.

Le visage collé à la vitre du compartiment, il regardait passivement cette succession de sites. Son esprit était ailleurs. Comment allait-il trouver Paul Thévenet, son ancien maître d'école, son beau-frère vénéré ? Et d'ailleurs, le reverrait-il seulement vivant ? N'arriverait-il pas trop tard ?

En face de lui, assis sur la banquette en bois où ils avaient pris leurs aises depuis qu'ils étaient montés en gare de Vic-le-Comte, deux paysans, le mari et la femme, déballèrent d'un panier en osier des victuailles diverses : lard, saucisson, jambon et un gros fromage qui empuantissait l'atmosphère. L'homme avait un visage bouffi, des joues violacées et un nez alvéolé comme une morille. Son épouse, énorme mégère de cinquante ans, présentait un faciès teinté ainsi qu'un chaudron de cuivre rouge et respirait fort, comme si elle avait couru trop longtemps.

— Vous buvez un coup ? fit le péquin en tendant sans façon à Eugène le litre de pinard qu'il venait de sortir d'un torchon.

Mais Eugène fit signe que non et tourna ostensiblement la tête de l'autre côté sans se soucier d'avoir vexé ou non le bonhomme.

En gare de Clermont, il eut du mal à trouver une calèche pour le conduire à Royat. Les rues étaient grouillantes de monde, tout un peuple affairé, avec des gens pressés qui semblaient n'avoir en tête que leur propre personne et ignoraient dédaigneusement leurs congénères. Il héla plusieurs cochers, se fit rabrouer moult fois, remonta à pied une avenue où une fille de joie l'apostropha.

— Oh ! Que voilà un bel homme ! Tu viens, chéri ? Je t'en donnerai pour ton argent, mon joli cœur. Allez, laisse-toi faire.

La catin, toute fardée et dépoitraillée, s'attachait à ses basques, ne voulait plus le lâcher. Il se fendit d'un « Fiche-moi la paix ! » qui provoqua une bordée d'insultes dans la bouche outrageusement maquillée en rouge cerise de la créature.

Enfin, il monta dans une patache qui l'emmena au pas d'une haridelle efflanquée jusqu'à la ville de Royat.

Les traits tirés par toutes ses heures de veille auprès de son père, Bleuette l'accueillit en sa maison. C'était à présent une jeune femme à la mise sobre, aux beaux cheveux blonds rejetés vers l'arrière et regroupés en un chignon strict qui lui conférait un port de maîtresse des lieux.

— Bonjour, oncle Eugène. Que je suis aise de te revoir.

Il pénétra dans la chambre où reposait Paul. Assoupi, celui-ci paraissait respirer paisiblement, ce qui soulevait et rabaissait le drap sous son menton à un rythme de métronome. Sans ses lunettes, posées sur le dessus du chevet, le malade ressemblait à une chouette. Eugène se fit réflexion que c'était bien la première fois qu'il voyait Paul dépourvu de cet attribut.

— Il s'est endormi, chuchota Bleuette. A vrai dire, je crois qu'il n'a pas fermé l'œil de la nuit.

— Laissons-le se reposer. Et toi aussi, tâche d'aller récupérer quelques forces. Je suis là pour veiller sur ton père.

Resté seul dans la pièce, Eugène s'efforçait de ne pas bouger, fixant son attention sur le visage marmoréen de son beau-frère, qu'un soupçon de vie animait toujours. Il essaya de lui insuffler sa force.

— Paul, mon maître, il faut résister, il faut vivre. Vivre pour vos enfants. Pour nous tous qui vous aimons.

Toute son énergie tendue vers lui, il répéta :

— Paul, vous entendez ? Il faut vivre...

Vivre !

Epilogue

C'était un matin radieux de juillet. Haut déjà dans un ciel d'émail, le soleil déversait sa manne que tamisaient des feuillages frémissants. Au loin, presque au bout de l'allée, de grands éclaboussements de lumière obligeaient à plisser les yeux. Le vieux monsieur rajusta ses grosses lunettes à monture d'écaille, mit une main en visière sur son front et tendit le cou. Oui, c'était bien cela : un écureuil sautait de branche en branche. Il avait dégringolé du cèdre de l'Himalaya et grimpait à présent à toute vitesse dans le séquoia, tout à côté.

Chaque jour, dans l'enceinte du parc Bargoin de Royat, le spectacle était garanti. Les animaux, pour qui savait les observer, jouaient une comédie grandiose. Là sautillait un troglodyte, petit, tout petit, avant de réintégrer son nid caché au fin fond d'un trou minuscule. A deux pas, une mésange à longue queue dodelinait de sa tête blanche d'avant en arrière en cramponnant un vermisseau qui dépassait de part et d'autre de son bec. Sur le sol, parmi les mousses et les vieilles feuilles du dernier automne, picorait un pinson au plumage brun-rouge se fondant au milieu des couleurs végétales.

L'homme délaissa son poste d'observation et, s'appuyant sur sa canne, marcha jusqu'à un banc abrité sous la ramure d'un pin sylvestre. Chaque jour, il s'y asseyait et lisait l'inscription qui figurait sur un panneau, face à lui. Ce matin-là, il s'appliqua à déchiffrer encore :

DON DE JEAN-BAPTISTE BARGOIN,
NÉ À VIC-LE-COMTE EN 1813,
PHARMACIEN À CLERMONT-FERRAND

Par testament en date du 1er mai 1882, je lègue cette propriété au département du Puy-de-Dôme, avec les obligations suivantes :

— Elle portera mon nom à tout jamais.

— Elle sera inaliénable et ne saura jamais faire l'objet d'une spéculation.

— Elle sera totalement transformée en un beau parc qui deviendra une promenade charmante pendant la belle saison.

— Pour que le parc Bargoin ne serve pas de prétexte aux parties de plaisir et qu'il ne tombe pas dans ce qu'on appelle vulgairement le genre guinguette, ce qui ferait fuir cette promenade par les gens paisibles, mon intention est d'y interdire les buvettes et cafés de toutes sortes.

— Ce bon monsieur Bargoin ! proféra le vieux bonhomme dont la voix se perdit dans les branches du pin sylvestre, ce qui fit s'envoler à tire-d'aile trois mésanges charbonnières.

Il continua son monologue.

— Son Gland doux[1] qu'il avait inventé jadis est un breuvage qui me plaît bien. Il mérite en tout cas d'être davantage connu.

1. Le Gland doux se voulait un succédané de café et fut mis au point par Jean-Baptiste Bargoin et Henri Lecoq vers 1830. Cette boisson était un mélange de gland de chêne vert séché et torréfié avec de la chicorée et du seigle. Trois usines à Royat et Chamalières employaient plus d'une centaine de personnes pour sa fabrication.

Il éclata soudain de rire. Mais qu'est-ce donc qui le prenait, sur ses vieux jours, de parler tout seul ? Etait-ce la sénilité qui le gagnait ? Pourtant, à soixante-huit ans, il ne se considérait pas encore comme un barbon en déliquescence !

Soixante-huit ans... Mon Dieu ! A bien y réfléchir, il avait obtenu huit années de rallonge après son accident cardiaque qui avait failli le laisser sur le carreau en ce mois d'octobre 1902.

Allons ! Tout était pour le mieux à présent. Son cœur s'emballait bien encore un peu, parfois. C'était quand il pensait à sa chère femme et à leurs années de jeunesse là-haut, dans la montagne. Ah ! Les années de jeunesse ! Comme elles avaient passé vite ! Comme sa vie entière avait passé vite !

Il se leva, délaissa le banc et marcha dans l'allée semée de graviers. Une dame, qui promenait son caniche en laisse, le croisa. Elle était vêtue de noir et cachait sa figure sous un chapeau à voilette de même couleur.

— Rose ! s'entendit-il dire.

— Monsieur, répondit-elle.

— Rose ? C'est bien vous, Rose ?

— Vous devez faire erreur, monsieur.

— Pardonnez-moi, madame.

— Je vous en prie, monsieur.

Tout confus, le vieil homme fit le dos rond et reprit sa marche.

« Mon pauvre Paul, se dit-il, ta myopie t'a encore joué un tour à sa façon. Et pourtant, j'ai bien cru que c'était Rose. Mais oui, c'était elle. Sans doute n'a-t-elle pas voulu te reconnaître. Bah ! Peut-être est-ce mieux comme cela. Allons, il est temps de rentrer, voici ton cœur qui s'est remis à battre la breloque. »

Péniblement, il finit par arriver chez lui. Tout en sueur, il se laissa choir dans un fauteuil en cuir.

— Les émotions, ça n'est plus de mon âge, conclut-il tout haut.

Et puis encore :

— Voilà que je recommence à parler tout seul !

Des pas se firent entendre dans la pièce à côté. La porte s'entrouvrit. C'était Bleuette, sa chère fille.

— Tu es rentré, père ? Sais-tu que ça n'est pas très raisonnable de sortir par cette canicule ?

A trente-six ans, elle ne s'était toujours pas mariée. « Je n'ai pas trouvé chaussure à mon pied », répétait-elle inlassablement quand on lui posait la question. Mais un petit sourire triste entrouvrait ses lèvres fines tandis qu'une lueur chagrine traversait ses prunelles d'aigue-marine.

A vrai dire, elle s'était sacrifiée pour son père et son frère. Et puis, n'est-ce pas, il fallait bien quelqu'un à la maison pour s'occuper des tâches domestiques puisque la maman n'était plus là pour les assumer. Quant à Ennemond, qui avait pris la gérance de la taillerie de Royat, il avait fondé un foyer. En novembre prochain naîtrait un premier enfant. Si c'était un garçon, sa femme Anna et lui avaient décidé qu'il s'appellerait Paul, comme son grand-père.

— Veux-tu un verre d'eau, mon bon papa ?

Bleuette était tellement prévenante. Avant qu'il eût exprimé le moindre désir, elle était là, à son côté, prête à le satisfaire.

— Je veux bien un verre d'eau, ma fille. Je te remercie.

Il la suivit un instant des yeux alors qu'elle se dirigeait vers la cuisine. Savine... C'était le portrait de Savine. En plus austère, sans doute. Un peu plus maniérée, aussi. Mais la même blondeur de cheveux, la même cambrure, la même démarche rapide, comme si elle avait toujours peur d'être en retard.

Paul scruta la pièce, celle qu'entre toutes il préférait dans sa maison de Royat. Il y avait ses livres, de merveilleux ouvrages de minéralogie, qu'il consultait souvent. Ils étaient rangés, par ordre alphabétique d'auteurs, dans une grande bibliothèque de palissandre aux portes munies d'un grillage. Dans des vitrines, toutes ses collections de pierres, répertoriées sur des étiquettes écrites de sa main. Chaque spécimen avait une histoire, il se rappelait avoir découvert tel ou tel au cours des pérégrinations géologiques de sa jeunesse. De son fauteuil, alors que ce jour son cœur battait bizarrement la chamade, il reconnaissait les cristaux d'aragonite à la couleur bleuâtre, les mamelons gris de la calcédoine, la belle obsidienne semblable à du verre, la tourmaline au brun vitreux, et la stibine, la pyrite, l'olivine, le...

— Voici ton eau, mon cher papa.

— Merci, ma fille.

Il avala trois gorgées et sentit aussitôt monter comme un étourdissement dans sa tête. Tandis que Bleuette était déjà repartie pour vaquer à ses occupations, il eut alors l'impression, de nouveau seul dans le salon, que le monde entier tournoyait et qu'il était pris lui-même dans cette giration effrénée. Les objets, les meubles, ses livres, ses chères pierres, tout était en train de danser en une ronde débridée qui ne voulait pas finir. Ça valsait, ça s'inclinait à droite, ça ployait à gauche, et puis ça repartait, à l'endroit, à l'envers, par le haut, par le bas.

A un moment, son regard s'arrêta sur un gros bloc d'améthyste dont les cristaux scintillaient sous un rayon de soleil que diffusait le rectangle de la fenêtre. La gemme semblait l'appeler à elle et il ressentit au fond de sa poitrine comme une attirance irrésistible à se diriger vers elle.

Il s'appuya de toutes ses forces sur les accoudoirs du fauteuil et, renversant malencontreusement le verre d'eau que lui avait apporté Bleuette, il se mit péniblement debout.

L'améthyste… Un soir, à Piquebourre, il avait rapporté cet échantillon à la maison pour le donner à Savine.

« Admire comme la pierre est belle, lui avait-il dit. C'est pour toi, ma femme, en gage de mon amour. Vois-tu, il y a là-dedans autant de cristaux que nous aurons d'années ensemble. »

Bien sûr, il n'avait jamais compté. Mais sans doute s'était-il trompé. Savine était partie trop vite.

Ça continuait de tourner autour de lui. La lumière violette étincelait toujours sous le soleil, l'appelait à elle comme l'aimant la limaille de fer.

« Viens. Viens vers moi. N'aie pas peur. »

Il entendait très nettement, à travers le bourdonnement qui avait envahi ses tympans, la roche qui lui parlait. Qui le guidait irrésistiblement vers elle.

Défilèrent toutes ses années. Et aussi celles où il avait eu la tentation d'être infidèle à la femme qu'il aimait. Rose n'avait été qu'une illusion. Une chimère. Un rêve sans consistance. Un mirage.

En titubant et s'accrochant aux meubles, il atteignit la vitrine où gîtait la pierre d'améthyste. Il s'en empara, la souleva, la porta à hauteur de son visage. Jamais elle n'avait été aussi rutilante. Ses reflets violets dansaient en une farandole endiablée sur tous les murs de la pièce.

— Savine ! chuchota-t-il.

Et, dans le même temps, il entendit distinctement à son oreille :

— Je suis là.

Serrant la gemme contre son cœur, il se sentit partir en arrière et tomba sur le tapis, qui amortit sa chute. Puis il plissa les paupières. Ses lunettes avaient chu à ses côtés. Tout était flou, tout était irréel et mouvant.

La voix répéta :

— Je suis là.

Alors, Paul Thévenet, affalé sur le sol de sa maison de Royat, comprit enfin qu'il était sur le chemin qui menait jusqu'au point de non-retour. Le chemin où l'attendait celle qu'il aimait.

Son chemin d'améthyste.

Une route toute violette s'ouvrit devant lui. Au bout, tout au bout, était la lumière.

Remerciements

Un grand merci, tout d'abord, au géologue Pierre Lavina. En été 2008, sa *balade aux améthystes* jusqu'au ravin de Pégu (commune du Vernet-la-Varenne, Puy-de-Dôme) fut un moment de grand bonheur. Mes félicitations au syndicat d'initiative du Vernet pour l'organisation de ces balades très pédagogiques.

Ma chaleureuse reconnaissance à madame Anne-Marie Ballot-Fleury et à sa fille, madame Eliette Ballot, pour leur accueil dans leur magasin « Aux pierres fines » de Royat (Puy-de-Dôme) et la mise à disposition de documents concernant la minéralogie en Auvergne.

Enfin, mes remerciements iront à monsieur Jacques Dreher, directeur de la Grotte du Puy-de-Dôme et de la taillerie de la rue du Port à Clermont-Ferrand. Ses explications sur la taille des minéraux et les différents outils utilisés m'ont été précieuses… comme les pierres de la même appellation.

Production Jeannine Balland

Romans « Terres de France »

Jean Anglade
Un parrain de cendre
Le Jardin de Mercure
Y a pas d'bon Dieu
La Soupe à la fourchette
Un lit d'aubépine
La Maîtresse au piquet
Le Saintier
Le Grillon vert
La Fille aux orages
Un souper de neige
Les Puysatiers
Dans le secret des roseaux
La Rose et le Lilas
Avec le temps...
L'Ecureuil des vignes
Une étrange entreprise
Le Temps et la Paille
Les Ventres jaunes
Le Semeur d'alphabets
La Bonne Rosée
Un cœur étranger
Les Permissions de mai
Les Délices d'Alexandrine
Le Voleur de coloquintes
Sylvie Anne
Mélie de Sept-Vents
Le Secret des chênes
La Couze
Ciel d'orage sur Donzenac
La Maîtresse du corroyeur
Un horloger bien tranquille
Un été à Vignols
La Lavandière de Saint-Léger
L'Orpheline de Meyssac
Le Pain des Cantelou
Jean-Jacques Antier
Tempête sur Armen
La Fille du carillonneur
Marie-Paul Armand
Le Vent de la haine
Louise
Benoît
La Maîtresse d'école
La Cense aux alouettes
L'Enfance perdue
Un bouquet de dentelle
Au bonheur du matin
Le Cri du héron
Le Pain rouge
La Poussière des corons
Nouvelles du Nord
La Courée
Victor Bastien
Retour au Letsing
Henriette Bernier
L'Enfant de l'autre
L'Or blanc des pâturages
L'Enfant de la dernière chance
Le Choix de Pauline
La Petite Louison
Petite Mère
Françoise Bourdon
La Forge au Loup
La Cour aux paons
Le Bois de lune
Le Maître ardoisier
Les Tisserands de la Licorne
Le Vent de l'aube
Les Chemins de garance
La Figuière en héritage
La Nuit de l'amandier
Patrick Breuzé
Le Silence des glaces
La Grande Avalanche
La Malpeur
La Lumière des cimes
Nathalie de Broc
Le Patriarche du Bélon
La Dame des Forges
La Tresse de Jeanne
Loin de la rivière
La Rivière retrouvée
La Sorcière de Locronan
Annie Bruel
Le Mas des oliviers
Les Géants de pierre
Marie-Marseille

Michel Caffier
Le Hameau des mirabelliers
La Péniche Saint-Nicolas
Les Enfants du Flot
La Berline du roi Stanislas
La Plume d'or du drapier
L'Héritage du mirabellier
Marghareta la huguenote
Le Jardinier aux fleurs de verre
Jean-Pierre Chabrol
La Banquise
Claire Chazal
L'Institutrice
Didier Cornaille
Les Labours d'hiver
Les Terres abandonnées
Etrangers à la terre
L'Héritage de Ludovic Grollier
L'Alambic
Georges Coulonges
Les Terres gelées
La Fête des écoles
La Madelon de l'an 40
L'Enfant sous les étoiles
Les Flammes de la Liberté
Ma communale avait raison
Les blés deviennent paille
L'Eté du grand bonheur
Des amants de porcelaine
Le Pays des tomates plates
La Terre et le Moulin
Les Sabots de Paris
Les Sabots d'Angèle
La Liberté sur la montagne
Les Boulets rouges de la Commune
Pause-Café
Anne Courtillé
Les Dames de Clermont
Florine
Dieu le veult
Les Messieurs de Clermont
L'Arbre des dames
Le Secret du chat-huant
L'Orfèvre de Saint-Séverin
La Chambre aux pipistrelles
Paul Couturiau
En passant par la Lorraine
Annie Degroote
La Kermesse du diable
Le Cœur en Flandre
L'Oubliée de Salperwick
Les Filles du Houtland
Le Moulin de la Dérobade
Les Silences du maître drapier
Le Colporteur d'étoiles
La Splendeur des Vaneyck
Les Amants de la petite reine
Un palais dans les dunes
Renelde, fille des Flandres
Alain Dubos
Les Seigneurs de la haute lande
La Palombe noire
La Sève et la Cendre
Le Secret du docteur Lescat
Constance et la Ville d'Hiver
Marie-Bernadette Dupuy
L'Orpheline du bois des Loups
Les Enfants du Pas du Loup
La Demoiselle des Bories
Le Chant de l'Océan
Le Moulin du Loup
Le Chemin des Falaises
Elise Fischer
Trois Reines pour une couronne
Les Alliances de cristal
Mystérieuse Manon
Le Soleil des mineurs
Les cigognes savaient
Confession d'Adrien le colporteur
Le Secret du pressoir
Laurence Fritsch
La Faïencière de Saint-Jean
Alain Gandy
Adieu capitaine
Un sombre été à Chaluzac
L'Enigme de Ravejouls
Les Frères Delgayroux
Les Corneilles de Toulonjac
L'Affaire Combes
Les Polonaises de Cransac
Le Nœud d'anguilles
L'Agence Combes et Cie
Suicide sans préméditation
Fatale Randonnée
Une famille assassinée
Le piège se referme
Gérard Georges
La Promesse d'un jour d'été
Les Bœufs de la Saint-Jean
L'Ecole en héritage

Le Piocheur des terres gelées
Les Amants du chanvre
La Demoiselle aux fleurs sauvages
Jeanne la brodeuse au fil d'or
Denis Humbert
La Malvialle
Un si joli village
La Rouvraie
L'Arbre à poules
Les Demi-Frères
La Dernière Vague
Yves Jacob
Marie sans terre
Les Anges maudits de Tourlaville
Les blés seront coupés
Une mère en partage
Un homme bien tranquille
Le Fils du terre-neuvas
Hervé Jaouen
Que ma terre demeure
Au-dessous du calvaire
Les Ciels de la baie d'Audierne
Les Filles de Roz-Kelenn
Ceux de Ker-Askol
Michel Jeury
Au cabaret des oiseaux
Marie Kuhlmann
Le Puits Amélie
Passeurs d'ombre
Guillemette de La Borie
Les Dames de Tarnhac
Le Marchand de Bergerac
La Cousette de Commagnac
Jean-Pierre Leclerc
Les Années de pierre
La Rouge Batelière
L'Eau et les Jours
Les Sentinelles du printemps
Un amour naguère
Julien ou l'Impossible Rêve
A l'heure de la première étoile
Les Héritiers de Font-Alagé
Hélène Legrais
Le Destin des jumeaux Fabrègues
La Transbordeuse d'oranges
Les Herbes de la Saint-Jean
Les Enfants d'Elisabeth
Les Deux Vies d'Anna
Les Ombres du pays de la Mée
Eric Le Nabour
Les Ombres de Kervadec
Louis-Jacques Liandier
Les Gens de Bois-sur-Lyre
Les Racines de l'espérance
Jean-Paul Malaval
Le Domaine de Rocheveyre
Les Vignerons de Chantegrêle
Jours de colère à Malpertuis
Quai des Chartrons
Les Compagnons de Maletaverne
Le Carnaval des loups
Les Césarines
Grand-mère Antonia
Une maison dans les arbres
Une reine de trop
Une famille française
Le Crépuscule des patriarches
La Rosée blanche
L'Homme qui rêvait d'un village
L'Auberge des Diligences
Le Notaire de Pradeloup
Dominique Marny
A l'ombre des amandiers
La Rose des Vents
Et tout me parle de vous
Jouez cœur et gagnez
Il nous reste si peu de temps
Pascal Martin
Le Trésor du Magounia
Le Bonsaï de Brocéliande
Les Fantômes du mur païen
La Malédiction de Tévennec
L'Archange du Médoc
Louis Muron
Le Chant des canuts
Henry Noullet
La Falourde
La Destalounade
Bonencontre
Le Destin de Bérengère Fayol
Le Mensonge d'Adeline
L'Evadé de Salvetat
Les Sortilèges d'Agnès d'Ayrac
Le Dernier Train de Salignac
Michel Peyramaure
Un château rose en Corrèze
Les Grandes Falaises
Frédéric Pons
Les Troupeaux du diable
Les Soleils de l'Adour
Passeurs de nuit

Jean Siccardi
Le Bois des Malines
Les Roses rouges de décembre
Le Bâtisseur de chapelles
Le Moulin de Siagne
Un parfum de rose
La Symphonie des loups
La Cour de récré
Les Hauts de Cabrières
Les Brumes du Mercantour
La Chênaie de Seignerolle
Bernard Simonay
La Fille de la pierre
La Louve de Cornouaille
Jean-Michel Thibaux
La Bastide blanche
La Fille de la garrigue
La Colère du mistral
L'Homme qui habillait les mariées
La Gasparine
L'Or des collines
Le Chanteur de sérénades
La Pénitente
L'Enfant du mistral
L'Or du forgeron
Jean-Max Tixier
Le Crime des Hautes Terres
La Fiancée du santonnier
Le Maître des roseaux
Marion des salins
Le Mas des terres rouges
L'Aîné des Gallian
L'Ombre de la Sainte-Victoire
Brigitte Varel
Un village pourtant si tranquille
Les Yeux de Manon
Emma
L'Enfant traqué
Le Chemin de Jean
L'Enfant du Trièves
Le Déshonneur d'un père
Blessure d'enfance
Mémoire enfouie
Une vérité de trop
Louis-Olivier Vitté
La Rivière engloutie
L'Enfant des terres sauvages
L'Inconnue de la Maison-Haute
Colette Vlérick
La Fille du goémonier
Le Brodeur de Pont-l'Abbé
La Marée du soir
Le Blé noir

Polars de France

Alain Gandy
Un week-end meurtrier
Hélène Legrais
La Croix des outrages
Pascal Martin
La Traque des maîtres flamands
L'Ogre des Landes
Jean-Max Tixier
Le Juge de paix
Le crime était déjà écrit

Romans

Sylvie Anne
L'Appel de la pampa
Jean-Jacques Antier
Marie-Galante, la Liberté ou la mort
La Dame du Grand-Mât
Le Sixième Condamné de l'Espérance
La Prisonnière des mers du Sud
Erwan Bergot
Les Marches vers la gloire
Sud lointain
tome I *Le Courrier de Saïgon*
tome II *La Rivière des parfums*
tome III *Le Maître de Bao-Tan*
Rendez-vous à Vera-Cruz
Mourir au Laos
Jean Bertolino
Chaman
Fura-Tena

Jean-Baptiste Bester
Bois d'ébène
A l'heure où dorment les fauves
Michel Caffier
Le Découvreur du Mississippi
Anne Courtillé
Le Mosaïste de Constantinople
Paul Couturiau
Le Paravent de soie rouge
Le Paravent déchiré
L'Inconnue de Saigon
Les Amants du fleuve Rouge
Le Pianiste de La Nouvelle-Orléans
Les Brumes de San Francisco
Paradis perdu
Cent Ans avant de nous séparer
Comme un parfum d'ylang-ylang
Annie Degroote
L'Etrangère de Saint-Pétersbourg
Alain Dubos
Acadie, terre promise
Retour en Acadie
La Plantation de Bois-Joli
La Baie des maudits
Les Amants du Saint-Laurent
Elise Fischer
L'Enfant perdu des Philippines
Hubert Huertas
Nous jouerons quand même ensemble
La Passagère de la « Struma »
L'Orque de Magellan
Terminus Pondichéry
Denis Humbert
Un été d'illusions
Gérard A. Jaeger
Pour l'amour de Blanche
Hervé Jaouen
L'Adieu au Connemara
Le Testament des McGovern
Suite irlandaise
Diane Lacombe
L'Hermine de Mallaig
La Châtelaine de Mallaig
Sorcha de Mallaig
Eric Le Nabour
Orages sur Calcutta
Les Démons de Shanghai
Les Jardins d'Istanbul
Sonia Marmen
La Vallée des larmes
La Saison des corbeaux
La Terre des conquêtes
La Rivière des promesses
Dominique Marny
Du côté de Pondichéry
Les Nuits du Caire
Cap Malabata
Mes nuits ne sont pas les vôtres
Du côté de Bombay
Juliette Morillot
Les Orchidées rouges de Shanghai
Michel Peyramaure
Le Roman de Catherine de Médicis
Le Pays du Bel Espoir
Les Fleuves de Babylone
Les Tambours sauvages
Le Temps des moussons
Les Roses noires de Saint-Domingue
La Porte du non-retour
Les Prisonniers de Cabrera
Bernard Simonay
Les Tigres de Tasmanie
La Dame d'Australie
Princesse maorie
L'Appel de l'Orient
La Prophétie des Glaces
Les Enfants du volcan
Jean-Michel Thibaux
Le Roman de Cléopâtre
La Fille de Panamá
Tempête sur Panamá
La Pyramide perdue
La Cinquième Courtisane
La Danseuse sacrée
Colette Vlérick
Le Domaine du belvédère

Composé par Nord Compo Multimédia
7, rue de Fives, 59650 Villeneuve-d'Ascq

Cet ouvrage a été imprimé en France par

CPI
Bussière

à Saint-Amand-Montrond (Cher)
en janvier 2010

N° d'édition : 7882/01. — N° d'impression : 100052/1.
Dépôt légal : février 2010.